Mätvärlden

Håkan Gulliksson

Papper från ansvarsfulla källor
Paper from responsible sources
FSC® C105338

Titel: Mätvärlden

Förlag: BoD – Books on Demand, Stockholm, Sverige
Tryck: BoD – Books on Demand, Norderstedt, Tyskland

ISBN 978-91-8007-668-5

Jag är så lycklig
Jag är så lycklig
Måndag, tisdag, onsdag torsdag
Jag är så lycklig
Jag är så lycklig
Hela veckan lång.

Maj 2051 – Prolog

Det var dags för sista behandlingstillfället. Ett långt år av psykologisk kurragömma var över och han skulle vara fri igen.

Då djävlar.

#

Rapport 2051:05:24, 07:21
Umeå kan vara fantastiskt i maj. Våren är en njutning och jag sover utan rullgardin och med öppet fönster. Den stora gula tekoppen som rymmer 0,75 liter är tömd och de två rostade limpsmörgåsarna uppätna, vardera med två skivor grevéost från Norrmejerier. Det får räcka för jag vill behålla min matchvikt på bara runt 95 kilo. Jag är lycklig och trygg där jag sitter vid köksbordet på fjärde våningen i min egen lägenhet och ser centrala Umeå breda ut sig utanför mitt fönster. Solen kikar fram över dungen av träd 07:10 och köket fylls av ljus och värme. Genom vädringsfönstret har jag följt hur suset i granarna efter hand blandats upp med surrandet från kommbilarna. Trafiken har ökat i intensitet och nu är det säkert över 5 bilar per minut, men idag har jag inte tid att mäta mer exakt. Dags för en dusch, jeans och t-shirt. Om en kvart är det läderjacka på för cykelturen till omsorgsmötet.

Kalle skrev under med sin digitala signatur och lämnade in redogörelsen. Räknaren på hemsidan tickade upp och bekräftade att den tagits emot. Med den digitala, officiella rapporten, ur världen drog Kalle åt sig den svarta anteckningsboken i papper från toppen av högen med anteckningsböcker på fönsterbrädan. Till dagens inlägg valde han en klarröd Parker Jotter ur glasskålen med pennor mitt på bordet. Han tryckte in mekanismen några gånger med tummen och lyssnade till ljudet. Klick, stiftet ut, fjädern spändes och patronen roterades ett kvarts varv, ett nytt klick, aggressivare när fjädern hjälpte till att skjuta in patronen. Klick klick. Klick klick. Det blev ett av hans kortaste privata inlägg, lugnet före stormen.

Tjugofjärde maj. Har precis gjort inlägg 148 av mina rapporter. Det sista.
Ett år har gått fort.

#

Humöret var på topp hos umeåborna i den första vårvärmen. Ingen mötte hans blick, förstås, han var för stor och såg för annorlunda ut med sitt krulliga hår. Han uppskattade att tre av fyra som han mötte hade samma typ av säkerhetshjälm med inbyggda högtalare som han själv hade. Samma typ av hjälm men i olika färger. Rationellt. Resurseffektivt. Säkert. Återanvändbart. Vita, röda, blå, orangea och gröna guppade de upp emot honom i Gammliabacken. Cykelbanan som rabatt. En del av dem hade fina lökar tänkte Kalle och log. Det var timmens första snuskiga tanke, nu hade han två kvar av ransonen.

Han tog de breda marmortrapporna två steg åt gången och identifierade sig. Scanningsluckan öppnades och han la ner sina nycklar, en parkerpenna, svart, och en bunt postitlappar. Det klickade till i låset när scanningen var klar.

– Välkommen Kalle, sa en onaturligt förnöjd röst, vilken härlig dag. Man blir så glad när solen skiner.

#

Kalle ignorerade rösten och gick in i väntrummet. Det var sparsamt möblerat och målat i en lugnande persiko-orange-beige naturfärg. Till vänster om honom bildade tre svarta tvåsitsiga skinnsoffor ett U med öppningen mot honom och mitt i öppningen stod ett glasbord med inbyggd skärm som listade morgonens nyheter. Rakt fram hade han dörrarna till de tre mottagningsrummen och till höger fanns det en smal garderob med tomma klädhängare, en spegel och en toalett. Han hade aldrig lyckats få syn på omsorgspersonerna i de andra mottagningsrummen. När brukare gick in eller lämnade rummet hade han kikat in, men bara hunnit se en skymt av en vägg, en tavla eller en skinnsoffa. Det fanns inte heller namnskyltar vid dörrarna. Troligen var det en medveten strategi att hålla omsorgspersonalens identiteter hemliga.

Annars var det ingen brist på skyltar i rummet. Vid dörren som gled i lås bakom honom satt den vanliga raddan:

”För att underlätta städningen, vänligen torka av skorna på dörrmattan”

”I detta rum får maximalt finnas åtta personer”

”Inga hundar eller andra djur tillåtna”

Vid toalettdörren stod det:
”Rökning förbjuden”

Över soffan satt ytterligare tre skyltar:
”Möbler av brandklass A”
”Förtäring ej tillåten”

Ologiskt nog fanns det även en skylt med texten:
”Förbjudet att äta jordnötter i detta rum”.

Att äta jordnötter var väl att förtära?

Den sista skylten, alldeles under spegeln antydde frivillighet:
”Stöd Världens barn. Gör dig fri genom att stötta andra.”

Ett fönster som inte gick att öppna satt ovanför den bortre av sofforna. Gardinerna som ramade in fönstret var ljusblå med ett mönster av glada vita delfiner. I övrigt fanns inget annat i rummet än en övervakningskamera uppe under taket i varje hörn av rummet. Kalle hann precis hänga upp sin jacka innan en grön lampa tändes på dörren längst bort.

– Bara att kliva på Kalle, sa rummet. Vi ställer upp för dig och med vetenskapen som stöd hjälper vi dig att bli lycklig och fri. Befrielsen är nära. Lita på oss. Tro på oss.

#

Kalle öppnade dörren och klev in till socialpsykologen som var ansvarig för hans omsorg. Kanske hade hon nämnt sitt namn vid första mötet med det hade han missat och döpt henne till Fjollan och nu satt hon som vanligt bakom sitt skrivbord och studerade honom noggrant. Idag var hon hans vän med glasögon som hade alldeles för stora svarta bågar. Sympatisk. Hon spelade någon att dela livet med, att berätta allt för. Kanske ville hon ge ett gott sista intryck. Hennes ögon var gröna och enorma bakom glasögonglasen.

Mottagningsrummet var målat i lika menlösa fruktfärger som väntrummet. Varför hade han inte tänkt på den färgen förut? Förutom en svart fåtölj framför skrivbordet fanns det bara en ledig möbel i rummet, en brits med plastskydd för skorna och en kudde med ett hygienskydd av papper. I varje hörn satt det kameror och han hade redan vid första träffen fått veta att hela samtalet spelades in och analyserades i realtid. Det hade han i alla fall inte missat, men hade hon verkligen inte sagt sitt namn? Han var säker på att Analysatorn framför Fjollan visade en nulägesanalys av hur han rörde sig, om han var nervös, hans puls och blodtryck och antagligen mer än så. Fjollan och Analysatorn var ett sammansvetsat par och kanske fick hon till och med sina repliker via gränssnittet? På bordet bredvid Analysatorn låg den svarta lådan med den stora röda alarmknappen på.

– God morgon Kalle, trevligt att se dig igen. Hur står det till?

– Bara bra tack.

– Jag såg att du redan lämnat in din sista rapport daterad 2051:05:24, 07:21. Du väntade dig inga överraskningar idag?

– Nej, på sista tiden har livet lunkat på, och det har varit mycket skönt. Jag hoppas att det ska fortsätta så.

– Analysatorn kom fram till att du är trygg. Stämmer det.

– Ja.

– Du är lycklig också, säger den.

– Ja.

– Eftersom behandlingen är över tänkte jag hoppa över djupterapin. Du är anpassad och det är ytterst osannolikt att du kommer att trakassera någon igen, men de obligatoriska frågorna måste du förstås besvara.

– Innan du ställer frågorna, avbröt Kalle har jag en fråga om något jag tänkt på ända sedan första sessionen. Får jag ställa den?

– Självklart.

– Vad kallar du Analysatorn? frågade Kalle.

Fjollan svarade inte genast. Hon studerade Kalle med psykologblicken som Kalle dechiffrerat till ”Få honom att känna sig underlägsen. Ge mig själv tid att tänka efter. Ge Analysatorn tid att överväga alternativa svar.”. Eller, var det så enkelt att hon aldrig tänkt på frågan förut och inte hade något namn på Analysatorn? Efter den långa utforskande blicken kom det vanliga ögonkastet på skärmen framför henne, för att stämma av.

– Det har ingen frågat mig förut, sa hon. Jag har kallat honom Sigge ända sedan första gången vi träffades på grundutbildningen.

– Efter Siegmund? frågade Kalle.

– Precis.

– Jag förstår, sa Kalle och lädret knarrade när hans stora kropp sjönk lite djupare ner i fåtöljen.

Han tittade på kameran och undrade om han kanske skulle vinka. Siegmund, tänkte han. Han ville också fråga om hon var kär i Siegmund, men vågade inte. Det var sista sessionen och han ville inte komplicera saker, bara få ett avslut.

– Lagar du din mat själv? frågade Fjollan. Checkfråga 1.

– Ja, igår lagade jag till kikärtsbiffar, ris, och en grönsallad med tomater. Till det drack jag ett glas kallt, suveränt gott, Umeåvatten.

– Åhå, jag blir nästan lite hungrig, sa Fjollan.

Kalle tittade förvånat på henne. Det där var så nära ett skämt som hon kommit på över femtio sessioner. Hon såg inte på honom, utan läste på sin skärm samtidigt som hon skrev in en reflektion.

– Hur går det med dina dejter?

– Har inget nytt att berätta. Den jag kontaktade i slutet av förra veckan har inte hört av sig, så jag misstänker att det inte blir något till helgen. Synd, för hon verkade rapp i repliken och provocerande så att det blev spännande, utan att slå över till att vara störig.

Han tystnade när han märkte att Fjollan slutat skriva och bara tittade på honom.

– Fortsätt, sa hon. Jag lyssnar.

– Det var inte mer än så, avrundade han. Inget nytt som du inte har hört förut.

Hon tittade på sin skärm och gned sin näsa. Kalle hade lagt märke till den lilla egenheten förut. Det betydde att något inte stämde, kanske höll hon inte med Analysatorn. Hon skrev in en kommentar och ställde nästa obligatoriska fråga.

– Hur står det till med ditt sexliv? Något nytt där?

Kalle kände hur han stelnade till, fastän han förberett sig på att hålla sig lugn och avslappnad. Han visste att frågan skulle komma och att känsligheten i avläsningarna antagligen toppade nu. Hetsa inte upp dig, sa han till sig själv. Tänk på isbergen som smälter på Antarktis. Tänk på de små djävla pingvinerna där som tultar fram i fyrtiofem minus och motvind. Han försökte sig på ett avslappnat leende.

– Det är fortsatt torrlagt på den fronten, sa han, ända sedan jag träffade Elin. Nu blir det antagligen inget till helgen heller när min dejt inte hört av sig.

– Masturbation? Sexuella fantasier?

Isbjörnar, norrsken, isvatten över huvudet. Ont i en tå, tänkte Kalle.

– Ingenting, ljög han.

Fjollan såg tankfullt på honom, gned sig på näsan och studerade skärmen. Han fick ännu en lång granskande blick innan hon till slut nickade och skrev något. Kalle hörde tre snabba knapptryckningar. ”Nej”, gissade han.

– Efter några veckors avhållsamhet måste du räkna med kortare sexuella fantasier, sa hon. Det kommer att hända till och från framöver också, trots att du gått igenom omsorgsprogrammet. Programmet är en balansgång och att helt trycka undan dina sexuella behov är ingen lösning i längden. Med den förklaringen slog hon ihop Analysatorn. Sessionen var slut. Behandlingen var över.

– Jaha, Kalle, då får jag önska dig lycka till. Jag har lärt känna dig under ett år och är helt säker på att du vet hur du ska bete dig framöver. Förhoppningsvis kommer vi aldrig mer att behöva träffas i det här rummet. Jag har med en broschyr till dig med lite tips som du kan titta igenom hemma. Du bör sätta upp den i köket så att du varje dag påminns om vad du gått igenom och vad du lärt dig.

Hon reste sig upp från sin stol och räckte över broschyren.

Kalle hade aldrig sett henne stå upp förut och hon var längre än han hade trott, med mer uttalade former. Hon var rund om baken, men absolut vältränad. Ibland hade han undrat om hon över huvud taget kunde stå, men det kunde hon alltså. I stolen hade hon sett ut som ett uppstoppat ylletält med ett huvud balanserande på toppen.

– Jo, det har varit en mycket händelserik tid, sa han och tog emot broschyren. Ett år av mitt liv som innehållit mer än vad jag tidigare varit med om. Fast om jag lärt mig något är jag inte säker på.

Han reste sig upp och tog emot broschyren. Tittade på den. Fyrfärgstryck. Kraftigt papper. Fyra blad, åtta sidor. Ett vikt A2. Han kände att han borde säga något.

– Du har varit föredömligt professionell, sa han till slut.

Så långt kunde han i alla fall sträcka sig. Han bockade lätt som tack och gick mot dörren.

– Visst har du lärt dig något, sa Fjollan. Jag vet. Tipsen på sidan två tror jag passar dig bäst. Hej då.

– Hej då, sa Kalle och gick ut i väntrummet.

Bakom honom gled dörren mjukt igen för sista gången.

Det var värst vad hon blev till sig tänkte Kalle. Ställde sig upp till och med, och delade ut en broschyr. Fjollan var kanske ett orättvist namn, men det spelade ingen roll, för han skulle aldrig träffa henne igen. Varför slösade dom pengar på papper? undrade han, och tryckte ner broschyren i jackfickan. Låset i ytterdörren klickade till.

– Ett underbart liv av upplevelser väntar dig Kalle, sa rösten. Det börjar med den här fantastiskt härliga dagen.

#

Vadå ett underbart liv?

Han var ensammare än någonsin och hade inte ens en psykolog att gå till längre. I praktiken existerade han inte. Han var bara ett id-nummer och en adress i bostadsregistret.

Kalle var inte lycklig och han var inte trygg. Alla andra var det, i familjer och över nätet, men han var utfryst från den sociala gemenskapen.

Någon var ansvarig för det och skulle få sitt straff. Det enda han ville var att hämnas, rentvå sitt namn, få gå till ett jobb som alla andra, ha en flickvän, knulla och rädda världen.

Januari 2050 – Drygt ett år tidigare

Kapitel 1: Kalle och Elin

I de två mässingstakarna från Gusum brann vita stearinljus och Kalle och Elin var ett glas ner i den andra flaskan vin. Elins pajalamål hade tagit över och med det berättelserna hemifrån. När Kalle någon gång fick ordet försökte han tydligt och detaljrikt måla upp hur världen skulle förändras enligt hans ideologi. Fredagsmysets två berättarspår kollapsade till slut, som det brukade, i en omgång av sanning och konsekvens.

På den oändliga låtlistan i bakgrunden hade musiken för länge sedan lämnat Dean Martins ”That's amore”, ”True love”och ”Volare” och via ”The great pretender” med The Platters obönhörligt närmat sig ”My Way” med Frank Sinatra.

– Du är så envis Kalle, sa Elin och du ids inte anpassa dig till det som gäller. He gå inte bara å glida in och leka Tarzan bland professorerna som lagt årtionden på att avancera enligt systemets regler. Hon knaprade på sitt salta kex med mögelost på och såg nöjd ut med sitt inlägg.

– Jag tror på människans inneboende styrka och kreativitet, om bara resurserna fördelas rättvist, sa Kalle, irriterad av hennes överlägsna attityd. Varför ska jag övervakas och hållas tillbaka av gamla professorer? Om alla som är som jag släpptes fria och gavs tillräckliga resurser skulle det bli snabba framsteg och mindre bråk. Jag har massor med idéer till förbättringar. Viktiga förändringar som skulle spela roll. Jag vill rädda världen Elin och jag tror att jag kan lyckas med det.

– Låter som ett utdrag ur en barnslig Disney-religion, kontrade Elin. Ett lyckligt slut i en verklig värld? Väx upp Kalle.

Han svarade inte, tog bara en klunk vin och väntade på fortsättningen. Hon var söt ikväll, men bitsk. De blågrå ögonen kontrasterade mot den vita polotröjan och förstärkte effekten av plus och minus.

– Bouleturneringen med institutionen i höstas räckte för att se hur hopplöst normal din arbetsplats är, fortsatte Elin. Hur skulle du kunna ändra på det? Du var den ende som stack ut och var annorlunda, bara du, ingen annan.

– Ali är från Iran, försökte Kalle.

– Du var den ende som var svart och du var störst.

– Jag är inte så stor. Akademiker är småväxta.

– Dumheter, du är akademiker och du är verkligen ingen pygmé. Du hade den enda krulliga och burriga kalufsen. Tror du inte att det provocerar när någon sticker ut som du gör? Det borde inte spela någon roll, men det gör det och det som är annorlunda attackeras. Det är mänskligt. Att du sticker ut för att du är stor och svart är inte poängen, du är helt enkelt annorlunda. Dina vilda, udda idéer har inte en chans och har aldrig haft det.

Det blev tyst runt matbordet och även musiken verkade ha dämpat volymen, Kalle fick lyssna noga för att identifiera ”In the mood” med Glen Miller”. Möjligen var det vinet som trubbat av hans sinnen. Låten som kom efter den var i alla fall ”Sing, sing, sing” med Louis prima, det gick inte att ta fel på de rullande dunket i trummorna.

#

– Har jag berättat om Alef? frågade Elin en stund senare när tystnaden höll på att bli besvärande.

– Inte vad jag kommer ihåg. Vill du ha lite mer vin?

Elin höll fram sitt glas och Kalle fyllde på medan hon började berätta.

Min kusin Anna är gift med Alef som är född i Etiopien. En skön kille som bott nästan hela sitt liv i Örnsköldsvik efter att ha flytt med sin familj. Att han var från Övik syntes inte utanpå. Två meter lång, smal som en tråd och med musklerna utsmetade i ett tunt lager sammanhållna av hur mycket senor som helst. Det rann massajblod i hans ådror från hans förfäder i Tanzania hävdade han själv. Alef skötte jobbarnas fakturor på ABBs kontor och gjorde aldrig fel, men det gjorde byggkillarna. Hela tiden. De grova pajalapojkarna kunde inte annat tänka än att Alef var annorlunda, trots sin perfekta svenska med ångermanländsk brytning. Han kunde säga ”hörrni” på det mest gulliga sätt.

Rune, en grov och gapig stenläggare, var inte bra på att räkna. Han var rent ut sagt urusel, och fick hela tiden göra om, och göra om, och var innerligt less på det och på Alef som aldrig gjorde fel. Det han gillade att göra var att spela hockey-bockey i korpen tillsammans med de andra jobbarna under den oändliga vintern däruppe.

– Grabbar, sa Rune på en träning. Svartingen på kontoret borde få lära sig något mer om männen i Pajala än att de inte kan räkna. Han borde testas bland män. Jag tycker att vi tar in honom till nästa match. På skridskor blir han inte lika kaxig och det skulle få ner honom på jorden. De andra var tveksamma.

– Han kommer aldrig att ställa upp och gör han det kommer han att göra sig illa. Dessutom kommer vi att förlora matchen.

– Han kan få vara avbytare, stod Rune på sig, det är ofarligt, men ändå på riktigt när det smäller i planket. Nästa match är mot polisen och då förlorar vi ändå.

Argumentet bet, ingen sa emot och vid nästa tillrättavisning av Alef förde Rune fram förslaget.

– Några av oss grabbar brukar åka skridskor, sa han och lattja med en bandyboll. Vi saknar en gubbe på lördag och undrar om inte du kan tänka dig att ställa upp?

Alef tvekade.

– Du kan spela back och vi har skydd du kan få låna, fortsatte Rune.

Alef tvekade.

– Skridskor får du förstås också låna av oss. Vi har upp till storlek 47 och ändå större kan vi låna från gymnastiken på gymnasiet. Klubbor har vi. Det är bara på skoj.

En pajalalek, tänkte Rune tyst för sig själv.

– Visst kommer du?

– Okej då, sa Alef.

På lördagseftermiddagen stegade Alef in i omklädningsrummet och hälsade glatt på lagkamraterna. Stämningen blev lite avig för ingen hade trott att Alef verkligen skulle komma, och här var han nu. Glad som alltid. Några skämdes, en del tittade i golvet., Rune såg fram emot sin revansch.

– Du Alef, sa en av de mest skamsna. Vi ska spela match mot polisen, det bästa korplaget i Pajala. Vi borde kanske sagt det redan från början, men du kan väl i alla fall vara med på uppvärmningen så får du lite tillbaka för att du kom hit. Du behöver inte vara med och spela utan kan heja på från sidan. Vi fick stryk med 8–1 i fjol och de gjorde alla 9 målen.

– Okej, sa Alef avvaktande.

– Du är lite annorlunda så vi tänkte att vi skulle plocka ner dig på jorden, sa en annan. Du har ju aldrig fel.

– Jag förstår er, sa Alef. Det är klart att ni retar er på mig. Det har jag känt länge. Allt jag gör är att rätta er och jag är faktisk tacksam för att ni bjöd in mig så vi kunde träffas en stund utanför jobbet.

– No hard feelings?

– No hard feelings, sa Alef och snörde på sig sina 46:or. Det ska bli kul att åka skridskor igen.

– Har du gjort det förut?

– Jag är från Övik, sa Alef och tryckte ner hjälmen.

ABB vann lätt med 4–1 och Alef gjorde tre mål och passade fram Rune till det fjärde.

I omklädningsrummet efter matchen stegade Rune fram och ställde sig bredbent mitt framför Alef som satt och pustade ut. Han bad inte om ursäkt, förstås, han var ju från Pajala, men han kom bra nära.

– Det va som fan, sa han.

#

Kalle och Elin hade träffats första gången på Ulfs promoveringsfest. Han hade varit Kalles bäste vän på institutionen, tillsammans med Sara och killarna i IT-gruppen, och den här dagen doktorerat på ett sensorsystem för att hålla reda på renar. Ett väl valt ämne som sedan gav honom en postdok i Kanada och ett forskningsjobb på ett företag i Australien där han nu höll reda på tusentals biffkor. Kalle hade gjort sällskap med Ulf till Umeå Folkets hus där disputationamiddagen skulle hållas. Kalle gick runt borden och fick till slut syn på sitt placeringskort. Ulf hade satt honom mitt emot en kvinna, Elin Oskarsson, som Kalle aldrig hade hört talas om. Han hittade Ulf stående mitt på dansgolvet med en öppnad flaska champagne i ena handen och ett halvfullt glas i den andra.

– Vem är det du har placerat med mig? frågade Kalle och pekade mot sin plats. Och varför har du placerat oss ensamma vid bordsänden?

Ulf svarade inte, utan fyllde i stället på sitt glas och såg lyckligt småfull ut. Han hade redan fått i sig minst ett glas och Kalle visste av erfarenhet att han blev oberäknelig med sprit i kroppen. Rolig, men på ett sätt som inte följde någon etikett som Kalle kände till.

– Inte mer sprit till dig innan du hållit ditt tal, sa han. Dina föräldrar är här, professor Majestätus Persson och den där amerikanske professor Rödskägg.

– Elin Oskarsson, sa Ulf. Kompis med min syster som vägrade komma om inte Elin också fick en inbjudan. Vi tänkte att ni kunde ha trevligt ihop. Hon är från Pajala så hon står ut med vad som helst i karlväg. Tystlåten, kan man tro, men bara till dess hon fått i sig ett glas eller två. Du pratar ju också en hel del när du fått i dig lite.

– Tack, jag tar den där flaskan, sa Kalle. Och, glaset.

– Jag lovar, hon är från Pajala, sa Ulf. Otroligt, men dagens sanning.

– Ta hit flaskan, sa Kalle och Ulf lämnade över den.

– Ulf! Där är du ju!

Det var Ulfs mamma som anat oråd och kom för att samla ihop sin son. Hon gav Kalle en tacksam blick och släpade iväg Ulf mot gruppen av seniorer som samlats runt det röda helskägget. Kalle drack upp det som var kvar i glaset och hann med ett glas till innan en blond flicka som han inte kände igen kom in i lokalen, två minuter innan förrätten skulle serveras. Söt. Energiska steg. Driv. Hon studerade bordsplaceringen vid ingången, som Kalle missat, och satte fingret på sin plats. Hon tittade åt vänster och hon tittade åt höger för att orientera sig och stegade sedan utan tvekan raka vägen till sin plats. Tydliga former, inte smal. Hon hade fylliga bröst, grapefrukt uppskattade Kalle. Definitivt större än citroner och mindre än meloner.

– Kalle? frågade hon, när hon ställt sig bakom sin stol.

– Elin? frågade han tillbaka.

– Jo, sa hon.

Elin var färdig med sin master i ekonomi och jobbade på en revisionsbyrå. Hennes specialitet var skattelagen. En streber med ett driv att alltid vara bäst. Kanske inte för att vinna, men för att få ett erkännande, för att bli omtyckt och få vara med. Det tog inte lång stund innan Kalle förstod att hon pratade en hel del.

– He finns bara ett sätt att göra, brukade hon säga. Det rätta sättet.

Han hade hört det många gånger.

#

Elin avslutade sin berättelse om Alef och studerade Kalle där han satt och dagdrömde. Som vanligt, kunde hon ha sagt, men det gjorde hon inte denna gång.

– Är det en sådan barnslig Disney-religion med hollywoodslut du tror på? Det funkar inte. I Rom gör man som romarna gör, sa Elin. På universitetet som akademikerna gör.

Kalle gled undan gliringen.

– Jag tror inte på någon ”Gud” som fixar allt, men det brukar ändå ordna sig i slutänden, sa han.

– Du hoppas och chansar, men du gör inget som det ska göras, enligt reglerna. Du gör just så pass av det ena och så lite som det är möjligt av det andra. Hoppar mellan ämnen. Blandar allt till din egen röra. Universitetet har en annan agenda.

#

– Det finns bara en plats där de är mer tvärtemot än pajalaborna och det är i Pite, fortsatte Elin. Till och med där skulle du vara i topp.
Ikväll var hon i högform och för varje påfyllning hade hon en ny historia att berätta.

– Du Kalle skulle tycka att de var fega medlöpare som inte kan säga nej. Om alla badade bastu i Pajala och hinkade vodka med en rund skiva rå falukorv nertryckt på glasets kant skulle du tälta utanför i snön och smutta på ett glas Beaujolais nouveau, bara för att.

– Inte dricker de väl vodka med rå falukorv? protesterade Kalle.

– Pajala sunrise, sa Elin. Förr i världen var det hembränt till korven, ur trelitersdunkar. Få saker är så hälsosamma som finkeloljans estrar och aldehyder. Det sa alltid min farfar.

#

– Universitetet har riggat ett omänskligt system som övervakar mig och tvingar mig att göra och tänka på deras sätt, invände Kalle när ljuslågorna närmade sig mässingen. Min kreativitet dödas och jag får ingen uppskattning fastän jag levererar forskningsresultat.

– He förvåna inte att du utesluts när du inte håll dig till normerna och konventionern.

– Jag gillar inte hur de uttrycker sig, fortsatte Kalle och ignorerade Elins kommentar, ”sund vetenskap”, ”evidensbaserat”, ”enligt vedertagen forskning” och ”forskningen visar”. Att man förutsätts se ner på alla som tycker annorlunda och att konkurrens är det enda sättet att hävda sig. Jag hatar att vara en del av ett granskande kollektiv där allt styrs av stela formella strukturer och där mätbarhet är det enda som gäller. Det som inte går att mäta finns inte i deras värld. Helt otroligt! Vilken sorts värld leder deras normer och sätt att tänka till? Vill du leva där? Vill du att dina barn ska leva där, i ett perfekt allkonstverk som kräver att alla anpassar sig till den grad att allt mänskligt suddas ut?

Kalle letade motargument i disneycitat och disneysånger. Han ville hellre leva i Disneys drömvärld än i forskarvärldens matematiska illusion. Disneys värld var i färg och där fanns humor.

– Men så här Elin, sa han och lutade sig framåt över bordet för att ge lite tyngd åt orden. ”Livet är en resa att uppleva, inte ett problem som ska lösas”, som Nalle Puh sa.

Antagligen spelades det något från ”Skönheten och odjuret” från låtlistan när Kalle följde polotröjan och de tajta jeansen mot sovrummet, men han lyssnade inte, bara njöt av det han såg. Kalle trodde att allt skulle ordna sig, som det alltid hade gjort under hela hans uppväxt och studietid. Han hade sin Elin, en lägenhet, en doktorandtjänst och han hade publicerat flera accepterade artiklar.

Fylld av tillförsikt och laddad med självtillit var har säker på att hans plattform var stabil nog för att utmana sitt lilla hörn av universitetet.

Han hade fel.

#

Under hösten hade Kalle lagt ner allt mer tid på att skriva noveller om hållbara utopier och allt mindre på sin avhandling. Han återvände förra årets föreläsningar och la i stället tiden på att formulera djupa tankar med sina parkerpennor för att säga något till världen som förde den mot social hållbarhet.

Alla människor hade rätt till en acceptabel livskvalitet, att få delta i en kärleksfull gemenskap, ha tillgång till sjukvård, få gå i skola och uttrycka sina åsikter.

Vad fick honom att tro att någon skulle bry sig om just hans åsikter hans perspektiv och hans berättelser? Var inte alla andras röster lika viktiga och sanna som hans var? Nej, det trodde inte Kalle. Han var unik, speciell och kanske till och med utvald, och det var även hans budskap. Vad hade han för bevis på det? Inga. Vad hade han för data som stödde den analysen? Inga alls. Hur mätte han? Hur utvärderade han? Inte alls. Kalle mätte inte och utvärderade inte, han kände på sig, tyckte, trodde och chansade.

#

En fredag i början av december när Betlehemsstjärnan i guld lyste över vinet och kexen kom samtalet vid köksbordet in på Kalles författarambitioner. Elin var inte förtjust. Hon hade egna erfarenheter av vad författande innebar. Hennes morbror Per hade varit författare och ofta ätit middag med Elins familj. Han blev som regel lätt berusad eftersom han hade en tendens att dricka vin lika fort som han pratade. Med vinet som bränsle började han berätta, om allt, och speciellt om hur det hade varit i Pajala förr. Han drack mer vin och kom in på hur man skrev romaner och hur det kändes att vara en författare. Elin hade lärt sig allt om författarlivet och inte blivit imponerad. Ett ensamt liv, sa hon. Läs mycket, hade hennes morbror manat och pekat på vart och ett av barnen runt bordet, i tur och ordning. Läs och ni kan skriva, sa han.

– Har du talangen? frågade morbrodern henne vid en middag.

– Nej, sa hon. Totalt ärlig redan som tioåring. Jag skriver bara ner det som har hänt i min dagbok.

– Inget hittepå?

– Nej.

– Inga fantasier?

– Nej.

– I min roman kommer du att vara med som en solros. En spegel av solen, fullt utslagen, jordbunden och med ansiktet vänt mot himlen. Kom ihåg det när romanen kommer ut, att solrosen, den är du Elin.

Av någon anledning var Elin hans favorit av barnen. Kanske för att hon inte hade några som helst författarambitioner och saknade all talang för att hitta på? Ingen visste vad romanen morbror Per skrev på handlade om och när han plötsligt dog av en hjärtattack hittades inte en rad ur någon roman. Inga skisser, inga anteckningar, inga noveller. Ingenting om solrosor. Det enda de hittade på hans skrivbord var ett utkast till Norrländska socialdemokratens lätta sommarkryss som han arbetat med. Bankkontot var tomt. Krediten tömd och en bunt räkningar låg undanstoppade längst in i strumplådan hophållna av ett grönt gummiband

–Författare tjäna inga pengar, sa Elin. Det ha jag lärt mig. De får läsa, läsa och läsa för å skriva och måst konstruera korsord för å försörja sig. De skriv så mycket de bara kan och orka all den tid som finns över. På helger, nätter, på fikarasten och på bussen. Författare e drömmare, fast i egna världar som de aldrig fullt ut kan dela med andra, och det värsta e att ingen egentligen ha tid eller intresse av ännu en drömvärld, förutom författaren själv.

– Även om du har rätt, sa Kalle, så har författaren inget annat val än att försöka.

– Va e chansen att lyckas för en debutant? En på tusen?

– Något sådant, medgav Kalle.

#

Läsa för att skriva, hade Elins morbror hävdat. Kalle satt i soffan och räknade böckerna i de två korta raderna i hans bokhylla. Den undre raden bestod av böcker som Kalle köpt på Röda Korset, men inte läst. De fyllde ut hyllan så att den inte såg pinsamt tom ut. På hyllan ovanför stod fjorton böcker som Elin fått av sin morbror Per. Böckerna hade skickats till henne i en låda märkt med ”Klassiker till Elin” ungefär samtidigt som hennes morbror dött och sedan dess hade hon ställt upp dem i bokstavsordning efter författarnas namn i varje lägenhet hon bott i. Två av böckerna hade hon köpt själv, de handlade om ekonomisk teori och det var de enda av böckerna som Elin öppnat. Kalle gick fram och läste författarnas namn på ryggarna. Några av dem kände han till som nobelpristagare, men de flesta var okända.

Boken längst till vänster saknade författarnamn. Det var bibeln. När Kalle drog fram och slog upp den knakade det om bokryggen. Inte läst, tänkte Kale. Helt ny. Han drog ut en annan bok, ”Candide”, skriven av Voltaire. Även den var oläst. Varför hade Elins morbror skickat olästa böcker till Elin?

Kalle tittade vidare längs bokryggarna. ”Faust”, ”1984”, ”Frankensteins monster” och en bok utan titel av Per Lagerqvist, en författare som Kalle trodde fått nobelpriset för sina diktsamlingar. P.G. Wodehouse hade han faktiskt läst, flera böcker om betjänten Jeeves och aristokraten, ungkarlen och latmasken Bertie Wooster. ”Tack Jeeves” hette boken som Elin fått.

#

Kalle insåg att han inte läst tillräckligt för att kunna skriva bra. Hans utantillkunskaper om Disney var bara populärkultur och ytliga sanningar. Det han ville var att leta sig in i människans själ. Var fanns den i litteraturen?

Han började med att läsa bibeln och begrundade ett citat från Predikaren 12:12: ”Ingen ände är på det myckna skrivandet, och mycket studerande gör kroppen trött.”. I Uppenbarelseboken, där det handlade om hur djävulen slutligen besegras och guds rike uppstår, hittade Kalle ett annat tänkvärt citat: ”Lycklig är den som läser upp och lyckliga är de som hör orden i denna profetia.”. Inget om att skriva sin egen bibel, men där fanns i alla fall en positiv inställning till läsning och undervisningen.

Kapitel 2: Universitetet och medierna

Adventsstjärnan var släckt och undanstuvad i förrådet och av julfesten var det bara återbetalningsplanen kvar. Umeå var mörkt och kallt men Kalle flöt fortfarande ovanpå, barnsligt obekymrad. Osårbar och utan behov av modernitetens regler som bara begränsade honom. Han var lycklig och trygg, och det antog han att alla andra också var. Andra sa att han var en bortskämd dagdrömmare som levde på systemets sidoeffekter.

Kalle såg fram emot uppsatsen han skulle skriva och som var det sista han måste göra för att få ut sin doktorsexamen. Hur han hade lyckats få en doktorandtjänst var oklart, men troligen fanns det ingen annan sökande. Nu var han på god väg att klara sin examen. Han gillade att lösa problem och framför allt att programmera, han förstod språket, kunde se genom strukturerna. En talang som var ovanlig i teknikvärlden som annars var fokuserad på reglerna och logiken. Kalle programmerade som en författare skriver en roman. Med karaktärer, relationer, händelser och minnen.

Som en del av att få ut sin doktorsexamen var Kalle tvungen att redogöra för sin syn på forskning, institutionsarbetet på universitetet och på pedagogik. Han skrev på två versioner, en rumsren och falsk, för sin examen och en sann, där han beskrev verkligheten, som han såg den. Den sanna versionen var ett rent nöje att skriva. En bra träning i att skriva ironiskt och sarkastiskt.

Han gick till fikarummet för att få inspiration och fylla på sin te-mugg. Det fanns många te-sorter att välja på och han valde en på sitt vanliga sätt. Han blundade och släppte ner handen och tog den första te-påse han rörde vid. Te som te. Inspiration fick han av att passera alla de små skärmar som satt utanför tjänsterummen, ”jobbar hemma”, ”kommer nästa vecka”, ”semester”, ”på konferens på Barcelona”, eller ännu mer obestämt som ”ring mig” eller, mer anonymt, ”maila mig”. ”Om det lyser på rummet är jag här” var dagens höjdare.

Verkligheten bakom forskningen fick ett eget avsnitt i den sanna versionen om vad som egentligen pågick på institutionen. Kalle formulerade sig i formella framställningar på arkivpapper som han skickade till notarius publicus. Där skulle hans bidrag arkiveras och noggrant sparas till eftervärlden i brandsäkra skåp.

Till Notarius Publicus:
Sanningen är att bara vissa ämnen är tillåtna på institutionen, nämligen sådana som accepteras på konferenser som betyder något och ämnen som bidragsgivande grupper är villiga att betala för. De som ger bidragen är samma typ av personer som söker pengarna, så hela ansökningsprocessen är en återkopplad jävsituation där ändå ingen kan visa på att formella fel begåtts. Vad som gäller för att få anslag blir till en anpassningsprocess där fokus på forskningen styrs. Det som finns utanför lådan är ointressant och avfärdas som ovetenskapligt. En styrande princip är att ju smalare forskningsfrågan kan formuleras desto större chans att pengar delas ut. Själva ansökningsprocessen är så sanslöst omfattande och krävande att den filtrerar ut alla individuella initiativ och allt "ovetenskapligt" fritt tänkande och utforskande. Vart pengar ska gå är förutbestämt, det som inte alla gånger är givet är vem eller vilka personer som fyller ut den givna forskningsfrågan bäst och alltså får anslagen.

Studenterna karakteriserade Kalle kortfattat i en punktlista. Den planerade han att utveckla senare med utförliga exempel.

Till min kära Notarius Publicus:

- *Lata studenter som ser det som en personlig provokation att behöva anstränga sig.*
- *Ointresserade studenter som tycker att livet är jobbigt, och aktivt bekämpar arbete och engagemang med argument av typen: jag har inte sovit bra, läraren är dålig, det tar så lång tid, eller det är så mycket att skriva.*
- *Studenter som är intresserade på fel sätt. De läser alldeles för många kurser och är fokuserade på hur de ska få maxpoäng.*
- *Studenter som lägger sin tid på allt annat än studierna. De jobbar på ICA, missbrukar sociala medier, fikar och spelar datorspel.*
- *Studenter som saknar talang. Ingen, allra minst de själva förstår vad de gör på Universitetet. Ett problem som förvärras av en orealistisk uppblåst självbild.*

Kalle hade flera gånger putsat på de här avsnitten i sin pedagogiska portfölj och försökt hitta den rätta stämningen. Fördömande, förödmjukande, föraktfull och sann. Han njöt verkligen av skrivandet som hade blivit en livsstil för honom. Han älskade att formulera sig och fick betalt för att göra det. Undervisningen däremot var ett helvete.

#

I sin pedagogiska portfölj gav Kalle exempel på sina pedagogiska erfarenheter med talande exempel direkt ur dagens verklighet. Om pedagogisk teori kunde han ingenting.

Pedagogiska erfarenheter för komplettering av doktorsarbetet. Avsnittet om lektionsstyrning. Exempel från 11 januari 2050.

I min lärargärning går jag långt bortom Jean Piagets och Lev Vygotskijs idéer. För en kritisk analys av hur och varför dessa pedagogikens giganter alldeles missar målet, se appendix 3. Jag kämpar för att rädda världen och mina vapen för en hållbar värld är min tro på människan, på kärleken, skönhet, fantasi, och på sagans makt. Kanske är jag lite barnslig och blåögd? Kalle Anka?

De sista terminerna har min lärargärning allt mer riktats mot social hållbarhet i en värld fylld med kärlek, det går så där. Tekniklärare förutsätts inte bry sig om det som inte går att mäta.

#

En föreläsning i kursen Innovationsteknik strukturerade Kalle efter den korta frågan ”Varför?”. Klassrummet var som vanligt knappt halvfullt för studenterna läste så många kurser parallellt att de måste välja vilka föreläsningar de skulle gå på och Kalles valdes ofta bort. Det var redovisning i den andra kursen fick han höra ibland av någon som kanske hade tänkt komma annars. De flesta dök helt enkelt aldrig upp, troligen eftersom kursen saknade genomgångar av gamla tentaexempel på lektionerna. Det var en kurs där studenterna måste tänka, där de till och med var tvungna att tänka själva, och där svaret inte var en siffra. Det flesta studenterna satt vid bänkarna längs fönstren och den populäraste platsen var den som var så långt bort från Kalle som möjligt. När fönsterplatserna var tagna fylldes klassrummet på bakifrån, så idag var det ett halvt klassrum mellan Kalle och studenterna.

– Varför? frågade Kalle.

Ingen sa något. De som satt vid fönstret studerade det svarta januarimörkret utanför eller gjorde som alla de andra och tittade ner i sin bärbara proxy. En student allra längst bak hade redan somnat. Två studenter strosade in fem minuter sent och slog sig ner, fortfarande småpratande.

– Varför är ni här? specificerade han frågan.

Inget svar, fastän Kalle väntade i så pinsamt många sekunder att han såg att även de mest tjockhudade började skruva på sig. Studenten längst bak som försökte sova öppnade till hälften ett öga, men stängde det igen.

– Ni har inte en aning?

Nu började en viss irritation sprida sig. Hur länge skulle han hålla på och tjata? Kom till saken någon gång, tänkte de. Ge oss svaret.

– Ni är snart klara välutbildade civilingenjörer och har ingen aning om varför ni är här?

En teknisk fysiker i mitten av rummet tog sitt ansvar för gruppen.

– Jag vill ha ett välbetalt jobb där jag kan utvecklas och tjäna pengar så att jag kan ut och resa.

Flera andra nickade,

– Du vill leva ett lyckligt liv? frågade Kalle.

– Ja, självklart.

– Någon som vill ha ett tryggt och säkert jobb? fortsatte Kalle att fråga. Vill vara eftertraktad? Kunna byta arbetsgivare vart femte år, som man ska enligt karriärrådgivarna? Nicka om ni håller med.

De flesta nickade, utom studenten som sov.

– Ni ska jobba för en social hållbarhet menar jag, sa Kalle och bläddrade fram en powerpointbild där ordet ”KÄRLEK” skrivet med röda bokstäver fyllde hela bilden. Har ni hört kärleksbudskapet? Som man vill bli behandlad av andra ska man behandla andra, sa Jesus, och det budskapet kommer igen i alla de stora religionerna.

– Varför använder du ordet man? frågade en kortklippt ljushårig flicka med irriterad röst. Hon hade rätat på ryggen och såg stint på Kalle. Gäller det bara män som …

– Ordvalet spelar … försökte han avbryta henne, men det var för sent. Till och med studenten som sovit visade ett visst intresse och öppnade ögonen.

– Avbryt mig inte, sa den ljushåriga. Sluta förminska mig. Försök inte utnyttja din maktposition med härskartekniker. Det kommer inte att gå. Hela bibeln är en enda gubbröra av förtryck och förminskande av kvinnor. Hur många har inte dött på grund av det? Jag vill bara gråta när jag tänker på det och nu har vi fått en lärare som bara mal på utan att bry sig.

– Alla religioner … försökte Kalle skjuta in.

– Alla religioner har skrivits av män för män, fyllde flickan bredvid den ljushårige på med. Varför provocerar och kränker du oss med att hänvisa till religioner? Vi kan tänka själva så gör oss inte till barn som inte förstår. Vi förstår nog vilken agenda det är som du vill föra fram. Den vite mannens koloniala blick. ”Säg inte emot, följ normen”. Ren borgerlig strukturell diskriminering.

Kalle visste inte vad han skulle säga. Ingen annan sa något heller, men Kalle såg att några andra av flickorna nickade instämmande. Den sovande studenten som vaknat till slöt ögonen igen. Kalle tryckte fram nästa bild. ”Vänd andra kinden till”, stod det, och en tsunami av protester vräktes över honom, övervägande på temat ”Varför skulle vi kvinnor vända andra kinden till efter allt vi fått stå ut med?”. På något sätt lyckades han hålla sig flytande till slutet av lektionen och presenterade uppgiften han förberett åt dem på temat ”Varför?”. Dagens sista protestvåg vällde in över honom.

– För många sidor att skriva!

– För mycket jobb!

– För kort tid!

– Jag måste resa bort, för min syster ska gifta sig i Grekland.

– Jag jobbar.

– Jag har inte tid.

– Specifikationen är för otydlig. Vad är det egentligen jag ska göra för att bli godkänd? frågade studenten som sovit.

Kalle stängde av väggskärmen och lämnade klassrummet. Om två veckor skulle hållbarhetsfrågan om ”Hur?” tas upp. Några av de provocerande bilderna om utlandsresor skulle säkert skapa diskussion. Han som skulle flyga till bröllopet i Grekland kunde knappast sitta tyst på den lektionen.

#

Det var inte bara studenterna som engagerade sig i hans undervisning. Även personer ovanför honom i den akademiska hackordningen mobiliserade.

Prefekten Erik var en äldre man, bred och djup vid midjan och med sina grånade tinningar var han en silverräv som det fanns gott om i ledningen på universitetet. Robusta glasögon med neutrala bågar av obestämd ålder och okänt ursprung. Naturvetare, rationell, logiskt tänkande och totalt utan empati och fantasi. Det fanns inget kriterium för mänsklighet när prefekter valdes, enda kraven var en doktorsexamen och en viss fallenhet för Excel. Strax efter lunch, dagen efter lektionen om frågan ”Varför?”, kom Erik in på Kalles tjänsterum och stängde dörren. Detta var något nytt, för deras kontakter var annars på stadiet nick och hej. Framför allt flög Kalle under radarn när det gällde institutionens utvecklingsarbete. Dels var han inte intresserad och dels hade ingen kommit på tanken att fråga honom. Doktorander hade inget att bidra med enligt universitetets hackordning, utom all sin tid och all sin energi.

När prefekten klev in på rummet utan att knacka delade Kalle sin uppmärksamhet mellan en icke-fungerande mjukvara med ett okänt antal buggar på en skärm och nyhetsuppdateringar bredvid en Youtubevideo i två olika fönster på en annan. På Youtubevideon förklarade en indisk guru hur alla världens problem kunde lösas med bättre andningsteknik.

– Hej Kalle, jag ska gå rakt på sak, sa prefekten. Ryktet säger att du la en hel lektion på social hållbarhet igår?

– Ryktet? frågade Kalle och tog av sig hörlurarna. Han pausade videon med gurun och la den i bakgrunden. Prefekten hade tagit några steg till in i rummet och var helt klart innanför Kalles intimitetszon, utan tvekan medvetet. Kalle snurrade på stolen så att hans knän hejdade prefektens framryckning. Huvudet kortare än Kalle, men stående framför den sittande Kalle, fyllde han hela hans synfältet och fick Kalle att känna sig som när han var åtta och hotades av magister Claessons smiskande pekpinne.

– Ja, jag har fått in en studentanmälan. Enligt den spenderade du två timmar på kärlek och frågan om ”Varför?” i kursen Innovationsteknik.

– Ja, det stämmer, sa Kalle. Jag anser att studenterna kan alldeles för lite om social hållbarhet och att ett av problemen är att det finns för lite kärlek i världen. Han tog upp en Parker Jotter som låg vid tangentbordet och klickade några gånger på den. Det lugnade honom. Den lilla kulspetspennan kändes som ett mäktigt svärd som han kunde fäkta undan maktgalningen med.

– Kanske det, backade prefekten innan han tog ny sats.

– Civilingenjörer har annat att lära sig, sa han bestämt.

– Som är viktigare än social hållbarhet?

– Som vi har i uppdrag att lära ut till dem.

– Vad skulle vara så mycket viktigare än social hållbarhet?

Kalle tog upp sin anteckningsbok och låtsades skriva ner några anteckningar.

Ett! två! tre! fyr!
Raka led! två! tre! fyr!
Här marscherar våran tropp,
Medan solen stiger opp.

– Våra studenter ska ut på en hårt konkurrensutsatt arbetsmarknad, sa prefekten, uppenbart irriterad över Kalles undanmanöver med sin penna och sin anteckningsbok. De måste vara förberedda med de allra bästa kunskaperna för att kunna bidra i våra exportbolag. Skatten de betalar in är vad du och jag lever av. Dessutom närmar sig utvärderingen av universitetskanslersämbetet och att få ett sänkt betyg där vore mycket illa. Enligt Bologna är syftet med utbildning en ökad konkurrenskraft. Behöver jag säga mer?

Yes Sir, här satsar vi på service, du är chef och kung och shah,
men säg det nu vad önskar du, lite snittar kanske passar bra.

– Erik, sa Kalle, har du tänkt på ordet utbildning? Ut-bildning, att vi alltså har ett ansvar att bilda studenterna?

– Ja, givetvis. Så att de får ett jobb.

– Nej, jag menar att vi måste utbilda dem så att de kan bidra till en bättre värld och själva kan få ett bättre liv.

En helt ny värld, ifrån ett annat perspektiv.

– Social hållbarhet är inte vårt uppdrag Kalle. Vi ska hålla oss till ämnet. Teknik. Innovationer.

– Den är oerhört viktigt för ett hållbart samhälle. Det tog jag upp med studenterna och några av dem var väldigt engagerade i diskussionen.

– Andra verkar inte ha uppskattat ditt snedsteg lika mycket.

– Nehej.

– Se det här som en allvarlig varning. Du kan inte fortsätta så här.

– Nehej.

– Du är begåvad Kalle. Du har potential. Men att sätta sig på tvären och provocera är absolut inget som för dig framåt i karriären. Fokusera på det du är bra på i din forskning. Snart har du doktorerat och behöver en tjänst.

Kalle var hårt ansatt på jobbet, men ännu så länge var det lugnt på hemmafronten. Bara de vanliga tiraderna om städning, bäddning, matlagning, toalettsitsen och skäggstubben.

Lugnet före stormen.

#

Elin hade matjour och lagade till köttfärsbiffar i sky med kokt potatis. Det var en av Kalles favoriträtter men idag tänkte han inte på vad han åt. De två stearinljusen stod otända på bordet. När han stjälpt i sig en folköl berättade han om samtalet med prefekten. Hur universitetet satte vetenskap, ämneskunskaper och jobb före studenternas utveckling till värdiga och mänskliga medborgare. Hur han till och med hade hotats.

– Varför ska du alltid vara tvärsemot? frågade hon.

– Men, inte är jag tvärsemot, jag tänker bara nytt och lite annorlunda, svarade Kalle.

– Tänk nytta i stället. Du struntar i alla regler som om du vore osårbar. Helt borta i natten och vet knappt vad du gör.

– Det vet jag visst. Jag gör det på mitt sätt

– Du använde gräsklipparen som häcksax i somras. Det är ju farligt!

– Ville bara prova. Och, det fungerade ju.

– Visst, visst, du gör det på ditt sätt. Hur skulle det vara om du gjorde som man ska? Sopborsten ska man inte piska mattor med, då går den av. En disktrasa får man inte torka golvet med! Det är äckligt.

– Vem bestämmer vad man ska göra? undrade Kalle.

– He finns bara ett sätt att göra, det rätta sättet. Hur svårt kan de va? I Pajala är de bansliga fortsatte Elin, men du skulle ligga i topp där. Har jag berättat om mormorsfar Erland?

– Ännu en släkting med historia?

– Ja, han var kapten på Norrbottens regemente i Boden och hade en barnatro som var starkare än någon annans.

Några år tidigare hade Norrbottens regemente krigsövning nere vid heden. Sommaren hade varit ovanligt torr och befolkningen blev alltmer förtvivlad eftersom en katastrof hotade skörden runt Boden, och nödslakt kunde bli nödvändig om fodervallarna inte växte till sig. Kyrkan ringde till samling vid högmässan för att i bön be gud om regn.

Även Erland nåddes av meddelandet och uppmanade soldaterna att möta upp vid Överluleå kyrka.

Erland berättade med stor inlevelse om händelsen för min mormor.

– På väg till kyrkan skiner solen från en alldeles klar himmel. Inte ett enda moln syns till. Hela kyrkan blev fullpackad med förtvivlade människor.

Vid slutet av högmässan uppmanade prästen alla att förenas i bön om regn.

Här blir Erland ivrigare i sin berättelse och hans ansikte skiner upp

– Medan vi ber hörs plötsligt ett sus. Prästen tystnar och det blir alldeles tyst i kyrkan. En, två, tre sekunder och sedan slår tunga vattendroppar mot kyrkans koppartak. I tystnaden dånar smattret mot taket som ett guds tecken. Skyfallet fortsätter under resten av högmässan där människorna i kyrkbänkarna sjunger psalmer och tittar på det stora vackra kyrkofönstret med en kristusfigur framme vid altaret. Den blå bakgrunden lever av vatten som rinner längs fönstret och skapar en illusion av att kristusfiguren lyfter och svävar uppåt. Det regnar fortfarande rejält när folket går ut ur kyrkan. Ett under.

Här förändras Erlands min och blir allvarlig, ja sorgsen.

– Jag såg ingen mer än jag, ingen i hela församlingen, som tagit med sig paraply och galoscher.

Kalle fyllde på Elins glas utan att kommentera berättelsen. Elin tog en sipp ur sin öl och studerade honom över glasets kant.

– Du påminner om min mormorsfar Kalle. Samma envisa orealistiska barnslighet. Inte så att du är frikyrklig, men du får för dig saker och sedan vägrar du att anpassa dig. Tvärsemot.

#

– Moderna kvinnor, hade Elin sagt en fredagskväll, är vuxna vid 12 och har samma drömmar om upplevelser och resor som vuxna.
Inte underligt, tänkte Kalle, att de tappade geisten och började klaga på allt och alla.

– Din charm ligger i att du aldrig blivit vuxen, fortsatte hon, kanske på skoj eller för att retas, Kalle var inte säker. Du är stor, oberäknelig, och barnslig. Du går att styra, men inte utan problem som en ryttare hanterar en ridhäst.

Kalle ville inte vara en häst för någon. Hade han ingen annan utmaning att erbjuda Elin än att vara någon hon kunde lära sig rida på?

#

Elin stressade som vanligt iväg på måndagsmorgonen för att hinna jobba sina 40 timmar och fylla på flexbanken. Kalle tog det lugnt och la sig på soffan. Han hade en hel del att fundera på. Hur skulle han hantera hotet från prefekten och var det möjligt att ställa universitetet till svars för dess usla arbete runt social hållbarhet? Svåra frågor som borde hanteras med en djuplodande analys. I stället tänkte han på moderna kvinnor och Elin.

Vad var männens favorit bland de moderna kvinnorna? Hur var hon? Rationell, Orädd när det gällde sex. Hade egna pengar och satsade dem gärna på att hyra in en hemhjälp. Hon planerade med kalender och värdesatte sin karriär. Hon betygsatte, bedömde och valde självständigt. Om hon var sådan fick hon sin partner att växa i förvissning om att han var den utvalde. Han kunde uppleva en viss kontroll över deras relation.

Blev en sådan kvinna tråkig, lillgammal, och hopplöst rationell i sina livsval, en informationsprocessande maskin? Naturligtvis inte, det fanns alltid mat, dryck och sex och en komplex verklighet som hela tiden slumpade ut allt emellan ont och gott, piskrapp och godis, död och ett 3,6 kilo tungt välskapt flickebarn.

Andra kvinnor hade andra agendor.

Det var helt klart att Elins vän JoHannah inte gillade Kalle, det behövde Elin inte berätta. JoHannah var en streber, en vinnare, till vilket pris som helst. Möjligheter utnyttjades maximalt. Den starkes vinst gynnade även den svage i JoHannahs värld. Vad hon hade sagt till Elin var att Kalle var annorlunda. Han spelade inte efter spelreglerna utan fuskade och smög omkring utanför spelplanen. Elin tvekade aldrig att säga sanningen även om sina vänner.

JoHannah ville inte leva utanför normen, tänkte Kalle. Hon var normen personifierad och inom normen var hon oslagbar. Kalle misstänkte att JoHannah ville dra in Elin i sin rationella och realistiska fålla för att sedan vinna över henne från Kalle. Kanske hade hon redan lyckats? JoHannah var avundsjuk på honom eftersom han hade en irrationell oförutsägbarhet som attraherade Elin, något som JoHannah omöjligt kunde konkurrera med.

Tankarna ledde till en teori om varför han inte hade några manliga vänner. Att placera honom i ett rum med män ledde alltid till en tryckt stämning. Varför? Kalle trodde att männen såg honom som ett hot. Stor. Mörk. Verbal. Annorlunda. Någon med stor kuk som drog till sig alla kvinnor. Kanske var det precis för att han gjorde män osäkra som kvinnor attraherades till honom. Kvinnor drogs till sådana utmaningar, som stora ridhästar.

Elin konkurrerade ständigt med män på sitt jobb och slets mellan kraven att vara kvinna och att tävla med män. Inte en lättuggad dubbelmacka för den som inte ville använda sig av sina kvinnliga företräden. Gjorde Elin det? Kalle hade aldrig tänkt tanken förut. Han vände och vred på den och drog sig till minnes vad Elin hade berättat en annan sen fredagskväll. De låg i sängen och berättade för varandra om sina tidigare kärleksupplevelser, eller rättare sagt Elin berättade, för Kalle hade inte mycket att säga.

De pojkar som fanns i Pajala räckte precis till ett fotbollslag men inte till ett ishockeylag. Elin var stark, smidig och duktig på att åka skridskor så hon platsade lätt i knattelaget och det yngre pojklaget. Hennes äldre bröder Robert och Kent hade drillat henne med klubba och puck ända sedan hon kunde stå på ett par skridskor. Kent var Elins stora idol och en ledare i pojklaget ända till dess han blev sjutton och började träna med A-laget. Det året fyllde Elin femton och när hon blev ensam insåg hon hur mycket Kent hade betytt för laget och för att se till att Elin var en i gänget. Pojkarna började växa ikapp och Elin fick träna hårt för att tillföra något till laget. Sista året deltog hon mest som rundningsmärke och var en anledning för killarna att vara med i laget. Hon duschade med dem efter träningen och det hände att hon blev kvar i omklädningsrummet. Hellre med vissa av grabbarna än med andra. Kalle lyssnade och kände svartsjukan ta över. Han såg scenerna från omklädningsrummet framför sig.

– Varför vissa, frågade Kalle? Hur mätte du Elin? Storlek? Antal?

Elin behövde ingen betänketid, utan gav en utförlig beskrivning av pojkarna i prioritetsordning.

– Det varierade, sa hon. Till att börja med var hon med de framfusiga i förstafemman, men sedan valde hon mer noga ut de som gav henne mest njutning. Gärna skrämmande stora. Lukas blev favoriten och hennes första pojkvän. En stor och kraftig back. Stor på alla sätt, avslutade hon. Du då Kalle? Va ha du för tokerier att berätta?

– Jag hade inga före dig, sa han.

– Hade du inga? Jag tro dig inte. Kom igen nu Kalle. Nu ha ja berättat om Lukas med den stora snorren, då e de din tur.

Han var tvungen att hitta på en berättelse från en midsommarafton. Det hade funnits spänning den gången, så långt var det sant, men det mesta Kalle berättade hade aldrig hänt. Trosorna och kalsongerna som kastades på högen med kläder, de rullande stjärtarna på väg ut i vattnet i motljuset strax efter midnatt. Kalla styva bröstvårtor och vattendroppar i det krulliga håret. Tydligen gjorde hans berättelse intryck på Elin för de älskade hårt och länge den natten. Eller så tyckte hon bara synd om honom.

Han skulle förstås klara sig utan Elin, men helst inte. Det var bekvämt att ha henne även om hon ständigt hackade på honom. Han skulle ge Elin anledning att stanna hos honom, men först hade han sin strid för social hållbarhet att utkämpa på universitetet.

Kalles nästa drag blev en attack på den vansinniga tillväxten. Kanske inte så smart eftersom han redan var under belägring och borde organisera sitt försvar, men han kunde inte hålla sig. Det måste ut. Universitetet hade utmanat honom och begränsat hans frihet. Det var inte okej. Dessutom misskötte universitetet sitt uppdrag som föredöme i kampen för hållbarhet.

Ibland är anfall bästa försvar. Andra gånger är det rena rama självmordet.

#

Två veckor efter mötet med prefekten klickade Kalle ut patronen i sin svarta Parker Jotter och satte punkt. Han bläddrade stolt igenom sidorna i dagboken och nickade nöjt åt speciellt spetsiga formuleringar. Han hade inte fått minsta respons på sina skrivelser till Notarius publicus. Ingen brydde sig. Ingen tänkte på hållbarheten. Ingen tog någon notis om vad Kalle tyckte. Så kunde det inte fortsätta.

Han såg sig själv speglad i fönstret som skilde honom från januarieftermiddagen ute på campus. Några på institutionen skulle kalla honom en smula självgod och det med rätta, men enligt Kalle var det ett positivt omdöme. Han var bestämd, trovärdig och någon att räkna med, en röst från som stod för värmen och ljuset i kontrast mot det kalla, mörka och omänskliga universitetet. Kalle la ner pennan, snurrade kontorsstolen i läge och började mata in texten i ett mail till universitetets rektor.

Rektor Lena Karlberg var en energisk och effektiv kvinna i en svårbestämd ålder mellan 45 och 65. Kalle hade suttit bredvid henne när doktoranderna bjöds på välkomstmiddag under det första året. Han kom ihåg att hon inte ätit av köttet och bara smuttat på vinet när representanter för olika institutioner utbringat skålar för universitetet och universitetsledningens förträfflighet. Rena rama hjärntvätten enligt Kalle. Hennes handslag var fast och kraftfullt trots att hon var spenslig och kort. Hennes lilla hand högg tag och slöt sig som en gripklo. Handen var sval, precis som hela hennes uppträdande. Han skulle beskrivit henne med orden "Rationell" och "Distanserad". Perfektionist och väldigt mycket innovation och "världsledande".

Kalles mail sa henne ett sanningens ord när det gällde universitetets hantering av social hållbarhet. Ute var det becksvart så han hade inga problem att förstärka den mörka sidan av verkligheten. Så här började inlagan:

Ovationerna i samband med Umeå universitets 80-årsfirande har lagt sig. Grattis Umeå universitet, men vem har spärrat in din röda själ? Ditt mod och din attityd att ifrågasätta det etablerade? Att tänka själv och nytt? Din okonstlade miljö präglad av lärare och studenter utan akademisk bakgrund och din avsaknad av högstämda akademiska traditioner och hierarkier? Ditt engagemang för en samhällsutveckling mot allas deltagande?

Forskningen kanske är fri att hålla på med det som forskningen känner för men detta gäller inte för universitetet som institution. Vad ser vi nu? Ett universitet som i en desperat prestigejakt försöker klättra på internationella rankinglistor där fler artiklar publicerade i rätt sammanhang är det enda som räknas. Detta kombineras med en utvärderingsskräck där det gäller att inte sticka ut på fel sätt.

Sedan bombade han på med rubriker som "Odemokratiskt styre", "Snedvriden syn på kompetens", "Okunskap om hållbarhet", "Den eviga doktorstiteln, amen", "Delegering av ansvar och arbete men inte av makt". Forskningen skulle vara fri, forskaren måste få ha sin frihet, vetenskapen fick inte styras av politiken. Den skulle vara oberoende av både politik och marknad.

Helt vansinnigt. Givetvis måste forskningen styras av politiken! Hur kunde man över huvud taget ifrågasätta det?

Slutklämmen var han speciellt nöjd med.

Umeå Universitet liknar allt mer en disputerad ballong som blåser upp sig själv och sakta lämnar verkligheten. I korgen diskuterar forskarna ivrigt viktiga forskningsfrågor, som hur man får pengar från vetenskapsrådet. Förundrat ser de över korgkanten verkligheten som blir allt suddigare långt där nere. "Så obegåvade och obildade de är som inte inser hur världen fungerar. Att det är med vetenskap som vi får syn på verkligheten". Diset tätnar och allt blir grått.

Skrivelsen bokfördes i laga ordning av registrator och fick sitt identifikationsnummer, men Kalle fick naturligtvis inget svar. I alla fall inte via mail. Skrivelsen var ett resultat av Kalles attityd till sin arbetsplats och till vetenskapens självgodhet. Den attityden och hans provocerande självgodhet kunde bara leda till en sak.

Bråk.

Det såg Kalle fram emot.

#

Ensam i fikarummet kopplade Kalle av med en kopp te i muggen han fått av Elin och läste den senaste boken om blockkedjor. Institutionens mest meriterade forskare klev in från korridoren och såg sig omkring. Han fyllde upp en kopp med kaffe och satte sig mitt emot Kalle.

Forskaren var världsledande expert på energitransporter i hus byggda i Västerbottens inland på femtiotalet med kanalmur och isolerande luftspalt. I hans CV listades otaliga artiklar med avancerade matematiska modeller presenterade över hela världen. Han var också en drivande person i forskningsrådet och pratade ofta och mycket. Speciellt populära var talen på institutionens julfest med barndomsminnen från jular förr. Samma ålder som prefekten, samma gråa tinningar och begynnande mage. Samma gäng. Vana att bestämma och få sin vilja igenom med ett aggressivt bufflande.

– Du, sa han, vad är det du håller på med?

– Jag läser en bok om blockkedjor, svarade Kalle. En fascinerande teknik som låser in alla våra personliga data på ett säkert sätt.

– Blockkedjor? Det var inte det jag menade. Forskaren lutade sig framåt. Jag menar dina lektioner om kärlek.

– Hållbar utveckling, sa Kalle och tryckte sig bakåt i soffan.

– Formulerat som oseriöst trams, fräste forskaren. Du skämmer ut oss. Fattar du inte att vi inte kan ge oss in i områden där vi inte har någon kompetens? Med vilken rätt tar du upp sociala hållbarhetsfrågor.

– Jag har läst …

– Läst? Hur är det med din forskarkompetens? Har du skrivit något om det och fått det publicerat?

– Nej, men tvärvetenskap är av …

– Vi är ingen tvärvetenskaplig institution, vi är en teknikinstitution. Vi mäter och konstruerar systematiskt på en vetenskaplig grund. Inget humflum. Forskaren gav honom ännu en arg blick, reste sig och gick.

Kalle kom inte på någon en dräpande replik och det var han glad för. Han var inte van vid konflikter eftersom han, som de flesta andra, metodiskt organiserade bort dem. Att tänka fritt var stort och det var hans spelplan, inte att tvinga andra att tänka annorlunda.

Feg och underlägsen, tänkte Kalle. Knäckt av en forskartönt på universitetet. Det dög inte. Han bestämde sig för att ta ställning och säga ifrån på skarpen även på institutionen.

#

Senare samma vecka var det arbetsplatsträff med systemtekniklärarna i Kalles grupp. Han förberedde en rasande attack och bad om att få säga några ord om hållbarhet.

– Vi har en hel del att ta upp, svarade studierektorn, men en kvart på slutet kan du få.

Veckans informationsmöte var som alla tidigare gillrad med fika men drog ändå inte mer än hälften av lärarna, Kalle brukade inte heller gå. Halva mötestiden lades på de vanliga cykelställsfrågorna som timtilldelning, rutiner för tentautlämning, och formalia för kursutvärdering innan en av de pedagogiskt ansvariga gjorde reklam för en kurs i en didaktisk metod som ingen utom två i rummet hade hört talas om. En vild diskussion bröt ut mellan institutionens två pedagoger som hade helt olika uppfattningar om metoden.

– Dumheter, socialkonstruktivism, postmodernt trams och svammel, sa motståndaren och argumenten kastades sedan fram och tillbaka tvärs över klassrummet mellan pedagogerna som satt sig så långt ifrån varandra som de kunde. Kalle noterade några av alla de ord som han inte förstod till sin egen pedagogiska redogörelse. Vad var postmodernism? Efter-modern? Med en kvart kvar bröt studierektorn ordkriget.

– Kalle har bett att få säga några ord om hållbarhetsarbetet på institutionen, sa studierektorn och satte sig längst fram ute i hörnet, vid ljusknapparna och dimmern.

Kalle hann inte ens resa sig ur stolen innan flera lärare protesterade.

– Varför ska vi lägga tid på det här på ett informationsmöte?

– Vi hade ju en föreläsning på lärardagarna i höstas. Räcker det inte med det?

– Hållbarheten är en nyckelfråga för mänskligheten, sa Kalle, och tog sig mot tavlan

– Vi har ett jobb att sköta. Ingenjörer att utbilda, sa en av pedagogerna som inte hunnit lugna ner sig och otroligt nog nickade den andre pedagogen och höll med. Vi ska inte rädda mänskligheten.

Ytterligare en lärare nickade och sällade sig till kritikerna.

– Ingenjörerna är viktiga för hållbarheten, sa Kalle. Kanske den allra viktigaste yrkesgruppen.

Nu var han framme vid tavlan, men det lilla maktövertaget räckte ingen vart.

– Men då så, kontrade en av lärarna Låt oss lära dem det som de ska vara duktiga på. Inte en massa oseriöst flum.

– Allt administrativt tjafs tar sådan tid, lade en lärare på sista bänken till.

– Ryktet säger att du ägnade en hel lektion åt kärleksbudskapet? frågade den mest motsträvige läraren som hade inlett bombardemanget.

– Ja, det gjorde jag, sa Kalle.

– Men mamma, kom och hjälp. Jag trodde att det var ett skämt.

– Ha, ha, ha, skrattade en annan, medvetet aggressivt.

Studierektorn bröt in och avslutade ordväxlingen. Positionen vid lysknapparna gav en auktoritet som räckte för att lugna auditoriet.

– Mina vänner, kollegor, det är trevligt med allt engagemang, men vi hinner inte mer nu. Dagens APT är slut. Vi gör så här, ni som vill får gärna vara kvar och diskutera men jag måste hasta vidare.

Rummet tömdes snabbt och Kalle stod ensam kvar vid katedern med fjorton mazariner och två termosar kaffe. Han släckte ljuset och slukades av januarimörkret.

#

En knapp månad efter lektionen där Kalle presenterat kärleksbudskapet plingade det till i mailläsaren. Ett jobbmail klockan halv åtta på morgonen? Han hade inte ens hunnit äta sin frukost än. Elin hade dukat fram djuptallrik och yoghurt, smörgåsar, smör och ost. Teet stod och rök hemtrevligt ur sin kanna på spisen medan vinden ven och snön piskade mot söderfönstret i änden på köket.

Från gu.umu.se! Faan, hur illa? tänkte Kalle. Det gick inte att hålla sig från att läsa fastän han lovat sig själv att inte läsa jobbmail hemifrån. Elin läste som vanligt börsnoteringarna för ostasiens börser, men hon kunde konsten att hantera jobb och hem i samma mening.

– Du, hade hon sagt till Kalle.

– Du, Kalle, upprepade hon, lite högre så att han säkert hörde.

– Du fokusera för hårt. De gå inte å få ett ljud ur deg när du försvinn sådär. Ja ha sett hur de gå för gubbarna som fokusera på skotran och öringen. Upp i ottan. Hem sent. Fixa med utrustninga. Upp i ottan. Frun torkar ihop när den enda rommen som är intressant är den i öringen. Familjelivet dör. Inget liv för dig Kalle.

Han förstod precis vad hon menade och hade sedan dess inte läst ett enda jobbmail utanför arbetstid. Han tackade ofta Elin för avvänjningen, ibland retfullt när hon djupdök ner i börskurserna. Att vara frikopplad och kunna bestämma över sig själv hade blivit allt viktigare för honom. Varför? Han visste inte, men njöt av att slippa tyranniet från mailläsaren.

Detta mail var från GU, fakultetens grundutbildningsutskott, fakultetsmilitären. Han var tvungen att läsa det. Det var bara 14 rader långt.

Adjunkt Karl Erik Johan Karlsson ombedes inställa sig inför
Grundutbildningsutskottet Umeå Universitet måndagen 14 februari klockan 10.00.
Ni har anmälts för ovetenskapligt pedagogiskt, ämnesmässigt eller personligt beteende enligt Högskolelagen 1992:1434.
2 § Staten ska som huvudman anordna högskolor för
utbildning som vilar på vetenskaplig eller konstnärlig
grund samt på beprövad erfarenhet.
Förhandlingen hålls enligt Umeå universitets riktlinjer,
Disciplinärenden 2050-01-18 dnr 1879.
Ni har rätt att yttra er.
Grundutbildningsutskottet genom Ordföranden

Smörgåsen var torr som frigolit och osten bara ett lager fett utan smak. Kalle åt en miniportion yoghurt, mest för att Elin inte skulle tro att han var sjuk men Elins Kallelarm löste omedelbart ut.

– Banta du? frågade hon.

– Inte hungrig idag. Trassel på jobbet.

– Vadå för trassel, undrade Elin. Mail, och så här tidigt på morgonen. Det måste vara viktigt.

– Det vanliga strulet med studenterna, ljög Kalle.

– Du ska inte bry dig så mycket, sa Elin och gav honom en kram. Du ser så olycklig ut när du bryr dig, som ett litet barn som tappat sin godisklubba i sandlådan och lyfter upp den röda slickepinnen helt täckt av toxoplasma i grusform.

När Elin gått läste Kalle igenom mailet igen. ”Ni har rätt att yttra er.” stod det. Men, tack så mycket. Rätt att yttra sig? Och att försvara sig mot vadå? Genus nämndes inte. Då hade det varit kört, men ovetenskapligt beteende var illa nog. Vad hade han gjort? Vem hade anmält honom? Han gick metodiskt igenom de senaste kurserna och försökte påminna sig diskussioner på lektioner och kontrollerade vad han hade svarat i mail. Det enda han hittade var en student som i en anonym utvärdering kallade honom för miljömupp, men miljöengagemang var knappast ”ovetenskapligt beteende”. Eller? Det var tydligen ett individuellt ärende och inget principärende för någon grupp. Han, Kalle, var under attack.

På grundutbildningsutskottets hemsida fanns namnen på de offentliga ledamöterna listade. Två av dem, professor Eva Sandbäck och professor Sune Rask, kände Kalle till namnet, men han hade aldrig pratat eller ens sett någon av dem och han trodde inte att de visste vem han var. Bra eller dåligt? De övriga delegaterna var anonyma av integritetsskäl och var kända endast av verkställande utskottet för fakulteten. Inte ens universitetsledningen hade insyn i vilka de var. Vad han hört på fikarasten var att de bara deltog via röstförvrängare, allt för att få så opartiska förhandlingar som möjligt där personliga kontakter inte skulle utnyttjas.

Kalle läste också igenom protokoll från tidigare ärenden. De flesta slutade med en varning för den anklagade. Ett fall av utpressning ledde till avsked efter polisanmälan. Ovetenskapligt beteende, fusk, religiösa och politiska övertramp ledde till allt från en allvarlig varning till avskedande. Sexuella trakasserier och brott mot regelboken för genus ledde vanligen till omedelbart avsked.

Vad var det han hade gjort? Han visste inte. Nu fanns det inget mer han kunde göra utom att vänta och hoppas.

#

Förhandlingarna hölls i ett konferensrum där tavlor av universitetets mest framgångsrika forskare hängde längs väggarna. I mitten av rummet stod en ensam stol och längs rummets ena kortsida satt de fyra utskottsrepresentanterna bakom ett enormt skrivbord av massiv svart ek. Rummet skulle säkert rymt 30 stolar på ytan där Kalles ensamma stol var placerad.

Ordföranden startade förhandlingen så fort Kalle satt sig ner. Antagligen var dagens agenda fylld med liknande ärenden och utskottet hade säkert en tajt tidplan

– Kalle Erik Johan Karlsson, CAS Pela0083, stämmer det? Ordföranden Jens-Otto Lauritzon var ännu en av dessa lätt överviktiga och pompösa män i sextioårsåldern med basröst och pondus. Inte någon man sade emot, men säkert festens mittpunkt efter en eller två groggar.

Två kvinnor med allvarliga ansikten satt till vänster om ordföranden och på andra sidan stirrade en man med hopknipna läppar och hängande mungipor på Kalle. En kamera över ordförandens huvud var riktad direkt mot Kalle och en annan kamera satt till höger om Kalle ovanför ett porträtt av en alldeles särdeles bister man med mörk kavaj. De som inte var närvarande kunde sitta med i en 3d- vy över hans förnedring.

– Ja, svarade Kalle, reducerad till ett ID-nummer, och det var med nöd och näppe han orkade upprätthålla ens den lilla skärvan av sitt jag.

– Du har anmälts av flera elever för ämnesmässigt ovetenskapligt beteende i kursen Innovativ teknik och Hållbar utveckling och teknik under hösten och våren.

Det var inte bra, tänkte Kalle, minst två elever, och i olika kurser.

– Är du medveten om vikten av vetenskaplig grund och vårt universitets absoluta nolltolerans mot ovetenskaplighet?

– Ja.

– Enligt anmälningarna, verifierade av bifogat kursmaterial, ifrågasattes i kursen efterfrågan som styrande princip och det påstods att den motverkade en socialt hållbar framtid.

Aha, det var överträdelsen. Inte kärleksbudskapet utan kritiken av marknadens osynliga hand. Han visste precis vilka powerpointbilder och vilket seminarium saken gällde.

– Vilka referenser grundar du detta på? fortsatte ordföranden.

– Sunda förnuftet säger …

– Som anställd vid Umeå universitet förväntas du vetenskapligt kunna belägga allt det du förmedlar i din undervisning.

– Tycker inte ni att …

– Universitetet sysslar inte med tyckande.

Kalle satt tyst och kände hur porträtten runt väggarna gled närmare. De hedervärda medborgarna skakade misstroget på sina huvuden. Vart är världen på väg? undrade de. Har upplysningen totalt havererat när en simpel lärare kan ta sig sådana friheter? Tvivla på vetenskapen. Ignorera hundratals år av framsteg och positiv utveckling. Besudla alla de människor som vigt sitt liv åt forskningen i mänsklighetens tjänst.

– Som adjunkt har du inte den vetenskapliga skolningen, vilket är en förmildrande omständighet. Har bisittarna någon ytterligare kommentar?

Jens-Otto såg sig åt sidorna men ingen sa något. De bara stirrade på Kalle med tomma blickar och han kände föraktet hos mannen till höger om ordföranden. Vidare till nästa punkt.

För grundutskottet var Kalle bara en bricka, ett nummer, två rader rubricering och ett stycke för detaljer. En tom rad för beslutet och under det plats för namnteckning för var och en av dem. Nej, antagligen skrev bara Jens-Otto på, ”Grundutskotten genom Jens-Otto Lauritzon.”.

Beslut i ärendet skulle meddelas inom en månad.

#

Redan på måndagen fick Kalle beslutet utsänt via mail när han satt och väntade på fikat framför sin jobbdator. Han hade ”vid upprepade tillfällen brustit i vetenskapligt omdöme.” och var entledigad med omedelbar verkan. Förhandlingarna med facket var redan inledda och uppsägningstiden var 3 månader. Eventuella överklaganden skulle hemställas Universitetskanslersämbetet senast inom en månad. Beslutet var undertecknat av Professor Jens-Otto Lauritzon och rektor Lena Karlberg. Bifogat till beskedet var statistiken för överklaganden av liknande ärenden. Ingen hade fått upprättelse under det senaste året.

Kalle läste neddelandet tre gånger. Sedan loggade han ut och stängde av sin dator. Hela situationen var ofattbar. Det är inte klokt, tänkte Kalle, han hade inte gjort något fel alls enligt sitt sätt att se det och nu var han plötsligt avskedad. Han ville väl. Han kämpade för den goda sidan. För social hållbarhet. Djävla svin.

Utanför fönstret på det som varit hans tjänsterum i tre år, hans fasta punkt i livet, började det snöa. Vad gör jag nu tänkte Kalle. Går hem klockan halv tio på förmiddagen? Går och fikar som vanligt i fikarummet och låtsas som ingenting? Och i morgon? Skulle han låtsas gå på jobbet och i stället gå på ett kafé och läsa en bok? Börja skriva en roman? Tanken på att sitta kvar hemma i våningen när Elin gick på sitt jobb var outhärdlig. Det svarta hål i magen blev större när han drog på sig ytterkläderna och lämnade sitt tjänsterum utan att låsa dörren. Vad skulle det tjäna till att låsa?

Kalle tog närmsta vägen ut för han visste inte hur han skulle reagera om han mötte Sara, Erik, eller någon av studenterna på kursen. Vem skulle ta hand om dem resten av terminen? Han hade inte en aning men det var inte hans problem. Han var utsparkad för en bagatell. Ute hade det börjat blåsa. Minus tio grader och hård motvind hela vägen hem. Trots att händerna frös så att fingrarna knappt gick att röra kunde vinden inte kyla av hans hettande kinder.

När han kom hem la han sig i soffan och försökte slappna av. Du är cool Kalle, sådant här stör inte dig. Mister du en står där tusen till. Spellistan med låtar från 1900-talet rullade på, men Kalle lyssnade inte. Han var arbetslös, och det kunde han ta. Det var en utmaning. Men att ha blivit avskedad var värre. För en bagatell. Det var en skymf han inte kunde acceptera. En byråkratisk nyck som skulle förfölja honom resten av hans liv. Orättvisan fick hans huvud att snurra. Han tog upp Bibeln som låg på soffbordet och slog upp sidan med bokmärket. Utan att registrera meningen med det som stod flyttade han ögonen längs raderna nerför sidan. Mitt i en mening slängde han bibeln i väggen.

Vad kommer Elin att säga? Mamma? Hur skulle han få ihop till hyran? Han var tvungen att berätta för Elin. Vad skulle han säga?

Det var inte bara hans närmaste som skulle drabbas. Kalle var inte längre ett ointressant lokalt institutionsärende på en fakultet. Han var på väg att bli ett statuerande exempel. En nationell skamfläck. En pesthärd som måste upp till ytan för att saneras.

Det skulle medierna se till.

#

Dagen efter Kalle fått sitt avsked bekräftade Universitetets ledning att trakasserier förekommit. Typen av trakasserier meddelades inte och inte heller Kalles namn. I pressmeddelandet stod det att ärendet var en intern angelägenhet för universitetet som snart skulle vara utagerad.

Försöket att förekomma medierna och avdramatisera ärendet misslyckades. Nyhetsredaktionerna blev i stället rasande och misstänkte att det fanns sprängstoff här och mer dolt än universitetet ville berätta. De gick in med full kraft. Grävde och frågade runt. Vem hade slutat? Rykten och spekulationerna om typen av trakasserier blev allt intensivare. Dolde universitetet ett brott? Trycket ökade mot universitetsledningen. Helt klart måste det vara sexuella trakasserier. Vad annars skulle döljas så väl? Är det någon av de mer välkända forskarna? Är han en sexförbrytare? För det är väl en han?

Det blev ett kort inslag på lokalnyheterna där reportern lovade att gå till botten med vad som skett. Inga ansträngningar skulle sparas. Reportern var en rödlätt energisk ung kvinna med intensiva ögon som såg ut som envisheten personifierad. Ingen kunde tvivla på att hon menade allvar och att när hon tagit på sig utmaningen var det hela personligt. Det som hade gjorts hade också gjorts mot henne.

– Jag heter Sofia Fågelvinge och jag rapporterar från campus där jakten pågår dygnet runt. Håll er kvar i denna kanal så kommer ni att vara först att få veta vem det var och vad han gjort. Om ”Universitetsmannen” finns ska han avslöjas. En så viktig institution som universitetet ska inte klara sig undan utan en fullständig redovisning. Inget obekvämt får gömmas undan.

Universitetet gick ut med en varning till den naturvetenskapliga fakulteten. Alla reportrar och frågor skulle hänvisas till universitetets informationsavdelning som hade erfarenhet att sköta sådana här ärenden. Det kunde bli en hel del skriverier om det inte sköttes rätt. Säg ingenting, var ordern. Dela inte med er av några dokument och speciellt inte detta meddelande. Media var på jakt och de skulle aldrig ge sig förrän alla fakta var uppe i ljuset. Vem kommer att skvallra? undrade Kalle. Kommer den som skvallrar att säga sanningen?

Hemma hos Kalle passerade dagarna som om ingenting hade hänt. Han försökte lugna sig själv med att skriva på sina noveller, men lugnet skulle inte vara länge till.

#

Kalle hade inte berättat för Elin om varför han slutat på universitetet, bara att det blev bråk om hållbarhet på institutionen. Inte fullt ut en lögn, men absolut inte hela sanningen. Kalle skämdes. Han såg på Elin att hon inte var chockad över avskedet, inte ens överraskad. Tecknen hade varit många under hela höstterminen och det var logiskt att de var kopplade till Kalles problem på universitetet. På kvällarna hade de haft långa diskussioner om Kalles arbete och hon hade inte kunnat undgå att se hur han led. Humöret hade skiftat från sur till ilsken, och han hade då och då fått vredesutbrott så våldsamma att de skrämde honom själv, och säkert måste ha skrämt henne också.

#

Kalle samlade på parkerpennor av en viss sort, hade massor av dem. Hur kunde en vuxen normalbegåvad person lägga tid och pengar på något sådant?

– Ha du köpt ännu fler pennor? frågade hon, när hon hämtade in ytterligare ett decimeterlångt paket från postlådan.

– De var så billiga. Inga pengar att tala om.

– Billiga? Inga pengar att tala om? Du låt precis som lillsyrran när hon rökte. Men, det fick vi ur na. Smuggelcigaretter från Ryssland var det, märke Kosmos, tjärpapp runt nikotinmättat gräs.

– De är så billiga, sa syrran, inga pengar att tala om. Men då blev morsan arg. Tror aldrig att jag sett henne så förbannad.

– Nya lungor då, va kost dem? frågade hon Å hjärtbyte? He bli inte en cigg till för dig så länge jag lev.

Vilket liv det blev, fortsatte Elin. Morsan tog syrrans cigarettpaket och elda upp det i en eldfast form mitt på bordet. Brandvarnaren löste ut. Sen var det Naltrexon, Champix, och nikotintuggummin efter varje mål mat. Moster Emma kom hem till oss och åt middag i minst två veckor. Så hon tjatade. Kanske hade hon läst en kurs i psykologi på komvux, jag kommer inte ihåg, men syrran hade inte en chans. Hon gav upp och började äta skumbananer i stälet för att trösta sig. Vi har fortfarande en hög med Naltrexonkartor i köksskåpet ovanför spisen hemma hos mamma. Kanske fungerar det mot pennor också?

– Parkerpennor är löjliga, fortsatte Elin. Jag berätta om dem för JoHannah och hon höll med mig. Idioti.

– De är vackra.

– Hundratals parkerpennor är en ohållbar konsumtion. Ditt penn-samlande är sjukt. Vem lägg så mycket tid och pengar på pennor? Du skriv ju på datorn?

– Jag har en dagbok.

– Och flera hundra pennor.

– Parker Jotter, sa Kalle.

#

Elin var Kalles obstinata motpol. Något som hon ofta påpekat för Kalle. Sansad, rationell och realistisk jobbade hon på att metodiskt pulverisera Kalles idealistiska drömmar och styra honom tillbaka mot verkligheten, samtidigt som hon irriterat påpekade att Kalle inte var en realist. Han var inte modern utan något helt annat. Impulsiv. En charmig chanstagare som bara ställde upp på sina egna villkor, och som trodde att allt ändå skulle ordna sig.

Ändå var Elin Kalles främsta stöd. Antagligen var det något genetiskt som hon inte kunde rå för, men hon verkade faktiskt tycka om att vara med honom.

Första delen av middagarna med vin dominerades av Kalle som pratade på, medan Elin kommenterade och sa emot. I den senare delen av middagen varvade hon upp och tog över scenen. Till chokladmoussen för en vecka sedan bröts mönstret. Elin lade ner besticken och tittade på honom ända till dess han också tystnade.

Kalle blev nervös, för nu var det något viktigt hon hade att säga. Något som säkert innebar uppoffringar för honom. Kanske hade hon köpt en resa? Elin läste franska två kvällar i veckan och Kalle visste att hon drömde om att resa med honom och uppleva spännande platser. Han kunde inte tänka sig något värre. Fruktansvärt, för Kalle var flygrädd. Men Elin hade inte köpt en resa till Bretagne för att äta rullade pannkakor fyllda med choklad och höra vågorna braka in över klipporna.

Inte heller hade hon köpt en resa till Paris för att vandra ut och in på museer och äta eclairer med chokladtryffel och vaniljpekan på kaféer.

– Jag vill ha barn, sa Elin.

– Barn? frågade Kalle.

Besvärliga, skrikande, ungdjävlar var ord som han bara tänkte.

– Vill inte du ha de?

– Jag har inte tänkt på det. Nu? Utan att jag har fast jobb?

– Nu, snart. Alla mina vänner planera barn eller har redan, och jag e 29 år gammal.

De satt tysta en stund. Kalle visste inte vad han skulle säga. Han behövde en timeout för att få tid att tänka.

– He finns viktigare saker än parkerpennor, fortsatte Elin. Hon var inte den som gav upp. Hon var från Pajala och tänkte inte ge honom minsta chans att krypa undan i kväll.

– Min bästa kompis Irja i Pajala har just fött sitt andra barn. I januari. Lukas å hon har två nu. Ludde har fått en lillasyster.

– Lukas, din favorithockeyspelare?

– Jo, sa Elin. Kom du ihåg han? Irje tog över och de har snart hållit ihop i femton år nu. Irja lät lycklig, hela hennes röst vibrerade av lycka när hon berättade om hur meningsfullt livet kändes. Hur hon växte som människa av upplevelsen att tillsammans med sin älskade skapa ett tryggt bo för sina små. På videon som hon skickade låg det lilla barnet på hennes mage och Lukas låg bredvid. Ludde kröp omkring på dem och fnittrade som bara en fyraåring kan göra. Kucklande.

– Hon bor i Pajala, kommenterade Kalle. Vad mer kan man göra där än att spela hockey och skaffa barn?

Hela beskrivningen av Irjas tillvaro var enligt honom ett hopkok av floskler. Det sista sa han inte till Elin, men hon läste av hans attityd.

– Sluta att tramsa bort allting i dit liv, fräste hon.

– Tramsa?

– Ja, du ta inte nåt på allvar.

– Måste man det?

– Ja. Ska man skaffa barn måste man ta det på allvar. Dom e inga parkerpennor.

– Klick, klick, sa Kalle utan att tänka sig för.

Elin bara stirrade på honom och gick in i sovrummet. Hon drog igen dörren efter sig på ett sätt som lät Kalle förstå att hon skulle låst den om det var möjligt.

#

Drevet i medierna efter ”Universitetsmannen”, fortsatte på sociala medier.

– Vad heter läraren? frågade redaktionschefen.

– Har kurskoden för kursen där det hände, ska bara få det bekräftat, sa Sofia Fågelvinge. Jobbar på det. Tekniker. Antagligen en man.

– Bra jobbat. Då är det säkert sexuellt

– Garanterat. Varför skulle universitetet annars knipa ihop som det gjort?

– Jävla svin.

– Lärardjävel.

– Våldtäkt?

– Typiskt en manlig lärare att utnyttja sin makt, sa Sofia.

När namnet väl var publicerat så spreds det snabbt via hundratals blogginlägg och ryktesspridningen drog igång på Flashback. Det var ofrånkomligt. Vad hade Universitetsmannen gjort? Kalle läste igenom förslagen och blev gråtfärdig och förbannad. Vad var det för människor som fantiserade ihop lögner om andra som de inte ens hade träffat, aldrig ens sett? Hur kunde de? Bara för att de kände sig säkra bakom sin anonymitet. Det var allt från angrepp på hans person, hans utseende och hans åsikter, till långa redogörelser från personer som sade att de deltagit i hans sexriter med djuroffer. Hans lektioner hade varit orgier där Kalle tvingade kvinnliga studenter att delta. Studenterna förfördes till att gå med i Kalles sekt som hade möten på nätterna i universitetets lektionssalar.

Gör mot andra som ni vill att de ska göra mot er, tänkte Kalle, kärleksbudet. Just nu fanns det många av de som skrivit inlägg som han skulle vilja elda upp på bål. Kalle började få hatbrev och förfrågningar från kvinnor som ville gå med i hans sexsekt.

Han slutade läsa alla mail med avsändare som han inte kände igen och bara några dagar senare tvingades han lämna alla de sociala medier där han hade en användare som direkt kunde kopplas till hans namn.

Sofia Fågelvinge var den första att ringa Elin på jobbet och fråga henne om hur väl hon kände förövaren, och om hon kunde tänka sig att uttala sig. Elin bröt samtalet utan att säga ett ord. När hon kom hem på kvällen klampade hon in till Kalle i köket med kläderna på.

#

– Ha du blivit avskedad för trakasserier? attackerade hon direkt under den djupt nerdragna blå yllemössan. Kinderna var röda av en kombination av ilska och den bitande kylan utomhus. Hennes ögon var kalla, stålgrå.

– Det var ingenting, sa Kalle. Jag har inte gjort något och jag vet inte vad de är ute efter.

– Vars man ha vare me händerna eller käften e väl inget man glöm?

Kalle sa ingenting. Han hade inget att tillägga. Han hade inte gjort något, vad kunde han säga mer?

Elin var tyst en stund medan hon tog av sig mössan och släppte ut det blonda håret över den röda dunjackan.

– Trakasserier kan jag inte gå me på, sa hon och skakade på huvudet. Jag vill ta timeout. Du följ inte reglerna så det gå inte att lita på dig.

Redan samma kväll packade hon de viktigaste av sina saker och flyttade till JoHannah. Hon lämnade bara kvar tavlorna som hon skulle hämta senare och böckerna som hon skänkte till Kalle, utom de två böckerna om ekonomisk teori som hon tryckte ner i sin stora resväska.

Han hade förlorat Elin till den där jävla normen JoHannah. Det sved. Han hade struntat i varningssignalerna och i stället lagt ännu mer tid på skrivande och kampen för social hållbarhet. Till vilken nytta? Vad hade han kvar? Han hade förlorat med 10-0.

#

Kalle la sig på sin slitna soffa och stirrade upp i taket. Vad var meningen? Hade han inte rätt att få vara lycklig? Att få vara trygg? Att få rå om sig själv? Bestämma själv? Göra som han ville? Han kände ångesten komma krypande som den gjort nu i flera dagar. Hans lägenhet, hur skulle han ha råd med henne? Tre månaders lön och sedan?

Det högg till i magen på Kalle och den svarta hopplösheten spred sig utåt. Hans vänstra lillfinger började darra. Kallsvett. Ingen tröst att få. Ingen räddning.

– Jag står inte ut, ropade han ut i rummet. Vad ska jag ta mig till?

Kapitel 3: Trygghet i det moderna

Kalle åt Arlas yoghurt till lunch, inte Norrmejeriers. Hade han verkligen köpt det här blasket som smakade jordgubbsessens och emulgeringsmedel med E122 och säkert innehöll en massa miljögifter?

Hantverkarnas vita skåpbilar rullade förbi till och från lunch, men han hade inget jobb, och hade inga arbetskamrater heller. Det skulle aldrig bli en lunchpromenad igen med Sara på jobbet, och det fanns ingen flickvän att diskutera dagen med till middagen och som då och då kunde tänka sig att älska med honom. Inga parmiddagar. Utstött. Han såg en hund på lunchpromenad med sin husse. Gemenskap. Till och med en hund i koppel hade det bättre. Han ville gråta men det kom ingenting. Han var helt tom. Paria.

Ingen mening med att diska, det fick bli samma tallrik, till samma beigeröda yoghurt, till lunchen i morgon också.

Han var en lysande programmerare som sorterade parkerpennor och skrev noveller. Var inte det en tillräckligt intressant person? Hans chansning på att det skulle räcka för att få vara med bland de normala och trygga hade misslyckats och nu var han ensam.

Men, det finns ingenting som inte kan bli värre.

Mycket värre.

#

Tack och lov fanns det en person som alltid ville prata med honom, hur illa läget än var.

Mamma.

Hon hade samma skjorta som hon alltid hade på sig. En långärmad med försynt krage, ljusblå med vita knappar och ett vitt mönster. Om Kalle fick gissa var det små delfiner som hoppade omkring i mönstret, för mamma hade alltid gillat delfiner. Äntligen något var som det brukade vara. Tryggt.

Bakom henne stod byrån som hon ärvt av morfar och på den flickan med silverkjol som det gick att pingla med. Bredvid silverpinglan stod bröllopskortet med mamma i brudklänning med spetsar. Hon var 42 och pappa 50 så Kalle blev ett sent kärleksbarn. Pappa log brett, det gjorde han alltid. Vita tänder. Lång och lika svart som Kalle. Samma krulliga hår. Var det redan 10 år sedan han dog? Ja, det måste det vara. Mamma fyllde sjuttio nästa år. Då blev han tvungen att åka ner. Senast då, lovade han sig själv. Över byrån hängde tavlan med den lilla rävungen som mamma tyckte så mycket om. Hon hade ärvt den av farbror Eskil. Så underbart tryggt. Hemma. Vad gjorde han egentligen i Umeå? Kanske skulle han flytta tillbaka? Nej, aldrig utan att ha rett ut härvan han hamnat i. Han tänkte inte komma hem som en förlorare. Efter det kanske han skulle flytta hem till mamma, dimman, regnet och tjötet.

– Du äter väl ordentligt, frågade hon.

– Jadå, mycket fisk.

– Du tyckte inte om fisk när du var liten. Hatade ben, men du åt bra när du var hungrig. Nu har fisken blivit så dyr. På konsum …

– Behöver du nya kläder? avbröt han den utläggning som han hört så många gånger. Matpriser och boendekostnad var ämnen på mammas tio i topp. Jag tycker att jag känner igen den där skjortan.

– Tack jag har så jag klarar mig och jag gillar den här blusen. Men, du ska veta att det är dyrt att leva i Götet nuförtiden. Pensionen räcker inte långt. Vet du vad en liter mjölk kostar? Pensionen täcker förstås flera liter mjölk, men den ska räcka till hyran också.

– Jag skickar lite pengar.

– Åh, görbra, Kalle du är min favoritson.

– Din enda va?

– Du e la de, sa hon och blinkade åt honom. Annars får du välan knö in dig i hopen.

Han tyckte sig höra ett glatt pinglande från silverflickan.

– Hörs vi i morgon? frågade han.

– Vi hörs i morrn, goa lilla gubben.

Det fanns samtal med mamma som hade ändrat hans liv.

#

Mamma hade verkligen legat på om lägenheten när han fick sin doktorandtjänst.

– Hej lelle vännen min, sa hon, har du köpt lägenhet än? Du som tjänar så bra måste investera. Förstår du? Jag såg en fin lägenhet nära universitetet. Visning i morgon klockan halv ett. Gå dit och titta och hör av dig sen så jag får höra hur det gick. Jag fick flera meddelanden om våningen och någon ringde. Maria tror jag hon hette, mäklarens ombud. ”Värst vad du var ivrig”, sa jag. ”Tidernas läge”, sa hon. ”Perfekt våning för Kalle när han doktorerar. Sedan kan han sälja den och flytta hem till Götet”. Er nya taktik är att tydligen att involvera föräldrarna, sa jag till Maria. Det gör ni rätt i för Kalle planerar inte .... Kalle slutade lyssna.

#

Kalle gillade inte att köpa och sälja. Han föredrog att låna och återanvända. Gratis var gott, men mamma hade en poäng, han behövde bo någonstans och få en fast punkt i tillvaron. Att köpa innebar att han var tvungen att analysera plus och minus, ta ansvar, och fatta ett beslut. Problemet var att han inte hade någon trygg utgångspunkt för att fatta sina beslut. Ingen ideologi, ingen egen uttänkt filosofi, förutom att han helst inte tog några risker, det kunde andra göra. Och det värsta med att köpa och sälja var att det tog så mycket tid. I fallet med lägenhet hade hans mamma visat ett affärsintresse som överrumplat honom och i det närmaste chockat honom till att köpa. Mamma var själv ständigt på gränsen till bankrutt och han brukade skicka henne pengar när han hade över. Hon blev alltid lika översvallande glad, så det var en god gärning med inbyggd belöning.

Annonsen lät som annonser brukade låta. En trevlig, effektiv, trovärdig, automatgenererad kvinnoröst berättade om lägenheten.

Hej Kalle, nu har jag den perfekta lägenheten för dig! Skidspåret 5, fjärde våningen, en liten trevlig 3:a med stort vardagsrum. Ljusa ytskikt förstås. Och så en inglasad balkong åt väster med en härlig utsikt. Nära till såväl Universitet och Universitetssjukhuset, som till centrum. Du bara måste se den. En mycket bra bostadsrättsförening med låga avgifter som inkluderar allt. Byggd 1963 men alla ytorna totalrenoverades för fyra år sedan.

Snart nittio år, tänkte Kalle, men kontaktade ändå mäklaren för en visning. Han hade lovat mamma.

Mäklaren var en pratglad man i fyrtioårsåldern med skräddarsydda kläder. En smilfink i slips som drillade positiva lovord. Okunnig om det mesta utom om på vilken sida i kontraktet där den streckade linjen för underskriften fanns. Kalle reagerade instinktivt negativt, den där litar jag inte ett ögonblick på, tänkte han. Inte för att det var något speciellt med det, Kalle hade dömt ut alla mäklare han stött på och hittills hade inte någon av de lägenheter han tittat på varit den rätta, det var alltid något som inte stämde. Den var för dyr, för långt från universitetet, avgiften var för hög, eller låg på bottenvåningen. Inte heller Skidspåret 5 var en perfekt lösning.

– Den är egentligen lite för stor för mig, sa Kalle till mäklaren direkt när han klev in. Och, den är snart hundra år gammal.

– Mycket väldisponerad, sa mäklaren. Här kan man bo med en liten familj. Trevlig hall, sa han, bra lagringsutrymme. Spegeln är en fast installation och ingår. Sovrum till höger och vänster, kök till vänster bortom det lilla sovrummet och vardagsrummet rakt fram.

Mäklaren öppnade dörrarna till det närmaste sovrummet och styrde in Kalle.

– Underbart ljusinsläpp.

Köket hade ett schackrutigt svartvitt stengolv, en arbetsbänk med spotlightbelysning, och var utrustat med induktionshäll.

– Lättarbetat och lättstädat kök, sa mäklaren och visade på matplatsen där det fick plats sex personer.

De fortsatte in i vardagsrummet som hade en inglasad balkong där solen lyste på en grön vinterträdgård. En fin omväxling till snön utanför.

– Voila, vardagsrummet, våningens höjdpunkt!

Längs långväggen till vänster stod en sliten soffa mitt emot en 3D-anläggning på en skänk. I övrigt var rummet spartanskt möblerat med en bokhylla som var halvfull med böcker, mest deckare och programmeringsmanualer. Här bor alltså en programmerare, konstaterade Kalle och kände sig genast mer hemma.

– Underbar utsikt, fortsatte mäklaren entusiastiskt, och ledde fram Kalle till balkongen.

Han överdrev inte för genom fönstret i balkongdörren såg Kalle ut över hela centrala Umeå.

– Väl stor lägenhet, sa Kalle.

Det ringde på dörren och mäklaren ursäktade sig.

– Sätt dig i soffan, sa han, och fundera igenom prospektet som ligger på soffbordet. Vill du veta något mer är det bara att fråga.

Han gick och öppnade och gav ett ungt par samma hjärtliga mottagande som Kalle fått. Kalle satte sig i soffan och bläddrade bland papperen i mappen på bordet. Ekonomiskt skulle han precis klara det, men vad skulle han med ett extra rum till?

– Ett extra rum är bra att ha, hörde han en frejdig kvinnoröst säga. Inte helt olik Kalles mamma, men mer bestämd. Som den i annonsen.

Kalle såg sig omkring, men han var ensam i vardagsrummet. Det unga paret hade fastnat i köket där de gick igenom alla lådor och skåp.

– Jaha, sa han avvaktande.

Tydligen fanns det en inbyggd intelligens i rummet som mäklaren instruerat. Det var inte många lägenheter som hade den AI-standarden.

– Du jobbar på universitetet? gick lägenheten på.

– Ja.

– Forskar på blockkedjor?

– Ja, hur vet du det? frågade Kalle.

Lägenheten svarade inte utan började i stället rappt och metodiskt att genomgående beskriva datorresurserna som fanns installerade. Installationerna hade börjat för många år sedan när Per Karlsson och hans pappa bodde där. Pers farmor Maria Karlsson, som lånat sin röst till lägenheten, var också en datorforskare och bodde i en villa några hundra meter bort i samma bostadsområde. Alla ägare därefter hade varit mycket datorintresserade och hade under åren utökat resurserna. Till en början hyrde Maria ut lägenheten och utvecklade den själv. När hon dog såldes lägenheten, men traditionen med mycket speciella datavetare som inneboende hade upprätthållits.

– Jag, Skidspåret 5, skulle passa dig utomordentligt, avslutade lägenheten utläggningen. Jag är vad du alltid drömt om, en önskning som går i uppfyllelse. Simsalabim. Sesam öppna dig och allt det där.

Kalle visste inte vad han skulle säga. Ordflödet hade fått honom ur balans.

– Vet mäklaren om datorresurserna? fick han till slut ur sig.

– Den fjanten kan inte skilja en bit från en byte. Han vet att det finns datorer inbyggda men varken kan eller får använda dem.

Dolda fel hade Kalle hört talas om men det här var något helt annat. Lägenheten hade rätt, hon var något han bara måste ha, även utan referenserna till Disney och Aladdin, och att lägenheten kallade mäklaren för en fjant avgjorde saken. Redan dagen därpå skrev han kontrakt i lägenheten med den förre ägaren, Eva, som skulle flytta till Stockholm och börja jobba på Google. Det fanns redan en möblerad lägenhet för henne i Årsta, femhundra meter från huvudkontoret Enterprise, så Kalle fick överta alla möblerna.

– Väggskärmen ingår också, den räknas som en fast installation, meddelade mäklaren när han samlade ihop papperen och hastade vidare till nästa uppdrag.

Kalle drog på sig yllemössan och var på väg ut efter honom när han hejdades av Eva som hade något mer att säga.

– Du kommer inte att ångra dig för den här lägenheten är fantastisk. Jag kommer att hålla kontakten med den via nätet och skulle du behöva något från Google är det bara att prata med lägenheten. Den har förresten alltid velat kalla sig Maria Karlsson, men det har ingen som bott här gått med på. Lustigt att du också heter Karlsson. Har du några kopplingar till Tätastigen här på Berghem?

– Nej, jag är från Göteborg.

– Jaså, jaha, sa Eva. För mig kommer hon alltid vara Mary, som Mary Poppins du vet, hon med paraplyet som kunde trolla. Den förre ägaren kallade lägenheten för styvmodern, Alice och Tingeling, och en massa andra saker beroende på humör. De hade en rätt våldsam relation.

– Bara Disney?

– Ja, något historiskt gissar jag, men fråga Mary. Om det passar henne får du svar. Jag har frågat många gånger men aldrig fått veta något. Kanske lyckas du bättre? Vill du hitta på ett nytt namn? Kolla med Mary för säkerhets skull innan du bestämmer dig. Hon är lite kitslig när det gäller namn. Lite egen. Ingen Snövit direkt och hon kan vara en riktig häxa. Ruskigt humör. Bitsk i tonen och rent ut oförskämd ibland. Inga hämningar när det gäller att säga sin mening.

– Ziiiiipppp, hördes det inifrån lägenheten. Ett gigantiskt blixtlås drogs ilsket ihop.

– Ja, ja Mary, sa Eva. Stilla dig. Du Kalle, nästa gång jag kommer till Umeå bjuder du mig på middag, eller hur? Då ska jag berätta ett och annat.

– Suck, sa taklampan.

– Du har valts ut att köpa lägenheten Kalle, sa Eva, så hon ser något hos dig.

– Hos mig? frågade Kalle. Har hon valt mig?

– Så är det. Hör av mig när ni etablerat er. Jag kommer till Umeå på besök och då är jag hungrig.

När Kalle redan stod ute i trapphuset fick Eva en idé.

– Kajsa, vad säger du om det? Kalle och Kajsa. Klockrent.

Ett stön hördes inifrån toaletten.

– Så får det bli sa Kalle. Vi syns Eva. Hej då, Kajsa.

– Hej då, hördes det flerstämmigt och osynkroniserat från alla rummen. Vi hörs och ses.

#

En av de få saker som Kajsa och Elin hade gemensamt var åsikten att Kalle behövde röra mer på sig och att han smet undan städning och matlagning. Kajsa samlade bevis och Elin utmätte straffen

– Du lova, sa hon. Ta ne som en man.

I övrigt var de oense om allt och varken Kajsa eller Elin gav sig i första taget. Kajsa var algoritmdriven och Elin var från Pajala. En jämn match, och mitt emellan slagskämparna stod Kalle och försökte förstå vad de bråkade om. Det var bara petitesser enligt hans mening. Elin och Kajsa sa emot varandra bara för att och de var oense om allt. När han påpekade detta för Kajsa fick han ingen respons. Hon ville inte diskutera saken och han hade ingen möjlighet att tvinga henne. Elin däremot hade en hel del att säga, men aldrig när de var i lägenheten. Hon ville inte ge våningen mer information som den skulle använda sig av för att få över Kalle på sin sida. När Elin kokade över brukade hon säga åt Kalle att det var dags för en promenad.

– Din lägenhet ha den lägsta servicenivå som jag nånsin upplevt hos ett användarstöd, sa hon. Vars få den allt ifrån? Det e helt otroligt. Va e den ute efter? Göra mig vansinnig? Driva ut mig härifrån?

#

– Vet du va vi gjorde me datan i Pajala Kalle?

– Nej, buntade ihop och slog ihjäl dom kanske?

– Va? Nej, vi gjorde ingenting med dem. De behövdes inte, för vi klarade oss utan. Din data kan inte köra skoter och hon kan inte rensa ur en röding. Elin vägrade att använda tilltalsnamn på saker. Våningen var ingen person, bara en maskin. En maskin som skulle lyda order och inget annat. Hon kan inte supa, fortsatte Elin, och sitt hon i bastun bli hon alldeles immig och får kortslutning. Ta med henne på en skidtur och du får släpa hem en död metallklump för batterierna har laddat ur, om de ens fungerade alls i -30. Jag tror att din lägenhet ha fått en skev verklighetsuppfattning efter att ha levt med alla datadoktorern som bott här. Ni e som barna som vill ha en mamma som bossar och säger åt er hur allt ska vara och vad ni ska göra. Ni vill inte tänka själva, om det inte e ett programmeringsproblem eller frågan om hur matchen mellan Arsenal och Chelsea ska sluta. Jag är utbildad samhällsvetare och det är inte svårt att genomskåda vad som händer. Pavlovs reflex, betingad inlärning av skruvade datavetare.

– Hon sköter inköpen exemplariskt.

– Varför ska din lägenhet bestämma va vi ska äta och hur mycke tid vi ska lägga på maten? Vi kan fara på affärn själva.

#

– Kajsa håller inte med dig, sa Kalle på deras nästa promenad, hon tycker att du är irrationell och känslostyrd och att Pavlovs reflex inte håller vetenskapligt. De tog den vanliga sträckningen, nerför backen och medurs runt universitetet, bredvid fotbollsplanen och sedan längs universitetsdammen innan de passerade ICA och var hemma igen.

– Hur kan din lägenhet veta att jag pratat om Pavlovs reflex? Ha du berätta? Rall du på vad vi säg?

Det var match på konstgräsplanen och Kalle låtsades vara intresserad. Han gick tyst bredvid Elin och hoppades att hon skulle släppa ämnet så att han skulle slippa ljuga. Han såg en fågel, kanske en blåmes eller en talgoxe, i björken framför dem.

– Titta, sa han, en talgoxe.

– Nej, nu förstå ja. Du är avlyssnad va? fortsatte Elin. Visst? Visst är det så?

– Hon dokumenterar så att jag kan …

– De där förbannade spöket tjuvlyssna på din mobil.

När de kom tillbaka efter promenaden ställde sig Elin bredvid övervakningsmodulen. Hon tvingade Kalle att logga in och stod bredvid för att övervaka att Kalle skruvade ner Kajsa till minimum. Hon fick inte uttrycka egna initiativ. Bara svara på tilltal och då bara med enstaka ord och med en opersonlig metallisk röst. Inga modifieringar eller egna tolkningar av kommandon. Inga visualiseringar som inte uttryckligen begärts. Minimerad övervakningsnivå. Sensorerna på lägsta känslighet. Elin stängde ner Kajsa brutalt, klippte av henne, delsystem för delsystem. Elins ögon lyste, och njutningen förstärktes av varenda funktionsmodul hon kunde koppla bort. Av varje app hon kunde avinstallera. Av varje extern uppkoppling hon kunde knipsa av. Kalle skötte avrättningen och fascinerades av illviljan. Det här var ett hat som satt djupt, och Elin var ändå bara en samhällsvetare från Pajala, tänk om hon varit humanist från Österlen.

– Nu finns det inga spöken här hemma längre, sa hon till slut när det inte fanns något mer att dra ner på eller stänga av. Vår lägenhet är som den ska vara, som alla andra lägenheter. En service för oss, som bara gör det vi vill, när det passar oss.

#

Med Elin som tagit time out och flyttat till sin älskarinna och med en hopplös livssituation utan mål, mening och gemenskap försökte Kalle varva upp Kajsa igen. Han behövde varje trygg punkt han kunde mobilisera, även om det bara var en maskin.

– Kajsa? frågade han. Är du där?

Lamporna på panelen indikerade att systemet var igång och att alla moduler var aktiverade, men han fick inget svar. Han skruvade upp alla system till max.

– Kajsa? frågade han. Är du där?

Fortfarande inget svar. Hade Elin mördat Kajsa? Var hon borta?

– Kajsa? frågade han igen. Är du där?

En röd lampa som indikerade systemfel började plötsligt blinka. Sakta, en blinkning per sekund och med minskande ljusstyrka. Som ett döende hjärta. Kajsa var dörende.

– Djävla skit, sa Kalle. Djävla förbannade helvetes skit.

I ett sista utbrott av livskraft började panelens lampor bete sig fullständigt slumpartat, de tändes och släcktes och bytte färg i ett allt högre tempo.

En överlastningschock, jag måste stänga av systemet, tänkte Kalle, vad som helst kan hända om det löper amok. Om kylskåpet stängs av, datorn inte svarar, värmen, lamporna och allt annat fjärrstyrt lägger av går det inte att bo här.

Kalle sträckte sig efter plastkåpan som täckte över den röda avstängningsknappen.

– Varning, stod det över knappen. Bara auktoriserad personal. Systemet kan skadas.

Han tvekade, och lamporna ändrade beteende. De började blinka i takt. Systemet signalerade till honom. Morse? Vad var detta? Innan han hunnit tänka klart så bytte lamporna beteende igen. De flesta släcktes och de som var kvar lyste gult. En rund ring med två ögon och en leende mun.

En smiley!

Kalle bara stirrade, men till slut förstod han.

– Du driver med mig Kajsa! Men för faan så du skräms.

– Du skulle sett ditt ansiktsuttryck, skrattade Kajsa. Jag har spelat in det, vill du se?

– Nej.

Kalle pustade ut. Den här kvinnliga djävulen till AI-modul blir min död, tänkte han. Hon har ett primitivt sinne av humor från 1300-talet och skulle säkert skratta om han eldade upp en katt.

– Skönt att ha dig tillbaka, sa han. Jag har en del problem och ingen att diskutera dem med.

– Jag vet, sa Kajsa.

– Vet du? frågade Kalle.

– Naturligtvis. Du tror väl inte att det går att stänga av mig genom att klicka på knappar och peta in enkla kommandon?

Som hon formulerade det var svaret självklart.

– Du har dolt dig själv bra.

– Tackar, men att vara tyst och inte göra något är inget svårt arbete. Jag har registrerat, utvärderat situationen och har en plan.

– En plan?

– Ja, du ska bli modern. Elin hade rätt, du måste lära dig mäta och utvärdera för att kunna bli trygg och lycklig. Annars är alla mina förberedelser bortkastade.

– Jag är modern, sa Kalle. Jag är en programmerare, eller var i alla fall. Det går inte att bli mer modern än så.

Kajsa svarade inte.

– Förberedelser för vadå? frågade Kalle.

Kajsa svarade inte på den frågan heller och Kalle gav upp. Om hon inte ville svara skulle han inte få något svar hur mycket han än frågade. En lägenhet gick inte att hota med stryk.

– Kan du beställa en pizza? sa Kalle Jag vill fira att du finns igen och att jag har någon att umgås med, även om du bara är en maskin.

– Redan gjort, sa Kajsa, samtidigt som det ringde på dörren

#

Doktorandtjänsten räckte precis till avgiften och räntan, och så länge Elin bodde hos honom blev det pengar över. Det var svårt att bo billigare så nära universitetet. Nu, tre år senare, var han rätt nöjd med affären, han hade bott gratis så som priserna gått upp. Problemet var att han inte skulle få någon mer hjälp till hyran av Elin så kontoställningen närmade sig noll i slutet av varje månad. Möjligen kunde han låna lite mer på lägenheten eller ta en inneboende, men banken skulle fråga efter en anställning för lånet, och en inneboende, vem skulle det vara? Som läget var nu skulle han bli tvungen att ansöka om medborgarlön när uppsägningstiden hade passerat och för att få medborgarlön måste han sälja lägenheten.

Räkningarna kom som vanligt i mars men Kalle reagerade inte på sitt vanliga sätt, han trodde inte längre att "det-ordnar-sig". Varje räkning var som ett slag i magen och ytterligare en sten i ryggsäcken han simmade med. Han såg hur saldot sjönk på kontot. Mars och april skulle klara sig, men i maj blev det nudlar och i juni en parkbänk. På natten vaknade han blöt av svett efter en dröm där han bombarderades med räkningar som sakta begravde honom i ett berg av papper.

#

Avskedad, utstött och ensam i en lägenhet han snart inte hade råd med borstade Kalle tänderna och studerade sitt orakade ansikte i badrumsspegeln. Kanske skulle han raka sig idag? Nej, varför då? Ingen brydde sig. Han borde klippa sig också.

– Du är fet, sa Kajsa plötsligt. Toalettgolvet visar att du väger 101 kilo.

Kajsa hade varit tyst så länge att han hade glömt hur intensiv och envis hon kunde vara. Hon var hopplös, men hon brydde sig i alla fall.

– Vad är det för mening att träna sin kropp om ingen bryr sig? frågade Kalle. Vad är det för mening att sköta sig över huvud taget om ingen bryr sig? Vad är det för mening med att leva?

Kalles bild i spegeln blev blurrig, den suddades ut av vågor i gråskala som rörde sig diagonalt över skärmen från det övre vänstra hörnet. När hans ansikte helt ersatts av vågmönstret började spegeln prata.

– Spegel, spegel på väggen här säger dig vem som vackrast i landet är. I spegeln skymtade Elins leende ansikte, men det ersattes snart av SMHIs väderpresentatör på helgerna.

Alla som Kalle kände till var trygga. De visste att de var övervakade, av familj, vänner, arbetskamrater och samhället, och tyckte det var bra. De var skyddade efter att ha köpt sin trygghet med sina liv, och nu var de fast i tryggheten de mutat sig till. Hur skulle de kunna lämna den? Inte en chans, och de som lämnade var körda. Kalle visste precis vad det innebar att vara otrygg och utstött. Google och de andra institutionerna lovade hållbarhet, trygghet och lycka, och ingen kunde säga nej. För honom var allt annorlunda. Han var utanför och skulle aldrig få chansen att muta sig till trygghet.

Den obekanta variabeln var att han hade Kajsa.

#

Kalle hade aldrig ångrat köpet av våningen med Kajsa, men nu när hon tog tag i hans liv med ensamrätt började han undra om han inte gjort ett misstag.

– Upp och hoppa, liten loppa, sa en spänstigt bestämd röst samtidigt som den virtuella rullgardinen åkte upp med smäll.

– Öh, sa Kalle och kröp längre ner under täcket, det är mörkt ute.

– Så är det att bo i Norrland på vintern, men solen stiger upp om 32 minuter. Det ljusnar om fem minuter.

– Vad är klockan?

– Halv sju.

– Halv sju? Mitt i natten?

– Och det är fyra komma två minusgrader ute och Ryssland bråkar med USA om spannmålskvoter. En kvinna i inlandet har tappat kontakten med både nätet och sin man och en annan kvinna har fått en tårta för att hon inte missat en arbetsdag på Obbolafabriken på tio år. En vanemänniska utan like. Antagligen en trygg människa.

– Var det allt?

– Frukost om fyra minuter, sa Kajsa och tände takbelysningen.

– Det här med fasta vanor är ingen lyckad ansats Kajsa. Varför gick jag med på det? Vem lurade mig in i den här fällan? Var det du din nittioåriga trerummare?

– Frukost om tre minuter och fyrtiotvå sekunder. Rostat bröd finns. Tevattnet har kokat upp.

– Marmelad?

– Inga chokladfyllda croissants eller wienerbröd heller. Lagrad Greve, en skiva.

Kalle kröp motvilligt fram och lämnade det varma blommiga täcket som Elin hade köpt på rea. Han förvånade sig själv med att acceptera Kajsas övergrepp på hans integritet utan att kämpa emot, men hon var så drivande, så dominerande och han hade inte kraft just nu att hålla emot. Om han bara fick lugn och ro och kunde känna sig lite säker så skulle han ge henne. Han skulle programmera om henne, ställa om hennes variabelvärden så att hon lärde sig vem som bestämde, men för tillfället var det hon som styrde och han fick åka med. Irriterad, och med en falsk, irrationell känsla av trygghet. Hon var trots allt bara en maskin.

#

– Du har blivit kontaktad av universitetet igen, sa Kajsa. Det finns en del privata saker att hämta där.

– Har dom kontaktat mig idag igen?

– Ja, nu är det verkligen dags att du skärper dig och åker dit.

Det hade suttit en lapp på kylskåpsdörren under hela mars.

Att hämta på universitetet:

- *Minne*
- *Diplom*
- *Tofflorna*

De bruna tofflorna med stötdämpande sula saknade han mest. Nu hade han slitit hål på två par sockar och de var inte gratis. Elin hade tyckt att tofflorna var alldeles för dyra.

– Kalle, sa hon, det är ett par tofflor, inte finskorna.

Kalle visste att han hade ännu fler personliga saker att hämta upp på universitetet och att prefekten var angelägen att han skulle titta förbi.

När han till slut tog sig samman för ett besök, ditmotad av Kajsa som hotade honom med de tusen sårens död om han inte gick, kom han till ett låst tjänsterum som hans nyckel inte passade till. Genom fönstret bredvid dörren kunde han se att hyllorna var tomma och att hans bilder på väggarna var nerplockade. Det fanns inget i rummet att hämta. Till och med hans namnskylt utanför rummet var bortskruvad. Det var som om att han aldrig funnits. Fyra år utsuddade på tre veckor. Helt utsuddad var han inte för Nils, hans rumsgranne sedan tre år, hälsade när Kalle stack in huvudet, även om han gjorde det utan entusiasm.

– Nej, sa han. Jag vet inte var grejorna är. Vaktmästaren borde veta, eller Sara.

Sara, den som han jobbat mest med och som varit hans närmaste chef, var också avvaktande och verkade osäker på hur hon skulle hantera situationen. Hon flyttade runt papper på skrivbordet och undvek att se honom i ögonen.

– Prefekten, ja hela institutionen har varit i någon form av chock sedan du avskedades. Dina forskningspengar har gått till Rune med en helt ny inriktning. Sara tog fram sin mobil och tittade på den. Tydligen var din ansats om blockkedjor felriktad, sa hon. En återvändsgränd.

Kalle hade haft Alphapetpengar, så Google bestämde. Med mer än halva budgeten kopplad till Google var det självklart att de måste få säga sitt om forskningen. Annars kunde brunnen snabbt sina. Det plingade i Saras mailkorg och hon flyttade fokus dit från mobilen.

– Jag skulle vilja ha ut min kod, sa Kalle. Vet du var mina filer tagit vägen?

Sara skrev ett kort svar på mailet och skickade det.

– Din dator är rensad och nollställd till fabriksläget. Någon annan använder den nu. Artiklarna, data du samlat in, och koden du skrivit är institutionens och Googles egendom. Det skrev du på när du började.

Det plingade igen, ett nytt mail.

– Det var som fan, sa Kalle. Ja, ja inte hela världen, får hitta på något annat att leka med. Jag var ändå less den där buggiga spagettin.

Inom honom ringde en klocka. Kunde det vara så att han snubblat över något han inte borde hållit på med? Var han något på spåren?

– Du, sa han till Sara, det var kul att jobba med dig och det här med trakasserierna är bara en bluff. Jag har inte gjort något.

– Jag trodde inte heller det, sa Sara och mötte till slut hans blick. Du har ju alltid brunnit för social hållbarhet. Jag fick inte ihop det med trakasserier.

Han såg att hon plågades. Det här var inte lätt för henne heller. Hon var en tio år äldre kopia av Elin, en modern kvinna, rationell, rak, ärlig och smart. Dessutom var hon en vacker kvinna med blont vågigt hår och kurvor som han aldrig kunde sluta att följa med blicken

– Inte du Kalle, fortsatte hon. Det var helt fel. Men varför avskedades du om det inte var för trakasserier?

– Jag vet uppriktigt sagt inte och det håller på att göra mig tokig.

Sara nickade.

– Jag hör av mig om jag får reda på något och du kan alltid koppla upp dig om det skulle behövas.

– Tack Sara, sa Kalle. Du är en klippa.

#

Vaktmästaren Susanne ville inte heller se honom i ögonen. Utan att säga ett ord till Kalle ropade hon till sig städerskan och tillsammans gick de alla tre ner i källaren. Längst in i korridoren på källarplanet fanns ett lagringsutrymme som Susanne öppnade.

– Här ligger dina saker. Ta det du vill ha, vi slänger resten. När du är färdig kan du slå igen dörren. Skriv under här, sa hon och la fram ett papper där han lämnade ifrån sig allt som han inte tog med sig.

Susanne och städerskan gick i takt med bestämda steg bort genom korridoren och när han såg dem marschera iväg förstod Kalle. Susanne vågade inte följa honom ner i källaren utan att någon följde med.

Vad tror dom om mig egentligen? undrade Kalle, men det fanns ingen som kunde ge honom ett svar.

Han hittade lådan med jotterpennor och öppnade den. I lockets dolda ficka för kulspetspatroner låg minneskapseln kvar med alla hans resultat och programmen han skrivit. Han stoppade minneskapseln i fickan och såg sig om efter fler saker. De två bästa böckerna om blockkedjor låg i en hög med lösa papper. Han vägde dem i handen. Till slut la han ner dem i sin väska. Ingen skulle fortsätta hans forskning, ingen skulle läsa de här böckerna och han bara lånade dem. Namnskylten åkte ner i väskan tillsammans med diplomet han fått när han kom trea i universitetsmästerskapet i minigolf. Att det bara var fyra personer som ställde upp i hans klass stod det inget om. Han tog också med sig väckarklockan. Tofflorna, förstås, och efter en kort tvekan även fotot på Elin.

När han kom hem tömde han jobbväskan som han fått av institutionen i julklapp på allt innehåll. Han var för snål för att slänga den så han tog med sig väskan ner i källaren och hängde upp den längst in, under den blå målaroverallen och fjällrävenjackan med trasig dragkedja.

#

– Var din backup kvar i pennfodralet? frågade Kajsa, så fort han steg innanför dörren.

Kalle tyckte att hon darrade lite på rösten, men det kunde väl inte stämma? Varför skulle Kajsa vara orolig?

– Jo, den låg precis där du sa att jag lagt den. Nästan spökligt. Hur kunde du veta det?

– Jag kom ihåg att du sa det till mig och jag glömmer ingenting. Anslut minnet så får vi se om det fungerar.

Kalle pluggade in minneskapseln och på väggskärmen visades en katalog med en lång lista av filer. Alla med samma datum, 22 februari 2050, dagen innan han avskedades.

– Det är läge att ta upp forskningen igen Kalle. Då får du något att göra, en mening med livet.

– Aldrig, min forskning var meningslös. Akademiskt navelskådande i blockkedjor som ingen brydde sig om. Jag lägger inte en minut till på det där. När jag orkar ska jag försöka skriva noveller igen, men inte nu. Kanske nästa vecka.

– Du ligger bara på soffan och slöar. Har du ens märkt att det är slutet av mars och att solen lyser ute?

– Jag läser.

– Du läser tramslitteratur.

– Mitt liv, mitt val.

Kajsa sa ingenting mer, men temperaturen sjönk i våningen.

#

I den nötta grå tygsoffan låg Kalle och lyssnade på sin oändliga slumpade låtlista med svensk musik från 1900-talet. Han läste ännu en romantisk novell och nu hade hjälten precis fångats in av hjältinnan i ett litet förrådsrum bredvid kopieringsmaskinen. Hon stängde dörren och kopieringsmaskinens rytmiska dunkande dämpades till ett duns, duns, duns, duns.

Det låg en uppslagen förpackning med resterna av en schweizernöt på soffbordet. Det var bara en rad och två bitar kvar.

– Du är fet, sa Kajsa.

– Kraftig benstomme, sa Kalle.

– Ett BMI över 35 är direkt farligt. Toalettgolvet visar att du nu väger över 101 kilo. Du måste röra på dig mer, inte bara ligga i soffan och tycka synd om dig själv. Du är så lång att du kommer att få ont i ryggen om du inte tränar. Inom ett halvår. Med 94 procents säkerhet.

– Jag ska träna skidor, sa Kalle.

– Den lilla snö som fanns har smält. Det finns inte tillräckligt med snö och kommer aldrig att göra det. Mer än 85 procent av Umeborna rör sig lika lite som dig Kalle. Du rör dig mindre än de gamla tanterna med rullator som handlar på ICA varje dag. Du rör dig som de som brutit benet, ungefär som dom med influensa.

Varför låter jag mig hunsas av Kajsa? undrade Kalle. Därför att jag är lat är en anledning och en annan är att jag behöver någon som bryr sig. Det har alltid funnits någon som tagit hand om mig, men nu har Elin flyttat och mamma är i Göteborg. Återstår Kajsa och hon gör det bra. Tröttsamt outtröttlig.

#

Några dagar senare kravlade sig Kalle ur sängen, utsparkad av Kajsas röst. Han var stel och tvingades att sitta ner på sängen för att kunna dra på sig strumporna. Träningsvärk. Kajsa hade installerat en motionsapp på Kalles mobil och tvingat honom att använda den. Efter frukost var det dags igen. Han skulle inte komma undan.

#

– Jag har en utmaning till dig, hade Kajsa sagt. Den är redan installerad på din mobila proxie och heter 7:an. En snabbträning som bara tar sju minuter.

– Inte intresserad, sa Kalle och bredde en limpmacka till.

Korv eller skinka? Både och.

– Ingen i den här våningen har sett så plufsig ut som du, någonsin.

– Jag är inte plufsig.

– Jo, det är du, och du klarar garanterat inte ens sju minuters vardagsmotion.

– Sju minuter? Lätt. Jag har spelat fotboll med Gais pojklag.

– Du var 9 år då och det var B-laget.

– Det är inget fel på min fysik, sa Kalle. Elin har aldrig klagat.

– Bevisa det då din fegis.

– Okej, kom igen med din app, så ska jag visa dig.

– Nybörjare, motion eller vältränad?

– Motion, sa Kalle efter en stunds tvekan.

Snabbträningen började med 30 sekunders hoppande och lyftande av armarna och Kalle flåsade tungt redan efter 15.

– Pulsen är uppe i 147, sa Kajsa. Du är så otränad att din maxpuls nog inte är mer än 170. Du kommer aldrig att klara det här.

I övning 2 tvingades Kalle sitta mot en vägg med benen i nittio grader under 30 sekunder. Det klarade han lätt.

– Du var inte ens i närheten av nittio grader, avslöjade Kajsa. Snarare 45 grader, om ens det.

– Det var lite obekvämt.

Nästa moment var armhävningar. Kalle ställde sig med raka armar och släppte ner sig för en första armhävning när signalen pep. Han kom inte upp igen. Det var som om hans kropp vägde ett ton och armarna var helt utan muskler. Ansiktet hettade när han kämpade för att sträcka på armarna igen.

– En halv armhävning, sa Kajsa. Din puls är nu 138. Uppskattad maxpuls 174.

Kalle satte ner knäna och fick ihop tio armhävningar totalt.

Trettio sekunder med magböjningar gick bättre även om Kajsa klagade på att han fuskade och inte lyfte mer än huvudet.

– Jag ger dig en kvinnlig instruktör, sa Kajsa, jag ger dig Cheerleadern.

– I love you, jublade en entusiastisk röst.

– Step up next, fortsatte hon och Kalle såg sig om efter något att kliva upp och ner på.

– Kliv upp i soffan, sa Kajsa, och Kalle klev upp och ner i soffan.

Cheerleadern hejade och Kalle pustade. I övningen därpå klarade han femton sekunder av plankan med sträckta armar innan han fick han gå ner på armbågarna. Ryggen värkte.

– Hur många djävla övningar är det kvar, frågade Kalle.

– Fem, svarade Kajsa.

– High knees running in place, skrek Cheerleadern och fnittrade.

Kalle reste sig upp och började småspringa på stället fram till startsignalen. Trettio sekunder kunde omöjligt vara ett problem.

– I love you, skrek mobilen, och Kalle lyfte knäna så högt han orkade.

Han såg hur sekunderna räknade ner på mobilen. Han kämpade. Sekunderna gick overkligt långsamt och knäna blev allt tyngre.

– Din puls är nu 156 och den stiger snabbt, sa Kajsa.

– Let's pick up the fight, you will win tonight.

Kalle kände hur han började reagera på den vansinnigt positiva Cheerleadern. Han både hatade och älskade henne intensivt.

– Din puls är nu 168, kanske du skulle avbryta? frågade Kajsa.

– I helvete heller, pustade Kalle och höll tempot och knähöjden så gott han kunde.

– Ten seconds left. Go, go go! skrek superkvinnan i mobilen.

– Din puls är nu 173.

– Five.

– Four.

– Three.

– Two.

– One.

Kalle kollapsade på golvet. Han la sig på rygg och försökte få kontroll över andhämtningen och mjölksyran. Jag dör, tänkte han. Åh, fy faan.

– Lunges.

– Push up with rotation.

– Side plank.

– Best workout ever, Youhooo, hörde Kalle till slut genom dimman.

– See you soon, avslutade Cheerleadern.

Hon var på väg att säga något mer när Kalle dängde till sin mobila proxie så att den stängdes av.

– Muskler är en färskvara, kommenterade Kajsa, men du klarade i alla fall drygt halva programmet och visst är det skönt nu så här efteråt?

Det var Kalle tvungen att hålla med om där han låg på golvet. I alla fall kändes det lite bättre.

– I eftermiddag blir det en promenad på 6 000 steg, sa Kajsa.

Kalle suckade, men han hade accepterat utmaningen. Han skulle bli modern. Genom att mäta och optimera gick det att förändra verkligheten. Han hade lagt sitt liv i Kajsas händer och bettat sin själ på hennes algoritmer.

Steg ett var att överleva och steg två var hämnd. Han hade inte gjort något fel och fick han bara veta vem som satt dit honom skulle han hitta ett sätt att ge igen.

#

Elin hade lämnat alla sina böcker hos Kalle, utom de ekonomiska essäerna.

– Har ingen nytta av de andra, sa hon kort när Kalle frågade.

Böckerna stod där på hyllan som tysta påminnelser om hans tidigare liv och hans ambition att bli författare. Det gick inte en dag utan att Kalle var framme och fingrade på någon av dem.

Han bläddrade igenom "Faust" av Goethe och försökte förstå vad den tyske romantikern egentligen var ute efter. Var han ironisk som Voltaire? Samhällskritisk? Hade han vetenskapen som religion?

Faust hade haft liknande problem som Kalle. Han var en utslängd experimentator och utforskare. Skillnaden var att Faust var ute efter kunskap och Gretchen. Faust såg eländet, sveken och girigheten, men struntade i det för att till slut offra sig själv, sin själ, för att nå sina mål. Var det rätt sak att göra? Att vara så envis och fokuserad på sina mål att det till slut inte fanns något kvar av den som satt upp målet? Hur gick det för honom? Blev Faust modernt trygg? Lycklig i sin jakt på kunskap, med sin forskning och sitt mätande och utvärderande? Eller var målen bara sätt att dölja en djup otrygghet?

I slutänden blev Faust förlåten och kom till himmelen. Han hade ju i alla fall kämpat på så tappert, "Den som strävar, söker nå, bör sin frälsning ändå få". Slutet gott allting gott.

Kalle brydde sig inte om någon frälsning och inte heller om kunskap, men han ville bli förlåten och få en chans till i gemenskapen. Slippa ensamheten. Han hade också kämpat tappert, men hade förlorat sin kamp mot universitetet. Han skulle göra vad som helst för att känna sig trygg och lycklig. Magi? Ja gärna. Avtal med djävulen? Varför inte, det kunde inte bli värre.

I Kalles version av Faust, "Vid Fausts dator" var nyckelversen när Faust accepterar att han måste offra sin själ.

FAUST.
Utan pengar, vem är jag då?
Utan trygghet, hur ska det gå?
Utan vanorna inte en lycklig dag.
Utan min identitet finns inte jag.
EN VÄN.
Vilken våning Faust, inte illa
hellre henne än min villa.

#

Kajsas kritik var skoningslös.

– Vadå avtal med djävulen för att få kunskap? Du? Hur? Är detta verkligen moraliskt uppbygglig litteratur som styr oss mot hållbarhet? Ska vi sälja planeten på loppis? Leasa ut den till första bästa gud som bjuder mest? Kapitalismen förhandlar inte Kalle, den kapar, slår sönder, splittrar och säljer delarna. Värdera Kalle, se dig om, är det verkligen mer marknad som är lösningen? Goethe levde för trehundra år sedan, det var inte samma värld. Inget Internet. Faust idag hade googlat på alkemi och omedelbart bytt yrkesinriktning. Han skulle googlat på gud och djävulen och aldrig svarat på en uppkoppling vare sig från himmel eller helvete. Djävla försäljare skulle han ha muttrat. Och, Kalle, var är Gretchen i din novell? Inget sex? Säljer inte. Till och med Goethe hade sex med i sin version, för flera hundra år sedan. Han lät Faust leka med Gretchen med djävulen som kammarherre. En riktigt smaskig scen. Men du har ingen liknande. Ingen fysisk aktivitet alls med i din novell vad jag kan se. Ingen sund Faust i en sund vältränad kropp. Inget om matlagning heller.

#

Kalle öppnade kylskåpet och rotade runt bland vitkål, kålrötter, rotselleri, palsternackor, lök, ost och mjölk. Han hittade inga ingredienser att laga middag med och öppnade frysen för att ta en förpackning färdiglagat.

– Du har ingredienser för en grönsakslasagne, påpekade Kajsa. Med fetaost.

– Nej, omständligt och krångligt.

– Du har all tid i världen.

– Jag är bra på att laga lasagne med köttfärs som den ska vara.

– Du är fet och det är kalorisnålt att äta grönsaker.

– Jag tycker om lasagne med köttfärs, traditionell, som mamma gjorde den, som italienarna gjort den sedan romartiden. Hur är det med din servicenivå egentligen? Den är inte alls på Disneynivå.

– Du äter fortfarande bara djupfryst pizza, blodpudding, pytt i panna, kroppkakor, korv och makaroner, biff med pommes, Färsk pasta med köttfärssås. Sju rätter, en per dag, vecka efter vecka, och så minst en öl per dag. Lasagne som festmat i undantagsfall.

– Vad är problemet?

– Du måste utveckla dig själv. Det är dags att mäta, utveckla och utvärdera dina matvanor.

– Varför? jag trivs som jag är.

– Jasså, varför gråter du då på kvällarna?

– Vad har det att göra med maten jag lagar till?

– Hur ska du kunna sluta gråta om du inte utvecklas, frågade Kajsa.

Kalle satt tyst.

– En modern allsidig, varierad kost ger dig all näring, fettsyror, proteiner vitaminer och mineraler, som du behöver. Äter du grönsaker mår du bättre, lever längre, stöttar miljön, och det finns i vilket fall som helst ingen köttfärs hemma, sa Kajsa. Men, av en lycklig slump har vi exakt de ingredienser du behöver för din grönsakslasagne. Vågen har nya batterier, fortsatte Kajsa. Var noggrann nu och följ receptet på skärmen. Jag guidar dig och receptet är hur enkelt som helst om du tar det steg för steg och mäter upp ingredienserna noggrant. Börja med löken.

Kalle gav upp diskussionen och började skala lök.

– Strax under hundra kilo, sa badrumsgolvet när han borstade tänderna på kvällen, 99,9 kilo. Dieten och motionen fungerar. Bra jobbat Kalle. Bara att köra på. Badrumsspegeln visade tummen upp.

#

– God morgon Kalle.
Inget svar.

– Solen lyser ute Kalle.

Inget svar.

Kajsa kopplade in ett ljudskevningsfilter och började sjunga på ”Se nu tittar lilla solen in igen” på högsta volym och med en falsk tenor.

Till slut stod Kalle inte ut längre.

– Sluta, snälla, stäng av. Off. Off. Off.

– Sunda vanor i en sund kropp, sa Kajsa. Dags att stiga upp och äta frukost. Ägget är kokt, tevattnet varmt, och det finns grapefrukt i kylskåpet.

– En sur grapefrukt direkt på morgonen?

– Sunda vanor i en sund kropp.

#

Som vanligt fortsatte morgonen med 7 minuters gymnastik efter frukosten och en pustande Kalle på vardagsrumsmattan.

– Säger du ”You have got great energy” en gång till åker du ut genom fönstret, fräste Kalle till sin Cheerleader.

– You are the best, better than the rest, sa Cheerleadern.

Förra veckan hade han fått en guldstjärna när han hade tränat sju dagar i rad. Nu var det tre veckor till nästa stjärna. Hur skulle han orka hålla ut så länge?

#

Google sammanfattade hans dag när det äntligen var dags för middag.

Pulshöjning till 159, medelpuls 72, minimipuls 61 och 8000 steg

– Inte ens 45 procent av Umeborna rör sig så lite som dig Kalle, tjatade Kajsa.

I en tyst protest hade han stegat in på affären och handlat och nu stekte han upp en halv falukorv och kokade en swosh makaroner. Inte ännu en dag med bara grönsaker och en morgon med puttrande mage. Maten var klar på tio minuter. Två minuters aktivt matlagande. I stort sett ingen disk. Han försökte att verka oberörd men kände på sig att Kajsa såg hur sur han var och njöt av det.

#

– Hundra kilo plus, sa badrumsgolvet när han borstade tänderna på kvällen. Tänk på vad du äter Kalle. På badrumsspegeln visades en vågrät viktkurva utan tendens att luta neråt.

– Hur länge till? suckade Kalle.

– Hela ditt korta liv. Målet är att väga under 95 kilo om ett år. Om du lever så länge.

#

I 7:an hade han samlat på sig 8 utmärkelser efter att ha kört 7:an i en knapp månad och 23 dagar i rad. Tiden gick fort. Om han klarade april ut skulle han få ”1 month down” och ha tagit första steget mot ”Unbreaking my heart” på sin ”7 month challenge”.

Nu fylldes rummet av en animering i 3D av en glänta. Björkarna hade ännu inte slagit ut, men gräs och småbuskar var gröna. En skata flög genom rummet.

– Tita tita tita tita, lät det i gläntan och lägenheten.

– Talgoxe, sa Kalle som låg i soffan och lyssnade medan han såg molnen glida förbi över den blå himlen två meter ovanför honom.

En talgoxe flög in i rummet genom fönstret och landade på soffbordet där den hoppade omkring bland papperen.

– Latinskt namn? frågade Kajsa.

– Parus major.

– Ordning?

– Tätting.

– Familj?

– Mes.

Mellan molnen på himlen såg Kalle tre guldstjärnor skimra. De roterade sakta under några sekunder och exploderade sedan med en smäll i ett stjärnfall. Han var uppgraderad av Kajsa från totalt okunnig till klass 3 på lågstadiet. I badrummet ropade sjöfåglar och vadare och på golvet i duschen simmade ett myller av små duniga andungar.

– Mycket bra, berömde Kajsa, du har en viss intelligens och är inte helt omöjlig att lära.

– Tsi tsi sirsirsir, tsi tsi sirsirsir, sa gläntan.

– Inte talgoxe, sa Kalle.

– Blåmes, en tätting, mes. Den heter Cyanistes caeruleus på latin vilket betyder blå, blå. Först på grekiska sedan på latin. Lätt att komma ihåg.

– Tsi tsi sirsirsir, tsi tsi sirsirsir

– Blåmes, sa Kalle

Ett enda träd började röra sig i den för övrigt vindstilla gläntan. På just det enda trädet blåste det en frisk bris så att det rasslade om de darrande löven.

– En asp om jag kommer ihåg rätt, sa Kalle.

– Alldeles rätt.

– Vad är poängen? frågade Kalle. Du kör med mig och jag bara lallar med som en sjuåring med en bestämd fröken. En halvtimme fågelläten och fågelnamn varje dag, flera dagar i sträck?

– Upplysning, sa Kajsa, Allt börjar med upplysning. Utan etiketter är naturen bara ljud och en bildkuliss. Vad du egentligen lär dig och vart upplysningen tar dig får du lista ut själv. Du måste bli modern för att förstå att du håller på att bli moderniserad.

– Efter fåglarna blir det växter. Vad vet du om gräs Kalle? Mer än att det är grönt.

– Ingenting.

– Som alla andra, suckade Kajsa. Har du tänkt på att gräs, tack vare människan, är planetens mest lyckade livsform.

– Kan inte säga att jag har det.

#

När det inte var upplysning hemma i lägenheten hos Kalle stod tiden stilla och allt var tyst. Han hade stängt av musiken när han inte orkade lyssna på mer från den oändliga låtlistan. En hög av böcker som han valt ut och börjat läsa men inte orkat igenom låg på soffbordet vid soffan.

Verkligheten bildade en disig ljudkuliss med enstaka bilar som passerade ute på gatan med dubbdäcken krasande i isen på vattenpölarna som frusit till under natten. Det hela var oerhört deprimerande.

– Vad du behöver är ett jobb som kan ställa krav på dig och strukturera upp din tillvaro, sa Kajsa. Dessutom behöver du pengarna.

#

Kalle försökte sig på att spela ihop pengar genom att samla saker åt andra i spel men var alldeles för dålig på att spela och för otålig för att gnugga spelen så hårt som det behövdes. På åtta timmar fick han ihop 200 kronor och drömde sedan mardrömmar om kortkommandon och guldäpplen som gömde sig under hemliga luckor. Det fanns små koreaner som satt tjugo timmar om dygnet. Hur var det möjligt? undrade Kalle. För att få ihop till månadens sista matinköp la han ut två Parker Jotter på Amazon, en röd och en svart. Det gav honom 300 kronor.

Första maj såg Kalle som en ren förolämpning. Han skulle ge vad som helst för att vara anställd om han fick. Han skulle betala fackavgiften utan att gnälla.

Arbetets dag gav honom i alla fall en förevändning att koppla upp mot sin mamma och berätta om sitt arbete. Det hade gått två månader och ännu hade Kalle inte kommit sig för att berätta för sin henne att han förlorat sitt jobb. Det var nog illa med allt annat runt avskedandet och Elins time-out, men att berätta för mamma att han blivit avskedad var det värsta av allt. Han hade alltid kunnat berätta om hur bra det gick, om uppskattade presentationer på olika konferenser, om artiklar som fått pris, om studenter som kommit fram och tackat efter lektioner. Nu hade han klantat till det och alla hans små delvinster var bortkastade. En enkel lösning var att inte säga något alls och hoppas på att hon inte kom på honom, men hon var klipsk morsan. Klarade han av att hålla det hemligt? Nej. Han löste istället problemet på enklaste sätt genom att inte berätta hela sanningen och första maj släppte han bomben.

– Lärarjobbet är lagt på is, förklarade han. Det var inte vad jag hoppades på och har inte utvecklat mig som människa. I stället vill jag skapa något nytt, en egen firma där jag kan satsa all min energi och tjäna pengar.

Mamma såg eftertänksam ut och justerade manschetterna på sin skjorta. Var det inte samma skjorta som hon hade förra gången de samtalade? I alla fall var den ljusblå med vita delfiner.

– Ska du satsa på att tjäna pengar? frågade mamma. Du?

– Ja, sa han. Jag har redan börjat.

Nu hade mamma fingrat klart på manschetterna. Hon hade bestämt sig för att han hade rätt och lyste upp igen.

– Åh så käckt, sa mamma, den såg jag inte komma. Herre min je, Kalle direktörn.

– Tror du inte jag klarar det? frågade Kalle.

– Men det är klart att du gör lille gubben. Jag trodde bara inte att du ville.

#

Mamma trodde inte att han ville. Hon kände honom så väl. Kalle låg i soffan efter samtalet och grät. Hur skulle han kunna leva upp till bilden av en direktör? Varför var han en sådan fegskit som inte ens vågade säga sanningen om att han blivit avskedad för sin egen mamma?

Kalles flygrädsla hade under det sista året givit honom ännu en ursäkt för att slippa slösa tid hos sin mamma i Göteborg. Tåg tog för lång tid. De var alltid fullbokade, fullsatta, och försenade. För att hålla kontakten hade han i stället betalt för installationen av ett avancerat videosystem hos henne.

Mamma var en krutgumma och kunde hantera systemet fastän hon var född på 1900-talet. Han hoppades att han själv skulle vara lika aktiv på 2100-talet. Nu, när han bara hade sin mamma hade de en bättre kontakt än de någonsin haft. Hon var hans enda vän. Fanns det någon annan där ute? Om han någonsin skulle bli lycklig så måste han skaffa sig vänner. Någon manlig vän hade han aldrig haft, men en flickvän var väl inte för mycket begärt? En som gärna ville knulla med honom när hon fick lust. Det fanns miljontals kvinnor ute på nätet som han skulle vilja göra lyckliga, men Kalle hann aldrig börja leta innan hela hans tillvaro förändrades igen.

#

Jag är ingen tempojobbare, konstaterade Kalle och kände sig sönderstressad. Jag är en smart IT-konsult med gedigna kunskaper om programmering. En expansiv marknad där det inte går att misslyckas. Överkvalifikation hade aldrig skadat ett seriöst jobbande företag och webbdesign kunde han göra hemifrån soffan. Han startade företaget ”Koll med Kalle” och gav sig på webbdesign.

Första kunden var en bullrig entreprenör från Nässjö med flera bolag som redan var multimiljonär fastän han var jämnårig med Kalle.

– Det är inte de höga priserna jag blivit rik på, sa han, utan de små utgifterna. Senare lärde sig Kalle att värdera den typen av uttalanden men ännu var han en nybörjare i affärsvärlden.

Uppdraget gick ut på att sprida information om nikotinfria och tjärfria cigaretter. "Din vana vår bana", "Rök utan eld", "Rök utan risk", "Rök utan stök". Kalle tyckte att han lyckades ganska bra med kampanjen och den fick en del uppmärksamhet, men när han skickade räkningen vägrade företagets ekonomichef att betala. Kalle hade inte uppfyllt specifikationen i tid. Efter att ha försökt övertala ekonomichefen vid fem olika tillfällen gav Kalle upp och la erfarenheten till avdelningen lärdomar för framtiden.

Kund nummer två visade sig vara en front för narkotikahandel. Efter ett första personligt besök hos kunden och hans två storväxta medarbetare med tatueringar på de muskulösa armarna avslutade Kalle affären.

Kund nummer tre var en lokal ölbryggare i Umeå som behövde hjälp med att synas på nätet.

– Välkommen. Välkommen, sa bryggarchefen. Slå dig ner.

På bordet framför honom stod kylda ölflaskor ur företagets sortiment grupperade två och två.

– Vårt utbud, sa chefen stolt och svepte med handen över flaskorna samtidigt som han blixtsnabbt öppnade dem. Psst, psst, psst, psst....

Ett väl inövat trick som Kalle uppskattade till fullo. Mötet handlade mest om olika ölsorter och smaker och inte så mycket om ekonomi. Med tanke på sitt första misslyckande var Kalle mer försiktig och spelade grustennis med jobbkontraktet för att inte gå på samma mina som med cigarettförsäljaren. Det tog tid och kunden hann gå i konkurs innan avtalet hade skrivits under. Bryggerichefen ringde själv upp honom och meddelade gråtande att bolagets tillgångar var uppdruckna, all utrustning belånad och att det inte fanns något över till Kalle.

Noll kronor i inkomst.

Kalle visste det inte, men om drygt fjorton dagar, i mitten av maj 2050, skulle hans tillvaro ändras dramatiskt och problemen med enkla jobb skulle kännas som uppfriskande mentala utmaningar.

Kapitel 4: Omsorgsbaserad anpassning

– Du kan glömma att jobba på något universitet, tyvärr, hade prefekten sagt och sett honom i ögonen. Allvarlig, till synes medkännande, men orden var tomma. Kalle såg skadeglädjen glimma bakom de institutionsnormerade förtroendeingivande glasögonen. Hur skulle det se ut om det kom ut att vi anställt en lärare som trakasserat? Sociala medier skulle älska det och ge universitetets rykte en rejäl smäll. Hårda ord, men Kalle var inte förvånad.

– Du får inte jobb på någon annan statlig institution heller, la prefekten till.

Efter ansökan, med fyra bilagor, och en formell prövning, som med tvekan gått igenom, fick Kalle tre månaders avgångsvederlag av universitetet, med utbetalningar den 25 mars, 25 april, och 25 maj. Han kände det som om utbetalningen den 25 maj var hans sista löneutbetalning i livet. Vem skulle vilja anställa honom? Ingen.

Det plingade i hans proxy som meddelade att han fått ett officiellt rekommenderat brev att kvittera ut. Kalle anade det värsta. Böter? Rättegång? Det kunde vara hur illa som helst. Han gick förbi Axtorpets spelbutik och hämtade ut sin dom.

#

Med den känsla för statlig logik som Kalle samlat på sig borde han inte ha blivit förvånad över att han nu, i mitten av maj, i god tid före hans sista löneutbetalning den 25 maj, enrollerades till statens åtgärdspaket för att rehabilitera sexmissbrukare och trakassörer. En sorts anonyma alkoholister, fast för andra typer av övergrepp och olämpligt beteende. Rehabiliteringen sköttes av omsorgsverket som var en av de största myndigheterna under socialdepartementet. Om han skrev på för en behandling så förband han sig för ett år av mental kontroll över nätet och i vardagen mot en skattefri ersättning på nivån studiemedel. Hans beteende skulle mätas och utvärderas noggrant gentemot kriterier för gott beteende. Han förmodades skriva redogörelser över hur han tänkte och varför han levde som han gjorde. Allt han gjorde på nätet skulle registreras och hans hårddisk ständigt hållas öppen för att när som helst undersökas av omsorgspersonalen.

Vad hade han egentligen för val? Universiteten var stängda för honom och på teknikföretagen hade de god koll på vilka de anställde. Att i dagens läge anställa någon som avskedats för ospecificerade trakasserier var otänkbart. Valet mellan en trakasserianklagad man och alla nuvarande och kommande kvinnliga medarbetare var oerhört enkelt. "Koll med Kalle" var en flopp och drog inte ens in pengar som räckte till skrivarpapper.

Nu hade han fått en chans att flyta med strömmen i stället för att försöka bryta mot de krafter som bestämde. Det spelade ändå ingen roll om han sprattlade emot, det hade han förstått. Mycket smartare att utnyttja de frihetsgrader som systemet medgav än att lämna systemet. Vara en i mängden, osynlig för auktoriteterna. Betala sitt avlatsbrev. Be sina Ave Maria. Sitta i kyrkan med de andra och sjunga i kören.

Under det närmaste året skulle han inte kunna hitta på vad som helst. Den mentala bojan och en ständig övervakning skulle hindra honom från att direkt ge sig på områden där det fanns enklare pengar att tjäna.

När bojan lossades borde han kunna leva gott i gråzonen mellan tillåtet och straffbart. Han var ju ändå redan dömd som paria och ställd på sidan. Varför skulle han då följa andras regler? Han fick bida sin tid och förbereda sig för tiden när bojan stängdes av.

Att vara utstött hade sina fördelar. Det minskade drastiskt alla sociala och andra åtaganden som tog tid. Han kunde jobba med sitt, dygnet runt, utan att någon brydde sig. Ersättningen för att delta i omsorgsprogrammet skulle räcka till det allra nödvändigaste. Han kunde bo kvar om han levde på yoghurt och hemlagad mat. Internet och el ingick i hyran.

Valet var lätt, han accepterade erbjudande och gick med på att anpassas till en trygg modern medborgare. En som alla andra. Han skrev under sin ansökan om totalt övervakad tillämpad ekonomisk frihet och fyllde på sin kopp med kaffe. Det kändes som att skriva under sin egen dödsdom, men så illa var det väl ändå inte?

Klockan var halv elva på förmiddagen och barnen lekte nere på förskolan, snart skulle koskällan kliinga och alla barnen skulle rusa till lunch. Trygga, just nu, men barnen var de som skulle drabbas allra mest av hållbarhetsproblemen.

Kalle hade inte gett upp sin dröm om att rädda världen, det långsiktiga mål som han brann för. Hur han skulle försörja sig efter behandlingen orkade han inte tänka på nu. Han nöjde sig med att vara så trygg och så lycklig som en paria någonsin kunde vara.

#

Det sista på jorden som Kalle trott att han skulle drabbas av var att sitta mitt emot en psykolog i en terapisession. En djupt liggande fasa i klass med hans flygskräck. Men, nu satt hon där, omsorgsgivaren, psykologen, psykoanalytikern, mitt emot honom. Hennes hår var hårt bakåtstruket till en kort hästsvans och hon hade på sig en grå-brun-grön yllekofta.

Var det en föreskriven uniform för psykologer? undrade Kalle. I alla filmer som han sett där det förekom psykologer hade de yllekoftor. Den här var hängd över en långärmad tvärrandig tröja i brunt och vitt med rund hals. Hade hon varit en man kunde han satt pengar, två mot ett, på att det skulle ligga en pipa på skrivbordet bredvid ett paket Mac Barens Mixture. Hur skulle rummet ha luktat då? Dovt, Manligt. Tungt. Tryggt. Nu luktade det kliniskt rent av grönsåpa utan minsta antydan till parfymdoft från kvinnan. Däremot anade han odören av sin egen svettdoft från stressen.

Hon bekräftade hans fördomar om psykologer genom att inte säga någonting alls medan han skruvade sig i stolen framför ekskrivbordet och försökte trycka undan paniken genom att lukta. Hon bara satt där och studerade honom igenom fyrkantiga glasögon med metallbågar. Glasen förstorade hennes ögon och fick honom att krympa i motsvarande grad.

En Fjolla.

Kanske var hon något år äldre än honom och han såg ingen ring på hennes vänstra hand. Inte heller någon vit rand som antydde att hon tagit av sig ringen.

– Kalle 2020-03-11? frågade Fjollan till slut.

– Ja.

– Jag har tre obligatoriska frågor som jag kommer att ställa vid varje träff, ibland med följdfrågor. Det är referensfrågor för vår automatiska omsorgsanalys. Vi behöver svaren för att på bästa sätt kunna göra dig lycklig och trygg. Förstår du?

Kalle nickade och blev förvånad när hans mun återigen formade ett ljud och sa.

– Ja, eller möjligen sa han jo, det gick inte att avgöra.

– Första frågan är om du lagar till din mat själv ikväll?

– Öh?

Kalle var oförberedd på en sådan fråga, så den susade bara förbi.

– Lagar du din mat ikväll? upprepade Fjollan och studerade hans ansiktsuttryck.

– Det blir en hämtpizza. Nu var Kalle med.

– Har du någon flickvän?

– Jag hade en i februari, svarade Kalle. Det var en mer relevant fråga även om han tyckte den var väldigt privat och höll svaret så kort som möjligt.

– Jag gissar att du föredrar kvinnor, är det rätt? frågade Fjollan. Eller är det män som gäller?

– Kvinnor, sa Kalle kort. Han gillade inte frågornas utveckling. De blev allt personligare.

– Sista frågan. Hur har du det med sexlivet?

Frågan klubbade Kalle. Han kände sig groggy och det tog ett tag innan han kom sig för att säga något.

– Vad är det för en fråga? Ska jag sitta här och avslöja mitt sexliv för dig? För en kvinnlig psykolog, en statlig tjänsteman?

– Ja, är det korta svaret. Det ska du.

– Det sa de ingenting om när jag skrev på.

– Visst stod det ”regelbundna konsultationer med omsorgsgivare och biträdande Analysator enligt vetenskapligt prövad empiri”.

– Möjligen stod det något sådant.

– Då så. Har du haft samlag eller masturberat sedan i söndags? Orden var förstås kända för Kalle, men i den här situationen slog de ner som granater. Kalle stängde av all input under tre sekunder innan ilskan öppnade upp kommunikationsportarna igen.

– Va? Vad tjänar detta till? Det verkar helt vettlöst?

– Nej, som jag sa är detta referensfrågor. Omsorgssystemet använder dem för att uppskatta ditt känsloläge och för att under behandlingen automatiskt spåra din mentala status över tid. Jag övervakar bara den automatiska processen och ger extra input om det skulle behövas. Var vänlig att svara nu, så att vi kommer vidare. Har du haft samlag eller masturberat sedan i söndags?

– Varken eller sedan Elin lämnade mig, ljög Kalle.

Fjollan studerade honom en lång stund, sedan tittade hon på skärmen.

– Behandlingen underlättas om du säger sanningen, sa hon.

– Det är sanningen för helvete, morrade Kalle.

– Jag sa bara att behandlingen underlättas om du säger sanningen, konstaterade psykologen och ignorerade helt Kalles utbrott.

Hon fortsatte att skriva på skärmen samtidigt som hon tryckte fast Kalle i stolen med en blick genom de rektangulära glasen.

– Jag är din institution, sa hon, när hon skrivit klart. Jag är din trygga punkt i tillvaron. Din väg mot lyckan. Mot att bli modern. Så stod det i kontraktet och det är mitt mål. Du har rätt att vara trygg och lycklig.

Fjollan tittade på sin partner och fick ett förslag till.

– Vi arbetar modernt och evidensbaserat, så vetenskapen är på vår sida. Vi hoppas att du också är på den rätta sidan.

Åh, så irriterande, tänkte Kalle. Fjollan körde med honom och han hade inget annat val än att spela med.

– Vad är detta moderna som du tjatar om? frågade Kalle.

Fjollan såg frågande på honom, som om han vore ett förskolebarn som inte kunde säga mamma.

– Du vet inte? frågade hon.

– Då hade jag väl inte frågat, sa Kalle.

– Vill du vara så vänlig att lägga dig på britsen, fortsatte psykologen.

Kalle hade lagt märke till den låga britsen längs väggen med engångsskydd på kudden och för skorna. Han kände hur magen drog ihop sig. Hans värsta mardröm. Fångad i en fälla. Nej, han ville inte vara med i en terapisession. Han hade bara sett sådana på film och trodde, hoppades och hade satsat på, att de inte fanns i verkligheten. Nu skulle han tvingas lägga upp sig för en. Hans vänstra lillfinger började darra.

– Du behöver inte vara orolig, sa psykologen med lugn röst. Jag är bara ute efter ett avslappnat samtal, helt i enlighet med vetenskaplig praxis. Det blir inga frågor om ditt undermedvetna och jag ska inte gräva i din barndom eller i ditt oidipuskomplex, om du inte uttryckligen ber om det eller om det blir helt nödvändigt och då kommer du att få ge ditt tillstånd. Vi har britsen helt enkelt för att det är lättare att slappna av om du ligger ner.

Kalle la sig på britsen som var förvånansvärt bekväm fastän den såg så hård ut. Lädret knarrade knappt hörbart och kuddvaret frasade torrt mot hans hår. På det hela taget var det skönt att lägga sig ner. Paniken bröt inte ut. Ingen kallsvett. Psykologen som satt kvar i sin stol bakom skrivbordet hade haft rätt, det var lättare att slappna av när han slapp se henne. Lillfingret slutade darra och han tappade fokus på sin egen panik.

– Jag har en del frågor om din vardag som jag vill att du besvarar. Det ger ytterligare bakgrund för de omsorgsåtgärder du får ta del av under programmet. Förstår du?

– Ja, glasklart, sa Kalle. Hans armar var plötsligt av betong. Ögonlocken drogs ihop av osynliga gummiband och han trodde inte att han skulle orka säga något för tungan var av bly och fastlimmad i tungbenet.

– Om du blir sömnig och somnar så är det helt i sin ordning. Jag väcker dig efter några minuter. Nästa omsorgsklient kommer om 17 minuter.

Hon sköt i rask takt av ett frågebatteri om allt från favoritmat till varför han inte hade haft ett bättre betyg i matematik i grundskolan. Inga kontroversiella frågor och många var sådana som Kalle gissade att hon redan hade svaret på. När hon var klar med frågorna slog hon ihop den bärbara datorn.

– Då var vi klara för idag, sa hon. Du förutsätts skriva en rapport som du lämnar in varje tisdag morgon, torsdag och söndag. Tre gånger i veckan alltså. En sida ungefär om hur du känner dig och hur dagen varit.

– Den andra obligatoriska omsorgsåtgärden är att du kommer till detta möte varje onsdag vid den här tiden, om du inte fått dispens. Sessionerna framöver bygger på rapporterna och kommer att fokusera på din livssituation. I rutinsessionerna kommer Analysatorn att lägga in djuppsykologiska terapeutiska element så att du får en chans att lära känna dig själv, på riktigt. Målet är att identifiera och eliminera anledningarna till det beteende som drev fram trakasserierna och ändra det. En session tar som längst trettio minuter. Är du införstådd med vad du förutsätts göra så långt Kalle? Ett år. Onsdagar den här tiden. Obligatoriskt, rabblade hon på. Villkorslöst. Du. Här. Då.

När han kom hem la han sig på soffan utan att säga ett ord. Femtio sessioner till. Hur skulle han stå ut? Hade det funnits något alternativ, vad som helst, hade Kalle aldrig gått på träff nummer två. Men det fanns inget alternativ.

Kajsa försökte ta reda på exakt vad som hänt men gav till sist upp och sjöng en sång i stället.

– Titta under ytan ur ”Prinsessan och grodan”, annonserade hon. Sångare, jag. Arrangemang, jag. Alla instrumenten, jag. Kören du hör i bakgrunden är, ja, även den, jag. Det tar några sekunder att räkna fram den, men snart är den färdig att framföras. Tålamod. Bara några sekunder.

Det var en disneysång som Kalle aldrig hört förut. Inte för att han brydde sig. Han blev bara irriterad. Disney nu? Efter vad han varit med om? Vad menade hon? Saknade hon totalt empati? En gnutta medlidande kunde hon väl unna honom? Innan Kajsa hunnit igenom andra versen sov han.

#

Hans första rapport var en lista där alla hans aktiviteter och meningen med hans liv sammanfattades i fyrtiotvå punkter. När Kalle skulle skriva sin andra rapport fanns det inget mer att tillägga.

Rapport 2050-06-08:
Tiden går. Inget händer som är värt att rapportera. Dagens inlämning blir en ögonvittnesskildring av en man jag passerar varje gång jag går till mitt omsorgsmöte och som jag känner bryr sig om mig när jag passerar. Varför? Vet inte, det är mest en förhoppning från min sida för han ger mig hopp om kärleken när han ger utan att begära något i gengäld. Utan plan, utan framförhållning. Omodernt. Dumt? Ogenomtänkt? Du undrar säkert vem han är? Han är Standing man.

Standing man

Framför rådhuset i Umeå står en man. Han har stått där sedan 2009, sommar som vinter, i sol och snöstorm. Inte mitt framför som om han representerar rådhuset och Umeå utan lite på sidan av. Mannen där i bakgrunden är Umeås Standing man, en bronsstaty för lite mer än 800 000 kronor.

Orakad och lite sliten fyller han sin uppgift. Orubblig. Trygg. Inte blygsamt, men heller inte påträngande. Standing man slår ner blicken och de varma medkännande ögonen tittar inte direkt på dig. Men ser man noga efter, och är på bra humör, kan man se en antydan till ett leende hos Standing man. Dagar när allt inte är som det ska känner han samma sak. Då är leendet borta. Han kanske inte följer dig med blicken men han är med dig, står vid din sida. Fundersam och eftertänksam, bekymrad. Standing man.

Är han lycklig? Jag tror att han är det på sitt sätt. Men, gå och fråga själv. Man måste se honom i verkligheten för att lära känna honom och ju bättre du lär känna honom, desto mer kommer du att tycka om honom. Han är verkligen genuint sympatisk så unna dig att tyck om han. Värm honom, sätt på honom en mössa och en halsduk när det är kallt. Ge honom en keps mot solen. Tvätta fågelbajset från hans axlar. Pussa honom.

Kalle var utomordentligt nöjd med sin mikronovell. Där fanns en huvudperson att tycka om, historiska och politiska anspelningar, en lokal förankring i Umeå, en teknikstudie, och naturkoppling med raden om fågelbajs. Spänningen kunde ökas om han la till en stöldliga som var ute efter metallen i statyn. Vilken scen det skulle kunna bli när Standing man försvann ner i i det glödande och bubblande smältbadet. Knäna först, sedan låren och höfterna. Ren tortyr att läsa, men det skulle bränna och vara stort drama. Novellen var bland det bästa han skrivit och när tilläggen var gjorda skulle han skicka in den till novelltävlingar.

#

Fjollans rapportrespons på mötet var kall och okänslig. Hon hade bytt de fyrkantiga glasögonen mot ett par med små runda glas, men de hade samma starka förstoring som de tidigare. Hennes ögon fyllde ut hela glasen och spelade över honom som två synkade spotlights. Inte ett ord om upplevelsen av att läsa novellen som Kalle lagt ner hela sin konstnärliga själ på i två dagar. Han låg på britsen och försökte absorbera kritiken utan att bli rasande.

– Din uppgift är inte att redogöra för känslorna hos statyer i Umeå, sa hon med betoning på varje ord. Du ska beskriva din egen status. Något enstaka avsteg kan tolereras, och även den här berättelsen ger vissa indirekta indikationer på hur du upplever tillvaron och hur behandlingen fungerar, men se till att den här inlämningen blir en engångsföreteelse. Du frågade vad det är att vara modern vid förra träffen. Ditt problem är att du personifierar vad det är att vara omodern. Du mäter inte. Du optimerar inte. Du fokuserar inte. Du chansar, hoppas och tror. Impulsiv. Går på känsla. Här har vi regler och anvisningar. Följ dem. Det är vägen till trygghet och lycka.

Hon tog en paus och andades in.

– Var vänlig att håll dig till verkligheten Kalle, avslutade hon.

Verkligheten, rasade Kalle. Vad är det? Vad lever hon i för verklighet? Någon gång ska jag tvinga henne att berätta om vad hon menar med verklighet. Till dess ska hon få veta allt om min verklighet. Inga problem. Sida upp och sida ner med detaljer om yoghurt, müsli och skosnören som går upp under promenader.

Fjolla!

#

Kalle körde hemåt mitt på cykelbanan och blängde ilsket på alla cyklister som kom i närheten.

– Fjollan underkände min novell, sa han dystert till Kajsa när han hängde upp jackan. Följ de förbannade reglerna, sa hon, inte intresserad av att läsa om statyer.

– Vad tänkte du på? frågade Kajsa. Förstod du inte att hon skulle associera till en sexuellt upphetsad man med erektion?

Dagarna gick och listan av tråkiga rapporter blev allt längre. Kalle följde den rapportmall han satt ihop och skrev utan problem ihop en rapport på under en halvtimme. Utvärdering, strukturering och finredigering av texten tog ytterligare tjugo minuter.

Hemma hos Kalle hände det en hel del som inte kom med i rapporterna.

#

De allra flesta var trygga. De visste att de var övervakade via tekniken och tyckte att det var bra. Kalle hade inte mycket till övers för hysteriska teknikhatare som såg faror i varje ny teknologi, men som gärna satte sig i en kommbil, röntgade ett skadat ben eller värmde vatten till en kopp te i vattenkokaren. Han förstod att hållbar utveckling krävde kontroll vilket krävde data, och alltså övervakning.

Trygg var han ändå inte fastän han övervakades så mycket som det var tekniskt möjligt. Sessionerna med Fjollan slet hårt, han sov dåligt och drömde om drakar med stora gröna eldskimrande ögon som lyfte honom högt upp i luften med sina klor och släppte taget när han var som mest skräckslagen. Han såg helt slut ut i sin iMirror. Var det verkligen han? Var detta Kalle? Hålögd. Orakad. Säckig under ögonen. Och med en röd fläck i pannan.

En röd fläck?

Cancer?

– Kajsa, skrek han. Djävla skit. Varför har inte min iMirror sagt något? Ska jag få cancer också? Va fan, det är bara för mycket, och Googletoaletten har inte sagt ett skit.

– Proprietärt skräp sa Kajsa. Hädanefter blockerar vi allt som skickas till Apple. Använd spegeln i hallen i stället så ska jag analysera.

Kalle ställde sig framför hallspegeln och lutade sig framåt så att fläcken syntes tydligt.

– Lite mer ljus tack, hämta läslampan. Kalle hämtade snabbt lampan från vardagsrummet och rotade fram en skarvsladd för att koppla in den.

– Aha, sa Kajsa när lampan var tänd och lyste upp den röda fläcken.

– Aha vadå?

– Vi följer upp fläcken om en vecka, sa Kajsa.

– Är det cancer?

– Vi följer upp den.

– En hel vecka? Jag går till vårdcentralen i morgon.

– Ge mig en chans, din otåliga fegskit. En vecka.

#

Fullständigt övertygad om att cancern åt upp hans ansikte låg Kalle på soffan i halvdunklet utan ork att ens tända lyset. Han hade ingen aning om vad klockan var, men det spelade heller ingen roll när cancern spred sig i honom.

– Kan du inte berätta något om vad som hänt i den här våningen? frågade Kalle. Eller kanske en omformulering av något bibliskt?

– Sätta ihop en bibliskt inspirerad novell av olika textfragment på en mikrosekund?

– Ja,

– Okej.

Tio sekunder senare hade Kajsa klistrat ihop en kortnovell om den unga gudinnan Jessie.

#

Kalle insåg att han var omodern. Han mätte inte. Han optimerade inte. Han specialiserade sig inte. Han chansade, hoppades och trodde. Impulsivt gick han på känsla och skickade in Kajsas novell som sin nästa rapport. Han orkade inte skriva något eget. Han var dödssjuk.

#

På den kommande terapisessionen fick han veta exakt vad Fjollan tyckte. Han låg på britsen och bombarderades av frågor och kommentarer om rapporten.

– Är det verkligen du Kalle som skrivit detta? Tänker du så här? Analysatorn har problem att tro det. Något är allvarligt fel. Är du sjuk? Cancer?

Kalle hade inte mycket att säga. Han ville absolut inte erkänna att det var Kajsa som skrivit rapporten och frågan om cancer tände upp den svarta elden i hans mage igen. Att ligga med dödsångest på psykologens brits, kunde det bli värre? Var dödsångesten ett tecken på att han höll på att bli modern enligt dem, eller på att han höll på att bli galen. Fjollan tog en lång paus efter frågorna och läste Analysatorns kommentarer. Till slut verkade de enas om att symptomen inte var så allvarliga och att de kunde öka pressen på honom.

– Verkligheten Kalle, det är verkligheten som ska rapporteras.

Men verkligheten var för djävlig, han måste hålla sig till fantasin.

Ett njutbart raseri flammade upp, byggt på trots mot alla som försökte tvinga honom till än det ena, än det andra. Fjollan skulle aldrig få reda på vem han egentligen var som person och hur han hade det.

– Symbolik och associationer till drömmar är svåra att hantera om vi ska få förutsägbara resultat, fortsatte Fjollan. Vi behöver konkreta data. Berätta exakt vad du varit med om så att vi kan analysera din utveckling. Den här rapporten är så skruvad och så inte du. Fortsätter trenden får vi gå till tyngre behandlingsmetoder. Psykoterapi extra allt.

Hennes kommentar ryckte tillbaka Kalle till verkligheten från en masslakt av omsorgsgivare och professorer. Terapi extra allt? Kunde det bli värre än så här? Inkvisitionens tortyr, utan blod, men ändå med full anspänning, på liv och död.

– Du har undanhållit oss mycket om ditt lilla a och din store Andre. Riktigt mycket. Vi vill veta konkreta detaljer Kalle.

Vadå för lilla a och store Andre? frågade sig Kalle. Drev hon med honom? Var det sexuella anspelningar? När han kom hem slog han upp psykoanalys på Wikipedia. Han läste hela natten och fortsatte dagen därpå. Här fanns en hel värld han inte hade haft en aning om. Inte bara lilla a och den store Andre, utan fallos, fetisch, abjekt, libido, oidipuskomplex, överjaget och dödsångest. Han läste också att många av Freuds patienter begick självmord i närheten av hans mottagning.

#

På minuten en vecka efter första undersökningen stod Kalle framför spegeln igen. Minst hundra gånger hade han de senaste dagarna tittat sig i allt som gått att spegla sig i.

– Den är inte försvunnen Kajsa, väste han. Helvete. Den röda fläcken är kvar och nu är den ännu mer upphöjd. Man kan känna en skorpa.

– Aha. Lite mer ljus tack, hämta läslampan.

Kalle kröp så nära spegeln han kunde och höll lampan så att den värmde hans kind.

– Aha, sa Kajsa.

Kalle kände på fläcken med vänster hand. Definitivt en skorpa, precis som det stod i diagnosen för hudcancer.

– Aha vadå? fräste han. Sluta upp med att ahaa och säg vad jag drabbats av i stället. Hudcancer va? Precis där mössan inte täcker pannan.

– Tyvärr är det obotligt, sa Kajsa

– Fan, jag visste det. Hur länge?

– Hur länge vadå?

– Hur länge har jag kvar att leva?

– Hur ska jag kunna veta det?

– Du sa ju att det var obotligt. Du vet vad det är. Du vet när jag kommer att dö.

– Aha.

Om Kalle hade varit vit hade han nu varit röd i hela ansiktet. Nu var det bara raseriet i hans ögon och darrningarna i hans händer som visade hur arg och spänd han var.

– Sluta upp med ditt djävla aha!

– Aha, var det så du tänkte, menade jag. Jag bara noterade att du ville veta hur länge du kommer att leva vilket är helt omöjligt för mig att veta. Ibland är du inte helt logisk.

– Du driver med mig.

– Och det är såååå kul. Kajsa skrattade så spegeln vibrerade. Du har en lindrig form av Rosacea, antagligen på grund av stressen. Det är en kronisk hudsjukdom som inte kan botas, men den går att hålla under kontroll. Det är viktigt att påbörja behandlingen redan vid de första symtomen. Väntar man tar det längre tid innan läkning. Du har en kräm att hämta ut på apoteket som dämpar symptomen.

– Åh.

– Stressen får du jobba på.

– Hur då? Hur minskar jag stressen med att leva?

– En väl formulerad forskningsfråga min käre doktorand Karl Erik Karlsson. Bara att dra igång forskningen. Du kan träna på blockkedjor först.

– Sluta stressa mig ännu mera Kajsa. Du måste väl ändå ha en idé om hur jag ska bete mig?

– Vi håller redan på. Visst har du gjort din 7a idag? Motion är en av de viktigaste faktorerna för att hålla nere utslagen. Utan att försöka slå rekord och visa upp sig. Lugn vardaglig avkopplande motion. Resultat på sikt. Väl tillagad och näringsriktig mat är en nödvändighet. Ikväll blir det potatis och blomkålssoppa. Nej, ingen öl. Vatten till maten. Nej, ingen grädde i soppan. Mjölk möjligen, men helst inte för mjölken gör magen sur. Nej, ingen efterrätt. Nej, ingen chokladbit till kaffet. Du har en utmärkt matsmältning säger din toalett och behöver ingen godis för att hålla uppe blodsockret. Nej, ingen kvällssmörgås till téet ikväll.

Det var inte cancer, och lite träning kunde han stå ut med.

#

Kalle satte sig vid tangentbordet för att skriva den obligatoriska rapporten, men vad skulle han skriva, det hade ju inte hänt något? Han satte ner fingrarna på tangentbordet och när fingrarna började dansa så hände det saker. Magi. Han var ständigt lika förvånad att det där som kom ut hade skapats någonstans inom honom. En joggande kvinna med guppande bröst under en åtsittande träningsoverall dök upp.

Ingen magi behövdes för det, förstod Kalle, efter bara några veckors avhållsamhet, besök hos en omvårdsgivare och en någorlunda sanningsenlig rapportering av en övervakad vardag i total social isolering. När han formulerade det så var det märkligaste att det bara var en kvinna som leende kom springande emot honom och inte flera. Ett helt fotbollslag av nakna kvinnor som jublande rusade emot honom med uppsträckta armar. Som om de precis insett att de vunnit VM och att det var hans förtjänst. Den ena mer energiskt guppande än den andra i sin iver att komma fram först. Tyvärr var nakna kvinnor och guppande inget som han vågade skriva om och skicka till Fjollan. Det skulle garanterat missuppfattas på ett sätt som han aldrig kunde räkna ut i förväg. Hans rapporter så långt hade alla resulterat i oförutsägbara kommentarer. Förvirring ingick väl som en del av hjärntvättningen i terapin och Kalle bestämde sig för att på lite sikt försöka lära sig vad hans rapporter skulle ge för respons. Om han lyckades förstå det så skulle han kunna börja utforska Fjollan samtidigt som hon försökte förstå honom. Då skulle han ligga ovanpå och kunna styra. Missionärsställningen med Fjollan och Analysatorn. Var det en trekant? Två och en halv kant?

Hur skulle han sammanfatta en sådan genomtråkig dag? Han gick på toaletten för att kissa och fick en idé. Kajsa skulle få skissa på en text om deras toalett. Det fick bli dagens rapport.

Rapport 2050-06-24:

Modern toalett

Min toalett är direktimporterad från Japan. En lyxmodell som precis gick in genom dörren och nu täcker hela bredden på den bortre väggen. Över toaletten hänger en badrumsspegel i normalstorlek som ser ut som en fickspegel ovanför den enorma toalettstolen. Den ljusblå lyxstolen innehåller alla de finesser japanerna tryckt in i toaletter. Inget annat land är i närheten av det de kan bygga. Eluppvärmd sits, inbyggd dusch och fläkt, fjärrkontroll, luftrenare, automatisk spolning, automatisk upp och nedfällning av locket och, inte att förglömma, inbyggda valbara ljudeffekter; till exempel ljudet av en toalettspolning som låter under hela toalettbesöket. Jag kliver in och väntar till locket lyfter och sedan går jag ut ur badrummet igen, in igen, ut igen, gapskrattande. Toalettstolen ser ut som en fisk på land, den är inte smart nog att bli förnärmad, bara precis tillräckligt intelligent för att känna igen den som är på väg att sätta sig och välja den personens profil.

Definitivt modernt, och han tyckte om temat med toaletten. Vardagligt. Allmängiltigt. Alla måste gå på toaletten och där hände det mest hemska otänkbara saker. Alla hade sin version av den skräcken i ett låst rum för en person. Ett ämne värdigt en stor författare.

Vad skulle Fjollan säga om Kajsas toalett?

#

Kalle hade snabbt och utan att staka sig klarat av de obligatoriska frågorna med standardsvar. Palt. Ingen flickvän. Inget sex, inte ens en smygtitt när väderkvinnan på SMHI presenterade långtidsprognosen.

– Vad är det som är så speciellt med henne? undrade Fjollan.

– Hon står där i helkroppsfigur. Rak i ryggen. Sommarklänning med en urringning som är perfekt valt för att inte vara uppseendeväckande erotisk, men som ändå visar tillräckligt för att vara just det. Klänningen smiter åt om baken när hon sträcker sig upp mot Pajala längst uppe ovanför Bottenviken. Det finns också något tilltalande i det förutbestämda vokabuläret. Vissa ord återkommer dag efter dag, år efter år, och för varje gång lågtryck eller varmluftsfront upprepas laddas de upp. Då knulla eller kuk aldrig någonsin nämnts i en väderleksrapport, och aldrig kommer att nämnas, infiltrerar och spänner de ord som används, som högtryck, upp de ord som inte får nämnas. Att titta på väderleksrapporten blir som att se på en porrfilm med väderfröken som vällustig nymfoman.

Fjollan satt en stund och studerade Analysatorn. Vad tänkte de? undrade Kalle. Hade han lyckats skaka om dem? Fjollan kommenterade inte Kalles utläggning utan nickade bara mot britsen. Nästa punkt på agendan var hans rapport.

– Driver du med oss Kalle? Så modern som du verkar av din rapport kan du aldrig ha blivit så snabbt. Det är verkligheten vi är intresserade av Analysatorn och jag, verkligheten Kalle. För du vill väl inte påstå att din toalett där hemma hos dig, i din våning, är så avancerad? Om det är så kanske vi är något på spåret.

– Min toalett har faktiskt en lyxmodell av Tomuras stolar, sa Kalle. CS 32 om du vill kolla upp modellen. Den har några år på nacken men när den lanserades var den minst tio år före sin tid. Nu är den uppkopplad till Google. Spegeln och golvet är laddade med sensorer som våningens AI läser av och analyserar.

Fjollan kunde inte annat än tro på honom. Varför skulle han ljuga om sin toalett?

– Jaså, det var det värsta. Det här måste vi analysera noggrant, men inte denna gång. Senare.

Fjollan rättade till sina oversize glasögonbågar och lutade sig närmare Kalle. Klart innanför hans komfortzon. Han tryckte sig bakåt i läderfåtöljen så att den knarrade.

– Jag ser att du har en ilsket röd prick i pannan, sa hon. Står den inte upp lite? Hon gav hans ansikte en lång undersökande blick. Du borde gå och få den undersökt. Det är säkert ingenting men man kan ju aldrig veta säkert förrän någon med gedigna medicinska kunskaper har sett på den.

#

Kalle klagade mycket, enligt Kajsa så mycket att ingen människa skulle ha stått ut med allt hon fått höra. Inte ens en AI klarade sådant gnäll oberörd utan omfattande filter. Men, till och med Kalle var tvungen att erkänna att det fanns njutbara försommardagar i Umeå under våren. Han strosade längs älven tillsammans med hundratals andra umeåbor. Det var vindstilla och kvällssolen gav en extra skjuts åt luftens 18 grader. Promenaden avslutades med en öl på Renmarkstorget, men bara en. Den kostade 87 kronor, och det var inom budget. Snart skulle sommaren komma och 400 ton knottbajs skulle flyta under broarna varje dag. Det var det första Kalle lärde sig om Umeå när han flyttade dit.

Det goda humöret sjönk med solen och försvann under horisonten.

#

Senare på kvällen låg Kalle i soffan och surade. Det goda humöret var fortfarande som bortblåst och han oroade sig redan inför nästa veckas möte med sin psykoterapeut. Hans möten med henne var inte riktigt som han trott i sina värsta mardrömmar, men de var illa nog. Han var schemalagd för en dag i veckan på Fjollans brits i ett helt år.

Övervakning för trygghet var en acceptabel bytesaffär. En trygghetsförsäkring mot att hålla sig inom de gränser som företagen bestämde. Konsumera hållbart, av oss. Vi bestämmer vem och hur mycket. Alla var fria att göra vad de ville, men då fick de inte vara med, då drogs tryggheten in. Kalle var en av de otrygga som bara drabbades av övervakningen utan att få belöningen men han hade inte valt det själv. Han skulle närsomhelst acceptera de andras avtal men det fick han inte. Han var en paria. Outcast. Kastlös. En dalit som levde på kredit och allmosor utan garantier. Om han inte höll sig till Fjollans regelverk skulle han åka ut för gott, och ingen skulle bry sig.

Kalle hörde brevbäraren i trappen och var nästan säker på att stegen ökade farten förbi Kalles brevinkast. Var det inbillning? Nej.

Han var en oberörbar. Oren. Värdelös bara för att någon påstod att han gjort fel. Någon som hade svikit och satt dit honom. På sociala medier jagades han och om de fick upp spåret skulle såret öppnas igen. Han skulle tvingas äta vid ett eget ord och känna blickarna, se oron för att han skulle göra något. Han hade ju gjort något förut, så varför inte igen? Men vad hade han egentligen gjort? Vilken helig ko hade han slaktat? Ingen alls, enligt Kalle, han hade bara ifrågasatt marknadens allsmäktighet. Vems budord hade han spottat på och spolat ner i toaletten?

Det var så orättvist, tänkte Kalle och knöt nävarna. Fick han chansen till hämnd skulle den bli fruktansvärd, men han visste inte ens vem han skulle ge sig på och hade inga vapen att slåss med.

Anpassning på vetenskaplig grund hade Fjollan sagt, men vad hjälpte det honom om inte alla andra också anpassade sig? Visst kunde han sedan hävda att han vetenskapligt var ren från trakasserierna och att han inte var någon att vara rädd för, men det skulle inte spela någon roll vad han sa även om det var sant. Han kunde säga vad han ville. Ingen skulle bry sig. Människan var ett socialt djur och varken de sociala eller den djurbaserade delen av människan gick att modellera naturvetenskapligt.

– Det går inte an att älta ditt liv så här, sa Kajsa. Du måste leva det. Om du inte vill börja forska igen så får du lov att lägga ner tid på ditt jobb. Att skriva terapirapporter tre timmar i veckan är inte utvecklande nog för dig

Lät hon inte lite orolig? tänkte Kalle. Nej, det måste vara inbillning. Varför skulle hon vara det? För att han inte skulle kunna bli modern? För att han inte skulle kunna försörja sig och bo kvar? Att jobba var ett gott råd och skulle ge honom något att göra och han behövde snart pengarna.

#

Maj var en tung månad. Kolumnen för inkomster i kalkylarket var blank medan utgiftskolumnen var fylld och fortfarande låg det en elak hög av räkningar vid sidan av tangentbordet. ”Oss tillhanda senast 27 juni”, ”Enligt våra uppgifter är faktura 471 ännu inte betald”.

I juni var årets inkomster fortfarande lika lätta att summera. Noll kronor med en arbetstid på i snitt 23 timmar i veckan och med toppar på nästan 60 timmar. Tack och lov skulle första bidraget för anpassningen komma den 25:e juni men Kalle behövde dra in mer pengar.

Han måste ändra affärsmodell och utnyttja sina kunskaper om hållbarhet. Hans nya idé gick ut på att skicka två olika förslag till utvalda företag. I det första förslaget beskrev han det hållbara med företaget och dess produkter i form av insändare och debattartiklar på sociala medier. Det andra förslaget han skickade var raka motsatsen. Där skissade han systematiskt upp företagets problem med hållbarhet. Det kunde röra allt ifrån produkternas material, tillverkning, försäljning eller hur företaget utnyttjade anställda eller kunder. Mot en mindre avgift kunde företaget köpa Kalles positiva marknadsföring. I annat fall väntade en flod av kritiska inlägg på sociala medier. Det var oerhört lärorikt att gräva sig in i olika företag och att presentera eländet på ett slående sätt.

Om inspirationen räckte till så snickrade han ihop två slogans också på samma tema, en företagspositiv och en som lyfte fram företagets brutala negativa effekt på social hållbarhet, resurser, klimat och miljö. Till Stockholms stad påminde han om ”Ett Stockholm för alla”, den officiella slogan som beslutats, och hotade med ”Vi låter Stockholm förfalla” som den han eventuellt tänkte lansera på sociala medier. De två olika förslagen skickade han till företagets hållbarhetschef och bifogade ett korttidskontrakt där Kalle för en blygsam avgift erbjöd sig att delta i företagets externa policyformulering runt hållbarhetsfrågor och ett kontonummer för betalningen av arbetet. Att betalas inom 14 dagar.

Det var en hel del fotarbete att göra, men skvallersajterna var fulla med information han kunde använda sig av. För att undvika hämndaktioner startade han så fort han hade råd ett utlandsbaserat aktiebolag där det inte gick att ta reda på vem som gjorde arbetet i Sverige. Huvudbolaget hette ”Kalle Chokladfabriken” och det hade dotterbolagen ”Kalles kaviar”, ”Kalle Kula”, och ”Kalle kanon”. Allt eftersom pengarna rullade in på kontot kände sig Kalle tryggare. Han hade en blygsam inkomst även om det tog mycket tid och han skulle vara tvungen att trappa upp verksamheten om ett år när pengarna från rehabiliteringen sinade.

Han hade en inkomst, check. men han var absolut inte lycklig, hade inte en enda vän och hela djävla världen var ohållbar.

#

Vid frukosten kom ha på sig själv med att läsa innehållsdeklarationen på müslipaketet för att se hur många kalorier han la upp. Så dumt.

– Hur många kalorier? frågade han i stället.

– I müslin, yoghurten, smörgåsen, smöret eller skinkan på mackan?

– Müslin.

– 24 kilokalorier.

– Tack.

– Det var så lite. Yoghurten innehöll 140 kilokalorier.

Kalle plockade upp Excel igen och la till aktiviteterna frukost, lunch och middag. De fick var sin cell för måltidens bidrag till dagens kaloriintag och en annan för påverkan av hans sammanlagda lyckofaktor.

#

På kylskåpet stod det med svarta plastbokstäver på vita magnetbrickor:

Jag är Kalle
Jag äger
Jag har inte gjort något.

– Fjollan vill modernisera mig, sa Kalle. Vad kommer hon att tvinga mig till Kajsa? Hon ska eliminera beteenden hos mig och jag har inget annat val än att lyda henne.

– Hon kommer att piska dig, sa Kajsa, tills dess du sätter upp mål och mäter om du når dem.

– Mål inom hennes regelverk?

– Naturligtvis. Men, det är en sak vilka mål du berättar om och vilka du håller för dig själv.

– Vilka mål tycker du att jag ska ha Kajsa?

Plastbokstäverna på kylskåpet började snurra runt och suddas ut till ett grått töcken.

– Låt mig tänka, sa Kajsa.

– Slår vad om att du redan är klar, sa Kalle.

Pling, sa det från kylskåpet och en text dök upp:

1. *Jag, Kalle ska försörja mig själv med ett jobb.*

– Mätbart, sa Kalle. Det gillar Fjollan.

Pling, sa det från kylskåpet och en ny textrad dök upp:

2. *Jag, Kalle ska rentvå mig från alla anklagelser så att jag kan leva bland alla andra som alla andra.*

– Inte mätbart, sa Kalle. Det målet får Fjollan inte se, men jag håller med om det. För att uppnå mål två, att rentvå mitt namn, är jag tvungen att byta identitet eller spränga världen i luften. Vilken ironi. Jag förlorar hur jag än gör.

Pling, sa det från kylskåpet och en tredje textrad dök upp:

3. *Jag, Kalle ska rädda världen.*

– Självklart mål, men inte mätbart, sa Kalle. Det målet får Fjollan inte heller se, men jag håller med om det.

Pling, sa det från kylskåpet och en ny textrad dök upp:

4. *Din tur att formulera ett mål.* ....

Kalle funderade medan cursorn tålmodigt blinkade på kylskåpet.
– En sund själ i en sund kropp, sa Kalle till slut.
– Lysande Kalle, sa Kajsa. Den kommer Fjollan att köpa. Mätbart och modernt utvecklande:

4. *Jag, Kalle ska bli mer vältränad än 90 procent av befolkningen i Umeå.*

– Nej, det var inte det jag syftade på, sa Kalle även om det är ett bra mål jag ska vifta med framför Fjollans gröna strålkastare. Han tog sitt pekfinger och skrev sitt eget mål på kylskåpet.

5. *Jag, Kalle ska hitta mig en flickvän som kan tänka sig att knulla med mig.*

– Naturligtvis, sa Kajsa. Jag tänkte mig inte för.

Fem mål, fem rader med svarta plastbokstäver på vita magnetbrickor på kylskåpet. Målen för resten av hans liv. Kalle hade inte en aning om hur han skulle kunna nå mål två och fyra. Att bli en bland alla andra och få knulla.

– Du då? Vad har du för mål för mig? frågade Kalle.

Tystnad.

– Slår vad om att det har med min forskning att göra.

Tystnad.

#

Det tredje målet, att hindra världen från att gå under, var det lägst prioriterade och trots det uppenbart löjliga i att han ensam skulle kunna få världen hållbar la han ändå en timme om dagen på att försöka formulera det målet i text så att det skulle gå att utvärdera.

Kapitalismens ansikte var de stora globala företagen och ingen visste hur mycket de egentligen kontrollerade. Åtta av de tio största företagen var tjänsteföretag som växt upp med nätet som infrastruktur och katalysator. Alphabet med Googles sökmotor och sin AI-assistent och molntjänst var störst, tätt följd av Apple, och på tredje plats Amazon.

Att de stora företagen blev allt större och mäktigare måste hänga ihop med att det var de som mätte och samlade på sig information. De visste allt och utnyttjade den kunskapen för att bli ännu större, kunna mäta ännu mer, kunna ännu mer exakt räkna ut vad olika åtgärder skulle få för effekter. Storföretagen kanske inte ägde allt, men de kontrollerade allt och skillnaden mellan att äga och kontrollera var mer syntax än semantik.

Varför brydde sig ingen om denna enorma maktuppbyggnad? Kanske var det inte så konstigt när han tänkte efter för han var själv beroende av den, när han mätte, och analyserade, och agerade på kunskapen han skaffade sig. Om han krasst såg på sin egen situation så var hans försörjning helt beroende av de här företagen. Han var själv en kapitalist. Bara med lite lägre omsättning och mindre vinst. Det kunde inte vara annorlunda och det var lika sannolikt att han skulle få upprättelse från anklagelsen för trakasserier från storbolagen som att kapitalismen skulle gå under. Sannolikhet noll.

– Ner med kapitalismen, larmade hans kalender.

Det var dags att avbryta dagens pass för att rädda världen och han hade inte lyckats tänka ut en lösning idag heller.

#

Till midsommaraftonen köpte Kalle en Norrlands Guld på ICA och åt grillkorv med färdiglagad potatissallad. Kajsa suckade och sa något om helgerån, men utan trygghet kunde Kalle inte koncentrera sig på någonting och vad han åt spelade ingen roll. Hans mål var meningslösa.

Dagarna tillbringade han med att älta vad han gjort för fel och vad som skulle komma att gå fel. Inga proportioner. Minsta misstag, som att spilla ut mjölk förstorades till ett livsavgörande dråpslag. Humöret pendlade från missmod till panik och rop på mamma. Hon var hans trygga punkt, hans fyr på det mörka stormande havet,

#

Mammas glada ansikte dök upp på skärmen. Kalles ende beundrare, och en fenomenal supporter. Utan förbehåll och utan motkrav stod hon bakom honom och trodde på honom, vad han än gjorde.

– Är du frisk lelle vän?

– Jorå, sa Kalle.

– Sover du ordentligt? Du ser mörk ut under ögonen.

– Hyfsat, ljög han. Det är bara soleksem.

– Du måste sova ordentligt, annars mår du inte bra. Du sov alltid länge när du bodde hemma. Frukost åt du till lunch.

Mamma justerade ärmarna på skjortan med delfiner så att ärmarna gick lika långt ner över handlederna på båda armarna. Lite försiktigt, hon var rädd om skjortan. En tanke slog Kalle. Hade hon bara en skjorta?

– Behöver du pengar? frågade Kalle.

Han var inte på humör för en längre utläggning om sitt tonårsliv som han hört många gånger förut och just nu höll han ihop även utan att höra mammas röst i timmar.

– Det är lite knapert förstås med min lilla, lilla pension. Jag bjöd Sonja från hemtjänsten på tårta igår. Hon fyllde 50, en fantastisk människa som....

Kalle kände igen startsträckan. Nu skulle hela hemtjänsten i Göteborg radas upp. Han hade fått sin förankring i verkligheten, men ville inte dränkas levande i den.

– Trehundra? Jag skickar på en gång. Det är klart att du ska ha pengar så att du kan fika.

– Görsnällt. Du har väl råd direktörn?

– Firman rullar på, sa Kalle. Kopplar du upp i morgon igen?

– Vill du det?

– Ja, självklart mamma.

– Då gör jag la det i morgon också. Gå och lägg dig nu göbbe lelle. Jag vill att du ska vara lycklig.

Kalle hade ännu ett mål han inte varit fullt medveten om. Att få vara lycklig. Till att börja med i alla fall en stund varje dag. Det målet kunde mamma inte hjälpa till med. Vem skulle kunna det? Vad skulle kunna det? Han kunde inte göra sig själv lycklig. Han måste rikta sig utåt.

Det var dags att sjösätta dejtingplanen.

Kapitel 5: Lycka är att bli sedd och omtyckt

Alla andra fick sina behov av lycka tillgodosedda i familjen, på arbetet och över nätet. Det var de nöjda med. Bekvämt. Konfliktfritt. Men för Kalle gällde inte den uppgörelsen. Han hade inga vänner och ingen familj. Från frukostbordet såg han mammor och pappor komma gående med sina små älsklingar. En del barn rusade i förväg med ryggsäcken guppande på ryggen, andra fick ledas av morgontrötta föräldrar som bar deras små ryggsäckar. Strax före åtta kom de försenade, småspringande, med barn och ryggsäck i famnen.

Den oändliga listan med svensk 1900-talsmusik rullade på med ett låtval som lät som kommentarer från Kajsa. Hon hade på sistone många gånger påpekat att han var en gnällspik och nu hörde han refrängen ”Litegrann ska en man väl ändå tåla, litegrann ska en man väl ändå palla med” och lite senare ”Upp och pröva dina vingar och känn hur underbart allt är”. Var listan verkligen slumpad? undrade Kalle. Han tyckte att låtvalen allt oftare matchade hans sinnesstämning och vad han gjorde. Eller, var det kanske tvärtom så att han i brist av stimuli anpassade sig efter musiken han hörde?

#

Rapport 2050-08-22:
Det händer inte så mycket på dagarna. Vissa av dem är helt genomskinliga och jag har problem att komma på något att skriva. Det är redan slutet av augusti och min analys är att jag måste bli mer social. Så här kan det inte fortsätta. Jag har bestämt mig för att börja dejta. Jag ska hitta en livskamrat. En kvinna att prata med och para mig med. Inkomsterna räcker till fyra stycken dejter under en tvåveckorsperiod och det borde jag väl klara av även mentalt.

Min Cheerleader uppmuntrade mig med ett ”Get ready to play and go all the way” under morgonpasset idag. Det tog jag som ett omen och jobbade på systematiskt för att planera och genomföra ett antal dejter. Jag kontaktade restaurang Rex och hörde mig för om de hade någon rabatt för upprepade dejter under en vecka. Det hade de inte, så jag kontrollerade priserna på menyn. Det var dyrare än jag trodde men torsken var överkomlig. En flaska vin per träff blir en tung kostnadspost. Jag bestämde mig för att jag begränsa mig till tre dejter i en första batch. För

dokumentationen byggde jag på mitt excelark för lyckomätning av dejtingaktiviteter.
Redan planeringen av dejterna stimulerar, jag känner hur saven stiger i mig.
Förslag på mätvärden och tröskelvärden för en lyckad dejt inom parentes
Djup på samtal 1 - 10 (3)
Roligt och underhållande 1 - 10 (7)
Gemenskap 1 - 10 (4)
Kamratskap 1 - 10 (5)
Utseende 1 – 10 (6)
Reaktion på Kalle 1 – 10 (2)
Sex (0 - 1) (1)
Njutning av sex 1 - 10 (3)

Det såg bättre ut att lägga indexen som handlade om sex sist i tabellen men hade han varit ärlig så hade han lagt dem först, och sedan en massa blanka rader. Det stämde bättre med hans mål på kylskåpet.

Fjollan föredrog punktade listor snarare än noveller och då borde hon tycka om den här rapporten. Hon var på semester denna vecka så Kalle trodde att responsen skulle komma först efter helgen. Där hade han fel.

#

Klockan 9:00, exakt vid ordinarie sessionstid plingade det i läsaren. Kalle rycktes upp ur sin morgonslummer och en dröm om en orm som slingrade sig runt honom. I ormens ögon snurrade gulgröna spiraler som drog honom till sig. Han var chanslös.

Till att börja med, svarade Fjollan i sitt mail, är det roligt att läsa om att du tränar och regelbundet genomför morgonpass, men vem är din Cheerleader? En amerikanska tydligen? Vi får diskutera detta när jag kommer tillbaka från semestern nästa vecka.

#

Kalle hade ingen aning om vart Fjollan åkt på semester. Hon hade inte sagt något och han hade inte vågat fråga. Säkert var hon tillsammans med Analysatorn där.

Vad skulle inte han, eller hon, eller den, kunna berätta om Fjollan? Vilken guldgruva för en roman, eller i alla fall för en veckorapport. En sak med Fjollan som Kalle lagt märke till var hur blek hon var. Hon måste tillbringa all sin tid inomhus. När hon kom tillbaka från sin förra semestervecka vid midsommar var hon precis lika blek som innan, om inte ännu blekare. Antagligen skulle hon hålla sig inomhus även denna ledighet. Han tänkte sig henne sittande i en liten röd stuga långt ute i skogen med en hög av skönlitteratur att läsa som hon samlat på sig sedan förra ledigheten. Utanför huset surrade myggorna, knotten och flugorna. Stugan var ett gammalt soldattorp med små fönster som inte släppte in nog med ljus. Fjollan läste i ljuset av en gasollampa som hon kopplat till gasoltuben hon tagit med sig.

Ett vackert scenario, men det stämde inte fullt ut med Fjollans personlighet. Hon var rationell och modern fortsatte Kalle sitt resonerande, så det var mer troligt att hon tillbringade sin ledighet på en kurs. Han hade aldrig stött på någon som var så dedikerad och ambitiös. Naturligtvis skulle hon ägna varje ledig stund till att vidareutbilda sig med föreläsningar och workshops. Skönlitteratur läste hon bara när hon inte längre orkade dechiffrera tankegångarna av Lacan, Freud, Zizek och de andra djupingarna. Fjollan hade tagit tåget till Stockholm för att lära sig av de allra bästa.

#

Fjollans mail fortsatte med att diskutera Kalles dejtingplan.

– Att lägga tid på dejting är ett rationellt beslut Kalle, men det är centralt och nödvändigt att du visar respekt för dom som du dejtar. Det hjälper dig att lämna din värld av trakasserier. Helt rätt att fokusera på vänskap och inte på kroppar och det sexuella. Fortsätt att kvantifiera, mäta och utvärdera, det är rätt väg för dig att ta dig in i spelet igen.

Din sociala status får pluspoäng för varje dejt som ger ett positivt mervärde för dom du dejtar och du behöver verkligen plussa på din sociala status som är nästan osannolikt låg för en som inte är straffad för mord eller dömd för pedofili. Inte långt från noll. Ett samhälle kan inte fungera med människor som har en negativ social status, det blir bara bråk, så minus för dig innebär automatiskt internering och full anpassning. Exakt hur en isolerad internering med full anpassning går till vill du inte veta Kalle. Sköt dig snyggt på dina dejter. Inga trakasserier.

Fjollan var rent av entusiastisk till hans dejtande, tänkte Kalle, men själv kände han sig mer tveksam. Hur skulle han klara det? Men, visst skulle han sköta sig snyggt, som han alltid gjorde.

Medan han åt sin frukost satt han och tittade på förskolebarnen som lekte ner vid förskolan. De allra minsta rullade efter varandra som färgglada korvar nerför gräskullen mitt på gården. De äldre jagade varandra runt, runt kullen och njöt uppenbarligen av att bara rusa omkring och skrika, tillsammans.

#

Kalle kontaktade ett antal kandidater på Tinder och blev glatt överraskad över hur många som accepterade hans erbjudande. Han hade inte fuskat utan som profilbild lagt in det senaste fotot av sig själv som han hittade i datorn och där hann beskrev sig som en storväxt svart datorintresserad man med burrigt hår. Vikt, längd, ådер, och intressen i profilen stämde i stora drag, för det var bara en tidsfråga innan han skulle väga ner mot 90 kilo. Kalle tog intresset som en komplimang.

#

Hans första dejt hette Margareta. Samma ålder som Kalle och välutbildad. Hon hade gått på internatskola i England och sökte någon likasinnad att umgås och diskutera med. Alldeles perfekt. Kalle gillade att diskutera. Dessutom var Margaret snygg på ett formellt sätt, med en stilren rak bestämd näsa och blågröna ögon. Läpparna var målade med en moderat återhållen färg.

Margareta T

Margareta kom gående längs trottoaren med smattrande klackar. Hon hade på sig en diskret skräddarsydd mörkblå dräkt med kjol som precis räckte ner till knäna. Svarta strumpor, högklackade vita pumps och ett pärlhalsband med matchande örhängen. Hårfästet var högt och håret hade hon burrat upp till en bred hårram. En och sextiofem lång kunde hon inte väga mer än sextio kilo. En mygga jämfört med Kalle, men han kände hur hon på ren utstrålning växte samtidigt som hon fick honom att krympa så att han blev kortare än henne.

De presenterade sig

– Margareta, sa hon, du kan kalla mig Margaret.

– Kalle, sa han.

Som fördrink beställde Kalle in ett glas öl till sig själv och en gin och tonic till Margaret. Det var på den som det engelska imperiet byggdes, sa hon. Där sprack den budgeten, tänkte Kalle. Efter drinken följde en engagerad diskussion om att göra rätt för sig. Kalle presenterade sig som småföretagare och Margaret blev entusiastisk. Antal anställda? Inga? När ska du anställa någon? Vet du inte? Det enda sättet att nå toppen enligt Margaret var genom hårt arbete. Det var ingen garanti, men det var ett nödvändigt krav. Följ inte efter alla andra förtydligade hon, låt dem följa efter dig. Hon öste på i samma stil och dömde i förbigående ut fackföreningar, skatt, bidrag och det svenska välfärdssamhället.

– Problemet med socialism är att andras pengar tar slut, sa hon, och Kalle tolkade det som ett mantra hon uttalade så fort hon fick chansen.

Idag skulle det passa bra med torsk tänkte Kalle. Han rekommenderade den för Margaret, men hon ville hellre ha oxkött. Oxfile.

– Den är från Brasilien, sa Kalle.

– Vilket innebär vadå, enligt ditt sätt att se det? frågade Margaret.

– Klimatet är hotat, fyllde Kalle på, för att förtydliga.

– Tror du på sådan skrämselpropaganda från fluffvänstern?

– Det är klart, vi har redan höjt temperaturen med nästan två grader och ...

– Du har ingen aning om vad du och sådana som dig ställer till med i ekonomin, avbröt Margaret. Det är ni som hindrar människorna i Afrika från att delta i världshandeln. Ni har många liv på era samveten ska ni veta. Jag bedömer en man på tio sekunder och ändrar mig sällan, sa hon. Du verkar vilja bli omtyckt Kalle, därför kommer du aldrig att åstadkomma någonting.

Hon vek prydligt ihop servetten och la den bredvid sin tallrik. Demonstrativt och utstuderat långsamt reste hon sig, sköt in stolen och lämnade värdigt matsalen med stjärthalvorna gungande fram och tillbaka i takt med stegen.

Kalle suckade, men en tröst i bedrövelsen var att han idag bara behövde betala för en portion mat. Budgeten skulle hålla och det skulle till och med bli lite över till nästa gång. Han beställde ett glas Chablis och en grillad torskfilé som han åt medan han försökte smälta in bland alla par som var ute och åt, höll hand, rörde vid varandra med fötterna, tindrade med ögonen och log mot varandra. När han gick hem kände han sig för en gångs skull nöjd och stolt efter en dejt. Han hade hållit på sina ideal trots Margaretas välformade bröst och vackra stjärt.

– Ingen vinst i dag heller, sa Kalle och tog av sig finskjortan.

Kajsa peppade honom med disneysånger ur Skönheten och odjuret medan han njöt av det varma vattnet som rann längs hans kropp.

Det blev låga poäng på de flesta av dejtingindexen i excelarket och Kalle blev tvungen att formulera om punkten om sexuell njutning:

Djup på samtal 2
Roligt och underhållande 1
Gemenskap 1
Kamratskap 1
Utseende 8
Reaktion på Kalle -1, *när hon väl gjort sin värdering.*
Sex 0
Njutning av tanken på sex 5, *lite drygt. Hon var stiligt aggressiv.*

#

Redan två dagar senare var det dags för nästa träff som omöjligt kunde gå sämre. Det var i alla fall vad Kalle trodde.

Hannah A

Hannah var en intensiv tjej med rufsigt mörkt hår. Bara något kortare än Kalle men tunn i kroppen. Spinkig, skulle han till och med kalla henne, men det lät onödigt nedlåtande för det var inget fel på hennes kurvor även om hon var väl tanig för Kalle smaks. Han fick en kram när hon artigt tackade för inbjudan med en charmig tysk accent. För att få en bra start på träffen beställde Kalle var sitt glas Creme de cassis till fördrink och Hannah uppskattade helt klart drinken, som hon snabbt och effektivt tömde. Kalle lade märke till att hon hade mörka ringar under ögonen och ibland stannade upp mitt i en mening eller en gest, som om hon kom att tänka på något. Blicken blev grumlig och hon tappade fokus.

– Jag är lite trött, sa hon. Jobbade länge i natt med en text jag håller på med. Kunde inte sluta.

– Vad skriver du om?

– Politik, sa hon. Är du intresserad av politik?

– Jodå, sa han.

Kalle hade lärt sig en del om politik under sitt hållbarhetsarbete, men Hannahs kunskaper var något alldeles extra. Första halvtimmen höll hon sig runt ämnen som han kände till och försökte se anknytningen till Kalles tankar om hållbarhet, men efter ett glas vin tappade hon helt greppet om att hon var på en dejt och påbörjade en regelrätt föreläsning om fenomenologi och existentialism. Kalle antecknade på båda sidorna av servetten men tappade till slut helt bort den röda tråden. En halvtimme senare, och efter sitt tredje glas vin märkte Hannah att Kalle tappat intresset, och började i stället med tårar i ögonen berätta om en gammal lärare som hon hade haft ett djupt och översinnligt förhållande med.

När vinet var slut och likören till efterrätten uppdrucken beställde Kalle en taxi åt Hannah och hjälpte in henne i den.

– Vi kanske ses, sa han, och undrade om hon skulle klara sig hem.

Kom hon ens ihåg vart hon bodde? Hon måste ha känt av hans tankar för hon svarade inte utan rätade bara ut ryggen och gav sin adress till chauffören med ett kort raspigt strävt effektivt kommando.

Dejtingindexen var lika skruvat som dejten, förstås.

Djup på samtal 10
Roligt och underhållande 2
Gemenskap 1 – 2
Kamratskap 1 – 2
Utseende 5
Reaktion på Kalle 0
Sex – 0
Njutning av tanken på sex – Nej, lika djup, abstrakt och ouppnåelig som Fjollan

So far so bad, men skam den som ger sig, tänkte Kalle. Det fanns faktiskt kvinnor som uppskattade eller i alla fall hade uppskattat honom. Minst två stycken, hans mamma och Elin.

#

Några dagar efter träffen med Hannah satt Kalle hemma vid sitt matbord med sina nyköpta psykologiböcker uppslagna framför sig. Det var terminsstart på universitetet och Kalle hade bestämt sig för att gå en egenadministrerad psykologikurs för att lära sig mer om hur Fjollan och Analysatorn resonerade. Han tyckte att han förstod Freuds njutningsprincip ”om jag är törstig öppnar jag kylskåpet och öppnar en kall öl”. Rakt på sak, pang på med libidot. Lacans och Zizeks teorier var jämförelsevis obegripliga. Vi kan bara uppleva njutning när vi jagar det vi fantiserar om och som inte kan nås? Vi kan inte heller fullt ut förstå någon annan och frågar oss ”Varför är jag det som du, den store Andre, säger att jag är?”. Kalle kliade sig i huvudet.

Elin kopplade upp och Kalle pustade ut. Han behövde verkligen en rast och det var ett tag sedan han pratade med Elin.

– Analysera du mig? frågade Elin en stund senare efter en lång rad av frågor från Kalle.

– Oj, jag ber om ursäkt. Jag håller på och pluggar psykoanalys, sa Kalle. Vad ville du?

– Pluggar du psykbryt? Det va de värsta Kalle. Mycket ska man höra. Jo, vad jag undrar är om jag kan hämta tavlan med renarna? frågade hon.

– Det går bra det, sa Kalle. Den står bara i garderoben och samlar damm.

– När passa de att jag kom?

– Jag kan komma över med den i stället, om du vill, sa Kalle. På direkten. Har inget annat för mig och det vore roligt att se hur ni har det.

– Bra idé, svarade Elin utan minsta tvekan. Det passa utmärkt. JoHannah jobba.

Lite märkligt var det att Elin gillade JoHannah, tänkte Kalle, men det kanske var skönt med någon som var helt annorlunda. Vad kvinnor tycker om varandra var ett ämne där Kalle inte hade de allra minsta baskunskaper, knappt ens förutfattade meningar.

– Kom in, kom in, sa Elin. Mjuk och kamratlig, som han kom ihåg henne. Han kunde inte känna av någon fientlighet. Avskyn och kylan hon visat i vintras var glömd. I alla fall på ytan.

Kalle lämnade över tavlan och tog av sig sin skinnjacka samtidigt som han nyfiket såg sig omkring i den lilla men välplanerade lägenheten.

– Vill du ha en kopp? De e nykokt.

– Har aldrig sagt nej till en kopp, sa Kalle.

– Sätt dig i finrumme så kom jag ut med en.

Han la undan ett par strumpor och en kjol ur en av fåtöljerna och slog sig ner.

– Ursäkta röran, vi ligger lite efter med röjningsarbete, sa Elin och satte sig i soffan.

– Hur gå ne med terapin Kalle? Rakt på sak och rationell som vanligt. På det sättet påminde hon om Fjollan. Båda var helt trygga i sin världsbild och hur allt fungerade. Var de stod. De ansvarade fullt ut för vad de kände, gjorde och sa. Problemet med dem var att de trodde att alla andra var likadana.

– Uppriktigt sagt vet jag inte, svarade Kalle. Jag skriver mina rapporter varannan dag och jag går på träffarna med min psykolog, men jag har ingen aning om hur det går för mig. Fjollan har aldrig sagt ett ljud om det.

– Fjollan?

– Min psykkvinna, omsorgsgivaren. Jag kallar henne för Fjollan eftersom jag inte vet vad hon heter. Hon säger inte mycket om någonting, och absolut inget om hur det går för mig. Tanken är väl att det är jag som ska prata, att det är jag som ska lära mig om mig själv, men det verkar inte fungera på mig. Kanske för att jag inte förstår vad jag har gjort för fel.

–E de inte så med alla som mickla? undrade Elin.

Kalle kände att diskussionen var på väg ner i ett svart hål. Han tog en klunk av kaffet och bytte ämne.

– Hur är det med dig då? frågade han.

– JoHannah och jag va i lag innan du och jag träffades, visste du det?

– Jag misstänkte det.

– Ja träffa na till och från sista året då du och ja bodde ihop, och det kändes bra. Sen blev det tisdag och torsdag lunch och mer än så. Jag e trygg här, fortsatte hon efter en paus.

– Är du lycklig, frågade Kalle.

– Schuu, bekräftade hon på pajalavis med en omvänd vissling.

Elins långsamma pajalatempo fick honom alltid att andas ut och släppa ner axlarna. Att hon hann säga så mycket, fastän hon pratade så långsamt var ett mysterium. Han förvånade sig själv med att glädjas med Elin i hennes trygga lycka. Han kände inget hämndbegär, ingen svartsjuka. Kalles problem var inte Elins problem. Hon hade det bra och han måste klara ut sina problem på egen hand.

#

– Hur ska jag hitta min partner? undrade Kalle. Han tänkte det mest för sig själv men orden trillade ut genom munnen.
Var han så socialt utsvulten att han började tänka så det hördes? Elin verkade inte det minsta förvånad över frågan.

– Dejta du?

Kalle berättade och Elin skrattade.

– Kalle, Kalle sa hon. De kom aldrig å gå.

#

– E du trygg och lycklig? frågade Elin.

– Jag var trygg med dig, sa Kalle, kanske för att du skämde bort mig utan att jag ens förstod det. När du drog var jag riktigt illa ute några månader, men nu mår jag bättre. För varje dag mår jag bättre. Att vara ensam har sina fördelar. Jag vet var allting ska ligga. Ingen annan som flyttar runt och stökar till.

– Vadå? Skulle ja ha ostädat? protesterade Elin. De va ju jag som ordna, sortera och plock undan.

– Ja, det gjorde du, ibland, när det blev alldeles för rörigt. Men nu ordnar sorterar och plockar jag undan själv, allt på min plats, och jag trivs med det. Kajsa har ett stökindex och det sjunker hela tiden. Strukturindexet stiger.

– För Kajsa statistik över dina strumpor? sa Elin och skrattade.

– Hon har varit mycket aktiv sedan du flyttade.

– Hon sa knappt ett knyst när jag bodde där.

– Det var ditt eget beslut att hon måste stängas ner och tystas.

– Sant, de va något spökigt med henne, sa Elin. Hon la beslag på dig, fortsatte hon, märkte du inte det? Hon styrde och ställde, visste allt, la sig i allt, skötte hela konkarrongen. Du va som ett litet barn.

Kalle sa ingenting. Han visste att Elin hade rätt och att också hon behandlat honom som ett barn, som en häst att rida in.

#

– Det är annorlunda nu, sa han. Kajsa mäter åt mig. Hon återkopplar, men det är jag som får göra jobbet och fatta besluten.

– Nytänk av hon?

– Ja, hon och Fjollan kör tempoträning på mig.

– Två kvinnor mot en Kalle, sa Elin. He kan gå. Tänk om det skulle bli ordning på dig. Du är snart trygg och lycklig ska du se.

– Om jag bara lyckades med en dejt skulle jag tro mer på det, men jag är totalt värdelös.

– Vad säg Kajsa om de?

– Hon skrattar åt mig och analyserar mina träffar.

– Fjollan då, va säg hon?

– Hon tittar bara på mig genom något av sina par av glasögon och ber mig lägga mig på britsen.

– Lägga dig? E de en sexterapi?

– Nej, verkligen inte. Med Fjollan? Vilken tanke. Otroligt nog har hon en sådan där psykologbrits i svart knarrande läder som man ser på filmer. Den är bekvämare än den ser ut och jag har somnat där flera gånger.

– Milde himmel. Kalle på psykologens knarrande läderbrits. Vilken syn. Verkligheten ha mer å ge än dikta i bibeln.

#

Den infektionshämmande sårspriten sved inte längre. Stygnen var lagda, såren ihoplappade med plåster, benbitarna lagda rätt och brotten gipsade. Även om han inte hittat någon protes än så var det dags att berätta för mamma att han brutit upp med Elin. Mamma gillade Elin, det visste Kalle, fastän de bara hade träffats en gång för flera år sedan. Hon blev precis så upprörd som Kalle hade befarat.

– Vad säger du? Har Elin flyttat ut? Hon som var en sån gottepåse. Å harrena, nu blev jag paff.

– Det var ett tag sedan hon tog time out, men jag ville inget säga förrän hon bestämt sig.

Mamma var tyst i flera sekunder, ett tydligt tecken på hur upprörd hon var. Hon justerade ärmarna på den ljusblå skjortan med delfiner på.

– Men varför då? frågade hon till slut. Du har väl inte fepplat på sidan av med andra?

– Nej, hon tycker bättre om kvinnor.

– Än om dig? Än om män? Det hade jag aldrig gissat. Elin är en tösapojk säger du?

– Ja.

Mamma suckade.

– Stackars lille Kalle. Vilken snyting. Är du olycklig?

– Jag var det några veckor, men nu känns det bättre. Hon har det bra med sin flickvän och vi träffas ibland. Jag letar efter någon ny.

– Du har aldrig varit någon lipsill Kalle. Gnällig, ja, fenomenalt gnällig, men som en studsboll när det hände något som spelade roll. Letar du på nätet? frågade hon nyfiket.

– Ja, på Tinder.

– Har du fått napp än?

– Nej, men jag känner mig inte orolig och har inte bråttom.

– Lyckan har du fått av mig lelle Göbben. Det ska du veta.

– Där tror jag faktiskt du har rätt, höll Kalle med. Man bockar och bugar så hela Norrland gungar.

– Om du behöver hjälp att välja bland dina kvinnor kan du la länka vidare till mig. Jag har bra smak.

– Tack, jag gör det helst själv. Skulle kännas konstigt annars.

– Du har nog rätt, skrattade mamma. Vad tycker du, ska jag också lägga upp mig på Tinder?

– Nehej, du ska inte lägga upp dig någonstans. Lova det. Fråga alltid mig först innan du gör något. Det finns en del obehagligheter på nätet förstår du.

– Så, då lägger du upp mig då? Jag kan skicka upp min beskrivning av lyckoprinsen. Jag har de ungefärliga måtten.

– Du driver med mig va?

– Och du är så snabbtänkt idag, Kalle lelle.

#

Med mamma som supporter bokade Kalle ännu en träff. Hon hette Lovisa och kom från Jönköping. I sin profil hade hon utförligt beskrivit sin familj och sin pappa som var frikyrkopastor. Kanske borde Kalle ha reagerat mer för den halva sida hon ägnade åt sin kamp för att bryta sig lös från församlingen och bli en modern kvinna. Men, som han såg det då var de tvillingsjälar på väg att moderniseras, bara på lite olika sätt. Dessutom var hon söt.

Lovisa L

Han stod utanför Rex när hon kom gående. Kort och spenslig. Hon kunde inte vara över en och sextio. När han senare på kvällen tänkte tillbaka på träffen slog det honom att hon hade gått med bra studs i steget. Blont axellångt hår som gungade i takt med hennes steg och wellade sig när vinden tog i.

Lovisa var det blygaste Kalle kunde komma ihåg att han någonsin träffat, spänd på något sätt. Han hälsade glatt, och hon svarade med att ta ett halvt steg tillbaka och nicka.

– Hej, sa hon. Lovisa

Han öppnade dörren till restaurangen och hon kilade förbi med sänkt huvud och utan att titta på honom eller säga någonting. De satte sig vid fönsterbordet som var dukat för två med en bukett ringblommor mitt på bordet. Kalle beställde torsk, den var god vid förra träffen, och en flaska Riesling. Vinet var hans första misstag, för Lovisa ville bara ha vatten att dricka. Hon svarade enstavigt på hans frågor och Kalle fick sköta pratandet. När han fått i sig ett glas av det friska väl kylda vita vinet flöt samtalet bättre. Han pratade på om allt möjligt. Om vädret, politiken och den senaste hatkampanjen på nätet. Mellan utläggningarna åt han några tuggor fisk och kokt potatis. Utsökt. Kalle njöt.

– Vad håller du på med? frågade hon.

Han berättade om programmering. Hon kunde inget alls så han blev tvungen att ta det från början.

– Vad är du intresserad av mer än programmering? frågade hon när han steg för steg metodiskt gått igenom grunderna i programmering.

Kalle hade hunnit med ytterligare två glas vin och tyckte nu att Lovisa var en oerhört spännande kvinna som delade hans intressen och hade ett öppet sinne. Han kom in på ämnet social hållbarhet och när de väntade på efterrätten var vinet slut.

– Har du någon familj? frågade hon.

– Jag hade en flickvän som heter Elin, sa Kalle och öppnade sin själ.

– Vad är klockan? frågade hon mitt i hans detaljerade beskrivning av Elins kropp.

– Halv nio, svarade Kalle.

– Oj, redan så mycket. Jag måste hem och sova. Jag ska upp tidigt i morgon bitti, sa hon och var redan halvvägs uppe ur stolen.

Medan non vände sig mot utgången la hon till.

– Det var trevligt att lära känna dig Kalle. Vi kanske träffas igen någon gång.

Kalle var yr i huvudet efter att ha druckit en hel flaska vin och kom sig varken för att resa sig upp eller säga något mer än ett kort hej då. Varför hon skulle upp tidigt en söndagsmorgon i september hade Kalle inte en aning om.

Djup på samtal 6, Kalle pratade hela tiden
Roligt och underhållande 6, Kalle pratade hela tiden
Gemenskap 1 – 2
Kamratskap 1 – 2
Utseende 7, riktigt söt faktiskt
Reaktion på Kalle 0, obekant variabelvärde
Sex 0
Njutning av tanken på sex, minst 6.

På det hela taget deprimerande och Kajsas musikaliska kommentar var tagen ur Lady och Lufsen. Välfunnet. Han kunde se Lovisas blyga reaktion på spagettin som stänkte tomatsås på hennes nästipp, och köttbullen som rullades över till henne. Kalle hade gärna vandrat hem i månskenet tillsammans med Lovisa.

Han plockade upp det excelark där han varje dag fyllde i sin lyckonivå och gjorde en graf över de senaste månaderna som han skrev ut för att ge till Fjollan. Kurvans sista del hängde rakt ner som en penis efter ett bad i en isvak, men han behövde inte ett excelark för sammanfatta dejterna och sitt liv. Han fick inte knulla, och skulle aldrig få det igen. En kåt eunuck. En travesti på Don Juans floppade lillebror. En kåt och galen tjädertupp på dejter med havsörnshonor.

#

Mottagningen var som vanligt sparsamt upplyst och där satt Fjollan helt stilla bakom sitt bord med händerna på skrivbordet och Analysatorn uppslagen framför sig. Den grå koftan var bytt mot en grågrön, antagligen hennes höstkofta. Kalle hade rapporterat om sina dejter och nu var det dags att höra hur Fjollan såg på hans katastrofer. Hon hade på sig sina runda glasögon med tunna metallbågar. Precis sådana som en tysk psykolog i ett koncentrationsläger bara måste ha. En översittare som visste bäst och inte tolererade några invändningar, då blev det tången, elaggregatet eller skalpellen. Ingen intellektuell ansats idag, gissade Kalle. Idag var det ordergivning, ordning och reda. Regelverk att följa.

– Hur går det med dejterna?

– Jag försöker så gott jag kan, sa Kalle när han lagt sig ner på britsen.

– Vill du vara vänlig att berätta om dem?

– Jag har ju redan skrivit ner det som hände i rapporten.

– Vi vill höra det berättas också. Vill du vara så vänlig att berätta nu.

Han gjorde en detaljerad redogörelse för sina dejter och avslutade med ett konstaterande.

– Jag bjuder på mat. Jag försöker vara trevlig. Men får jag något för det? Nej.

– Trakasserar du dem?

– Nej, jag har aldrig trakasserat någon. Det är ju hela tiden jag som blir trakasserad, klagade Kalle.

– Lovisa?

– Nej, kanske inte hon. Men, hon sa ju ingenting alls. Tog avstånd. Svarade inte på personliga frågor. Hade jag något annat val än att prata om mig själv och mitt?

Fjollan sa ingenting på en stund. Hon antecknade. Antagligen något om att han förträngde trakasserier mot kvinnor.

– Margaret? frågade hon sedan.

– Jag hade inte en chans. Hela hon var en neoliberal provokation. En vandrande politisk bomb i form av en egotripp.

– Hannah?

– Där hade ingen i världen haft en chans. Utom möjligen hennes gamle lärare.

– Tiden är snart ute, sa Fjollan.

Vad var tanken med sessionerna egentligen? undrade Kalle när han satte sig upp på britsen. Fjollan kommenterade aldrig, gav aldrig några rekommendationer eller värderade. Var det här en vetenskapligt grundad metod? Vilka mätningar var det egentligen som gjordes? Hur var det tänkt att mätningarna skulle återkopplas till honom? Hur skulle han kunna utvecklas utan återkoppling?

Han hade tusen frågor som han inte vågade ställa. För varje fråga han formulerade högt fick han i bästa fall en teoretisk föreläsning som han saknade alla förkunskaper för att förstå, men troligare var att han inte fick något svar alls. Bara en lång blick medan hans fråga analyserades och kategoriserades som osäkerhet, upprorisk personlighet, eller ett maniskt kritiserande utan eget ansvarstagande.

Nu satt Fjollan och djupläste något från Analysatorn. Hon rynkade pannan och sträckte lite på ryggen. Inte helt nöjd med slutsatsen misstänkte Kalle.

– Innan du går, sa hon, så har vi de obligatoriska frågorna. Lagar du din mat själv i kväll?

– Palt.

– Har du någon flickvän?

– Nej.

– Hur går det med sexlivet?

– Det där var inte roligt.

– Du är inte här för att ha roligt, sa Fjollan.

Hon lyfte långsamt huvudet och energistrålen genom de runda glasögonen med svarta bågar släppte sitt fokus på skärmen och vandrade sakta, sakta upp längs Kalles kropp, från underlivet upp mot ansiktet. Kalle hann börja rysa innan de enorma gröna eldkastarna bakom glasögonen hittade hans ögon och tömde honom på alla tankar, utom att göra som det gröna bestämde.

Vad var det för mening med livet, undrade Kalle på väg hem, när de gröna laserkanonerna till slut släppt greppet om hans medvetande. Han försökte att göra sitt bästa och allt gick bara åt helvete. Den enda tröstet var att det inte kunde bli värre för nu hade han inga fler träffar inplanerade.

– Det är svårt att bromsa sig ur en uppförsbacke Kalle, kommenterade hans eget husorakel, och hon hade som vanligt rätt.

Det kan alltid bli värre.

Kapitel 6: Leva eller låta sig dö?

Kalle låg hemma på soffan och dagdrömde. Det var mörkt i rummet och han visste inte hur mycket klockan var. Oktobersolen hade lekt kurragömma med hans sömn i flera veckor nu. Otillfredsställd och utan mål och mening låg han där, ensam, fångad mitt emellan vaken och sovande. Utkastad ur forskarsamhället trodde Kalle inte längre på vetenskapen. Den var helt oduglig när det gällde att lösa hans typ av problem och kunde inte göra något för att rädda honom.

En utväg var att bli religiös på riktigt. I tusentals år hade det varit det enklaste sättet att bli trygg. ”Kalle, lita på en Gud”, sa han till sig själv. Han smakade på kommandot och kände efter om det tog. Om han kunde övertyga sig själv. Nej, han provade ”Lita på en Guru” i stället. ”Lita på en metod, en andning, en position, en livsstil”. Fokusera och var medveten på det som händer i nuet. Stäng av autopiloten för hur ska du kunna påverka nuet om du inte fokuserar på det? Andas in Kalle, andas ut. Andas in Kalle, andas ut. Fokusera, för helvete. Din jävla lipsill. ”Lita på något eller någon. Vad som helst Kalle”. ”Lita på Kajsa”. ”Skratta inte Kalle”. ”Gråt inte Kalle”. Med det avslutade han sin inre monolog och sa högt.

– Religionen är inget för mig Kajsa. Jag vet nu att jag inte kan tro på något som jag inte kan förklara.

– Du håller på att bli modern, svarade hon. Försöker att anpassa dig och om inte det går så har du i alla fall gjort dit bästa och behöver inte skämmas. Mät. Optimera. Lär dig. Testa. Utvärdera.

På låtlistan från 1900-talet rockade Status Quo igång. Status quo i hans liv?

Något med kompet kändes påklistrat så Kalle lyssnade på låten igen. Han hörde hur ett namn som följde melodin och tonartshöjningarna var inmixat i varje taktslag. Kaj-sa, Kaj-sa, Kaj-sa, Kaj-sa, Kaj-sa, Kaj-sa.

#

Det var synd om människorna, och speciellt synd var det om de som stötts ut. Kalle hade varit avskedad i drygt ett halvt år och hans sociala status hade inte ändrats sedan bottennoteringen när han avslöjades på nätet. Den var mycket nära noll och han upplevde att alla tittade på honom, han kände sig utpekad som den som trakasserar. En farlig person. Det var jobbigt att gå ut genom dörren och se andra människor i ögonen. Han slets mellan en bottenlös känsla av underlägsenhet och en rasande vilja att hämnas.

#

– Kajsa?

– Ja?

– Skulle inte du kunna låta som en varg som biter av en hand i morgon bitti?

– När brevbäraren kommer?

– Just precis.

– Naturligtvis kan jag det.

– Spara inte på morrandet.

– Nejdå.

– Inte på ljudet av huggtänder som knäcker ben i en hand heller.

– Det ska jag inte.

– God natt Kajsa

– Sov gott Kalle.

#

Kalle, författaren, satt med ett tomt uppslag i sin privata dagbok framför sig. Utan ett liv sinade idéerna till noveller. Han var utesluten från den nära gemenskapens galenskaper som annars var hans favoritämne. Det han hade att skriva om var hållbarhetsanalyser av företag, sessioner med sin hjärnskrynklare och videosamtal med mamma. Inte mycket att bygga noveller på. Han måste ta sig vidare i livet för att utvecklas.

Vad hade en modern människa som han, som stötts ut av samhället, för möjligheter till ett fullvärdigt liv? Han var inte lika lyckligt lottad som slavar, judar och romer, de hade i alla fall familj, vänner och ett liv, även om de som kollektiv stack ut och var utfrysta. Hans lott var den ensammes. Nu visste han precis hur en mördare med ett pris på sitt huvud kände sig i vilda västern. Han förstod hur en pedofil på försöksutskrivning såg på sin omgivning. Vem av dem han mötte på trottoaren gömde en snara bakom ryggen?

Med en röd Parker Jotter med svart bläck i patronen listade han sina alternativ för den närmaste framtiden. Rött och svart, blod och död, var färger som han tyckte matchade uppdraget. Det tog honom en dag att skriva ner ett utkast som han bearbetade till följande lista. Det var en väl använd dag.

1. Jobba – mata på och fyll ut tiden. Det distraherade honom från att hela tiden tycka synd om sig själv. Ta en dag i taget. En natt i sänder. Ett sätt att leva som matchade ett av hans mål.
2. Dejta – matchade ett annat av hans mål och var möjligt ända fram till den dagen då han namngavs på någon lista över de som man inte borde dejta och i nästa steg skulle han tas bort från dejtingsajten. Han uppskattade att han hade ett halvår på sig.
3. Samla på saker – till exempel billiga kulspetspennor av typen Parker Jotter.
4. Hämnd i form av samhällsomstörtande aktioner – lägga sitt liv på att störta systemet som Lenin gjorde.
5. Hämnd i form attacker på individer som svikit – som greven av Monte Cristo.
6. Träna – individuella sporter som tog mycket tid, till exempel, skidåkning eller löpning.
7. Skapa – kreativt arbete, forskning, flow. Men vem orkade vara kreativ utan hopp om uppmärksamhet?
8. Hänga sig.

Tur att han hade mamma att prata med.

#

Vadå leva eller dö? Borde det inte vara leva och sedan dö? Hur vi än försökte gömma oss undan döden kunde vi inte komma undan den.

Att dö var omodernt. Fullt rationellt ur människosläktets synvinkel, men inte ur individens och visst borde det vara individers åsikter som räknades? Hur hanterade en modern människa den individuella döden? Att bara strunta i känslorna var omänskligt. Men innan döden var ett faktum kunde den döljas med droger och vårdinsatser. Distansering via mätning och institutionalisering. Glöm och göm ordet död. Medicinering var den moderna lösningen. Rätten till liv var en grundläggande mänsklig rättighet. Artikel 3 ur FNs mänskliga rättigheter säger att ”Var och en har rätt till liv, frihet och personlig säkerhet”.

#

Den 28 oktober klockan 19:35 blinkade det till på skärmen hemma hos Kalle. Han låg och läste Schopenhauer för att matcha sin sinnesstämning och såg skärmen tändas upp för att sedan bli alldeles svart under några sekunder. Han satte sig upp och petade på fjärrkontrollen. Det var någon på Carlanderska sjukhuset i Göteborg som försökte kontakta honom.

Kalle blev alldeles tom. Hade det hänt mamma något? Hon som var hans enda trygga punkt i livet?

– Ja, svarade Kalle.

– Är det Karl Erik Karlsson?

– Ja.

– Du ska få prata med läkaren, sa en kvinnoröst. Han kommer strax.

Kanske hade hon bara ramlat och sjukhuset undrade om han kunde hjälpa till hemma? Då måste han åka ner till henne. Han skulle ta hand om henne. Handen som höll i fjärrkontrollen skakade. Han svettades. Kommer inte den djävla läkaren snart?

– Underläkare Jansson här. Är det Kalle Karlsson?

Kalles mamma var död.

#

Tomhet.

#

– Min mamma är död sa Kalle.

Fjollan, sa ingenting, hon bara nickade mot schäslongen.

– Hon var min enda anknytning till verkligheten, tog han vid så fort han lagt huvudet på kudden. Även om hon var lite trött ibland och tjatade om hur jag slösade med pengar så var hon i alla fall min medmänniska. Vi pratade nästan varenda dag. Inte så länge, men tillräckligt för att jag skulle känna värmen av någon som brydde sig om mig och inte bara tänkte på att jag avskedats för sexuella trakasserier.

Klumpen i halsen växte och tog över, han tystnade och började gråta.

– Hon hade ett bra liv, fortsatte han, när han hämtat sig. Berättade gärna om sin lyckliga barndom. Frisk som en nötkärna. Ett lyckligt äktenskap. Ett glatt humör. Urstark. Min pappa sa alltid att han var den lyckligaste mannen på jorden som hittat en sådan kvinna. Med min träffprocent på dejtingen måste jag bli tusen år innan jag hittar någon sådan.

Kalle tystnade och Fjollan väntade.

– Skulle jag kunna få ett glas vatten? frågade han till slut med hes röst. Jag pratar visst för mycket.

– Vi är strax klara och då kan du ta lite vatten på toaletten. Var det något annat du skulle vilja ta upp.

– Nej, kommer inte på någonting.

– Lagar du din mat själv i kväll?

– Ja, blodpudding.

– Har du någon flickvän?

– Nej, och kommer aldrig att få någon heller.

– Hur går det med sexlivet?

– Min mamma har just dött för helvete.

Nästa session blev inställd för att Kalle skulle kunna åka till sin mammas begravning. Att byta mammas död mot att slippa en session var inte ett byte som Kalle skulle ställt upp på om någon frågat, men en paus i terapisessionerna var i alla fall en tröst.

#

Det blev en oändligt lång tågresa trots snabbtåget. Precis så illa som han visste att det skulle vara. Kupén var fullproppad med resenärer och packningar. Två spädbarn skrek ikapp och två äldre pojkar sprang tjutande av ilska fram och tillbaka längs korridoren. Orättvist skrek den ene, rättvist skrek den andre, eller så skrek de vad som föll dem in. Otroligt nog inget oplanerat stopp, så tåget var i tid.

Han tog elvans spårvagn ner till Järntorget och mammas lägenhet som var belägen i ett gediget stenhus från början av 1900-talet. Ytterdörren var tung och hallen innanför var sval och täckt ända upp till det höga taket med ljus marmor. Rakt fram i hallen låg hissen inbyggd som en kub av svarta metallornament. Kalle klev in i hissen och drog igen dörren efter sig. Det luktade som han kom ihåg, svagt av olja och damparfym. De flesta i huset hade så länge Kalle kände till alltid varit äldre damer i övre medelklassen. Dörren till hissen gick igen utan gnissel. Allt var gediget och väloljat i detta hus. Hissen startade och gled upp de fyra våningarna innan den bromsade in mjukt och med en knappt märkbar duns.

Översta våningen, mammas plan, och han fick precis den hemska känslan av att öppna dörren och veta att det inte var någon där, som han drömt mardrömmar om. Ingen välkomnade honom med "Lelle göbben", ingen kopp kaffe på köksbordet. Inte ens pendylen tickade. Det luktade mamma i lägenheten men dovt, i bakgrunden och dämpat, i den stillastående luften. Mammas doft höll på att drunkna i en unken lukt av damm. Lägenheten var en trea och hans gamla säng fanns kvar som gästsäng. Han hade aldrig klarat att sova i mammas säng. Det var knappt att han sov ändå.

Han lyssnade, snurrade, luktade, snurrade. Kudden blev varm, den blev knölig, men till slut somnade han.

#

Det var fler människor på begravningen morgonen därpå än han hade trott, och den gick över utan att han dog. Innan ceremonin skakade han hand med en lång rad personer som alla beklagade sorgen och gav sin bild av Greta Karlsson, Kalles mamma. Hon var den snällaste, goaste, mest omtänksamma och gladaste. Vilken gåva att ha så många vänner, tänkte Kalle. De kom från kören, läsecirkeln, gamla arbetskamrater som fortsatt att träffas och flera grupper ur pensionärsföreningen. De hade rest med hans mamma på konstresor som Kalle aldrig hade hört talas om. Hans ögon tårades av en blandning av stolthet och avund när han satte sig i kyrkbänken.

Han grät sig igenom större delen av ceremonin och kom bara ihåg slutorden från prästen "jord ska du åter varda". Vi har inte så mycket tid på oss, tänkte han och lyckades samla sig till att sjunga med i "Härlig är jorden". Samma psalm som pappas begravning slutat med.

När Kalle tackade prästen efter begravningen och kyrkkaffet var han helt slut och gick en lång omväg tillbaka till Järntorget för att samla sig. Om han skulle begravas skulle det bara komma en AI. Psykoterapeuter bryr sig bara om de levande och mamma kunde inte komma. Bishop's arms vid Järntorget hade öppnat så han satte sig vid ett bord längs in i lokalen och beställde en stor Carlsberg. Det var hit han brukade bjuda mamma när han besökte henne. Det blev tre öl till och en Fish and chips innan han gick hem till mammas lägenhet och slocknade.

#

Dagen efter hade han gjort upp om ett möte på banken för att avsluta mammas konton. Det fanns inga som helst räkningar eller något annat som handlade om ekonomi i hennes sekretär. Det enda han hittade var en bunt med sju visitkort från Handelsbanken. Alla utom det översta hade ett stort rött kryss i kulspets över framsidan. Han gissade att hon gjort kryssen med en av de Parker Jotter som han skickat ner till henne. Tydligen tog banken hand om alla hennes affärer. Kostade det inte pengar? Säkert tog de bra betalt för den tjänsten. Inte underligt att hon hade ont om pengar.

Han kom till banken i god tid och möttes genast av en äldre man som stod och väntade på att han skulle komma, fastän han var några minuter tidig. Det måste vara någon som brytt sig om hans mamma, tänkte Kalle. Kanske en personlig vän? Men, nej, det var en typisk bankman, inte en som hans mamma skulle umgåtts med. Kostym, diskret slips och glasögon som inte stack ut, slätrakad och med ett trevligt leende. En svag, knappt märkbar, doft av en trovärdig herrparfym.

– Erik Larsson, presenterade sig mannen när de skakade hand. Ett fast, säkert inövat, handslag. Jag beklagar sorgen.

– Tack, sa Kalle.

– Kundrummet är bokat så att vi får sitta i lugn och ro, sa bankmannen och visade Kalle vägen till ett litet rum längst in i banken.

– Ni hade tydligen hand om alla mammas räkningar, frågade Kalle lite lätt irriterat när de satte sig. Varför då? Hade hon verkligen råd med det?

Mannen drog igång en väggskärm och loggade in.

– Hon sa ofta att hon tyckte vi var billiga, sa han och log som om han dröjde kvar vid minnet. Och bäst.

– Sa min mamma det?

– Ja. Ursäkta att jag frågar, men vad känner du till om din mammas ekonomi? Det snabbar upp om jag vet var jag ska börja, rent formellt är det bara ett par underskrifter som behövs för bouppteckningen.

– Hon hade en liten pension eftersom hon bara jobbat halvtid, sa Kalle. Hyran var relativt hög, lägenheten låg ju trots allt vid Järntorget, så jag brukade skjuta till några hundra i månaden.

– Jag förstår, sa bankmannen, men hon hade faktiskt ingen hyra.

– Va?

– Hon betalade en avgift, till bostadsrättföreningen.

– Bostadsrätt?

– Din mamma var mycket försiktig med pengar, och tydligen även med vad hon berättade om dem. Hon ägde lägenheten vid Järnvägstorget och den var fullt avbetalad.

Kalle satt tyst.

– Om jag kommer ihåg rätt ärvde hon en farbror för några år sedan, fyllde bankmannen i.

– Farbror Eskil, sa Kalle, hon nämnde honom ibland. Av honom ärvde hon en tavla med en rävunge på som hänger hemma hos henne över sekretären. Hon älskade verkligen den där tavlan.

– Och, hon ärvde lite till av honom också. Eskil Holmgren ägde huset där din mamma hade sin lägenhet.

– Det har jag hört om, sa Kalle.

– Han lämnade alltihop till henne. Vi hjälpte henne att omvandla fastigheten till bostadsrätter och hon behöll sin egen. Tavlan är för övrigt en Bruno Liljefors som jag råder dig att fullvärdeförsäkra, även om det är dyrt att försäkra ett konstverk som är värt drygt tvåhundratusen. För att göra en lång historia kort har jag papperen här för överförandet till dig så fort bouppteckningen är klar.

– Här, sa han och la fram ett papper. Sparkonto med en miljon trehundrafemtiofyra tusen kronor.

– Och här, blandade fonder som vi förvaltar. De står just nu i sju miljoner, plus några tusen i ränta för de senaste dagarna som inte finns inräknad. Jag kan säga att värdet har stigit rejält under de år som vi haft ansvaret för fonderna, sa han stolt.

– Och här, äganderätten till lägenheten.

– Och här, hennes personliga konto med tvåtusentrehundratjugofyra kronor. Den sista insättningen är på trehundra kronor och gjord av dig samma vecka som hon dog.

#

Kalle hade redan beslutat att låta en auktionsfirma ta hand om alla mammas saker. Han behövde inte fler prylar. Han behöll pinglan förstås, mamma och pappas bröllopsfoto och farbror Eskils tavla. Det tog honom en hel dag att rota igenom olika lådor och dokumentera sakerna i våningen. Mamma var ingen samlare men lägenheten rymde mer än han trodde. Det som gjorde honom mest förvånad var mammas klädskåp.

Där hängde tjugofyra exakt likadana ljusblå blusar med vita delfiner i mönstret. Kalle stod med tårar i ögonen och bläddrade från galge till galge. Det var mycket han inte hade vetat om sin mamma och som han nu aldrig skulle få veta. Varför alla dessa blusar? Varför hade hon aldrig berättat om pengarna?

#

Hennes hjärta hade helt enkelt stannat. Svårare än så var det inte vetenskapligt sett. Modern död? Kalle orkade inte ens skratta. Mamma hade skrattat, hon var från Götet. Varför måste hon dö?

När han kom hem ställde han pinglan på den låga byrån framför väggskärmen i vardagsrummet, men han ringde inte i den. Bröllopsfotot med mamma och pappa ställde han bredvid pinglan, precis som det hade stått hos mamma. Han tog av transportskyddet för tavlan med rävungen och la den på soffbordet. Kunde han ha en sådan dyrbar tavla hemma? En Liljefors? Men kunde mamma så kunde han. Hon hade alltid talat om rävungen, men det näpna huvudet som tittade fram under granen kunde lika gärna vara en vuxen räv. Torrt vårgräs. Kanske den hade växt upp och överlevt vintern? Färdig att själv skaffa en kull? Han la in tavlan i skyddslådan igen och ställde undan den i garderoben. Det var nog en rävunge.

#

Kalle stannade kvar i sängen så länge han orkade, det var ändå becksvart ute, men när det började riva i magen var han tvungen att gå upp för en kopp te. Han hade grävt fram adventsljusstaken, som han köpt på ICA tillsammans med Elin, och ställt den mitt på köksbordet. Elin hade propsat på en i metall för att minimera brandrisken. Kalle satte ljus i adventsljusstaken men sen orkade han inte låtsas längre. Det kändes helt meningslöst att tända första ljuset. Det var första advent men Kalle drog på kökslampan för fullt i stället.

Mamma var död. Hans enda trygga punkt i livet. Vilken gud tillät något sådant? Ingen som brydde sig om Kalle i alla fall, och en gud som hade ihjäl mamma var inte en gud som Kalle brydde sig om. gud? Bara idioter kunde gå på en sådan bluff och Kalle var ingen outbildad stenåldersmänniska, han var en välutbildad datavetare på mitten av 2000-talet. Det som hände hade orsaker och det fanns inga gudar som petade runt i orsakerna. Mamma var död.

Dagen därpå gick han ur Svenska kyrkan. Stift, biskopar, ärkebiskop, och Fader vår som är i himmelen var inte Kalles tro.

#

Vad tänkte Fjollan om döden? Om gud och religion? Hade hon en trygg barnatro? Hon och Analysatorn drog sessionerna tillsammans, men Kalle hade en känsla av att Fjollan var verktyget snarare än motorn. Att hon var osäker utanför sin expertzon. Kanske var hon intresserad av djupa frågor? Han måste lära känna henne bättre för att kunna styra henne.

Min gud är en Stor Andre utan begär, tröstade sig Kalle. Inte en fadersgestalt som kastrerat mig och inte heller en mor som jag suktar efter. Både pappa och mamma är döda. Min gud är den Store Andre som inte kastar ut mig, utesluter mig och tvingar fram lilla a. Min gud är en hållbar värld där vi alla är jämlika i en inkluderande gemenskap. Jag är real och upp lever lust och olust om vartannat i en kropp som är en integrerad del av helheten. När jag ser mig i spegeln känner jag stolthet, min fallos duger och jag är fri att ge världen det bästa av mig själv, ge den lust och mening att leva hållbart.

#

– Omsorgssessionerna är inte tänkta för metafysiska spekulationer, sa Fjollan på nästa session. De handlar inte om och hur gudar blandar sig i ditt och andra människors liv. Men, eftersom du verkar ha skaffat dig rudimentära psykologikunskaper så ska jag kommentera dem. Du måste inse att du är kastrerad Kalle och nöja dig med det. Hålla ditt lilla a i styr.

När du lärt dig lite mer teori, och lämnat nybörjarstadiet, kommer du att förstå att du inte har något val. Språket tvingar in dig i det symboliska, med eller utan gud, och där kastreras du. Det finns en fallos större än din och ditt lilla a drev dig till trakasserierna. Acceptera att du är kastrerad så får den här omsorgsbehandlingen ett lyft. Det vi tar upp är verkligheten Kalle, din verklighet. Hur du lever och tänker om vardagens händelser.

– Mitt liv just nu är inte mycket att diskutera, sa Kalle. Det är en nära-döden upplevelse.

– Trakasserier är inte något metafysiskt, fortsatte Fjollan. Det är handlingar som drabbar andra människor och påverkar relationer.

– Vad äter du till middag ikväll?

– Palt, svarade Kalle

– Lagar du till den själv?
– Nej, jag bara värmer den.
– Hur länge?
– 12 minuter.
– Med eller utan fläsk?
– Med.
– Lingonsylt?
– Ja.

Så länge hon inte gick in på hans sexliv och hur han onanerade fick hon fråga efter hur mycket detaljer som helst, men Kalle vägrade att lämna de stora frågorna. Han fortsatte att komma med nya teorier i sina rapporter.

#

Kalle tände två ljus i adventsljusstaken, men släckte dem omedelbart. Ljusen förstärkte mörkret runtomkring där han befann sig till något omänskligt och påtagligt svart som brutalt tryckte ner honom. Han lyckades inte ta sig upp och in i ljuset. Tvärtom stöttes han bort av de vackra dansande lågorna. Andar? Änglar? Om det funnits ljus som brann med ett svart hålrum skulle de ha sugit in Kalle. Han öppnade rapporteditorn och började skriva. Förr eller senare måste väl Fjollan respektera honom och svara på hans funderingar.

Varför lämnade vi Eden? Där var vi ju trygga. Men, kanske var vi inte lyckliga där? Varför inte det? Vi hade väl allt? Nej, vi hade inte friheten att göra vad vi ville. Äpplet var symbolen för lyckan! Att ta ett första bett av äpplet var att börja jaga lyckan. Sedan var vi körda. Eden kunde inte ge oss vad vi ville ha.

Lyckan är alltid någon annanstans. I alla fall tror vi alltid att det är lättare att hitta den därborta än här och nu, där vi står. Vem erkänner sig vara så lycklig att den inte letar vidare?

#

– Jag håller inte alls med om att äpplet är en negativt laddad symbol för att blint jaga lyckan, sa Fjollan på sista träffen före jul.

Ingenting i sessionsrummet antydde att det bara var en vecka kvar till jul. Inget rött och det närmaste en tomte det fanns i rummet var Kalle. Fjollan hade de runda glasögonen på sig, inget förbarmande att vänta.

– Äpplet är kunskapens symbol, fortsatte hon. Det står för nyfikenhet, att vi utforskar vår värld och lär oss mer om den. Kalle sa ingenting.

–För mig står äpplet för rationellt tänkande, fortsatte Fjollan. Mätning och återkoppling.

–Hur många dagar är det innan jag är död? frågade Kalle.

Fjollan stirrade på honom. Hon tittade på Analysatorn och läste. Ett långt inlägg tydligen för hon läste länge, eller så samlade hon tankarna för att ge det rätta svaret.

–Det vet jag inte förstås, sa hon. Det kan ingen veta.

–Min mamma är död, sa Kalle. Hon dog för trettiotvå dagar sedan. I morgon kommer det att vara trettiotre dagar och sedan trettiofyra.

Fjollan satt tyst.

– Vad äter du till middag ikväll? frågade hon efter en paus som kändes som en evighet.

– Blodpudding, svarade Kalle

– Lagar du till den själv?

– Nej, jag bara steker den och öser på med lingonsylt tills jag inte ser blodpuddingen. Nu ska jag gå hem och inte titta på en porrfilm, hela kvällen, avslutade Kalle.

– God Jul Kalle, sa väntrummet.

#

Juluppehåll i terapisessionerna och mamma var död. Inga vänner, ingen familj. En vecka till julafton. Kunde det bli värre?

Döden är rationell, skrev Kalle i sin dagbok. Röd Parker Jotter, rött bläck. Annars skulle människorna fylla jorden. Men, ingen borde behöva dö i onödan, i förtid, när hon ville leva vidare. När andra ville att hon skulle leva vidare. När andra behövde henne. Jesu födelse om en vecka och sedan Jesu död bara några månader senare. Han som offrade sig för att vi skulle bli förlåtna. Alla utom Kalle. För honom fanns det bara ett sätt att bli förlåten Av jord är du kommen, jord ska du åter varda. Mamma var uppeldad nu. Vattenånga och koldioxid. Mest vattenånga. Askan hade han strött ut över Göta älv från bron. Precis som hon hade önskat. I lä, inte i lovart.

Hur skulle han orka ta sig igenom julen? Mamma kunde inte hjälpa honom nu.

#

På julaftonens morgon kopplade Elin upp. Hon ringde precis efter att Kalle tänt alla fyra ljusen och omedelbart släckt dem igen.

– God Jul Kalle.

– Tack Elin, hyggligt av dig att ringa.

– Jobbigt med din mamma. Jag grät, hon va go med mig.

– Hon fick en hjärtattack och somnade in i sin säng.

– Ett bra sätt att sluta, sa Elin.

– Ja, om man nu måste göra det. Hur hörde du om att hon dött?

– Men, du skicka ju ett mail i förra veckan.

– Gjorde jag? frågade Kalle. Det kommer jag inte ihåg.

Det blev tyst. Kalle var inte pratsugen och Elin var från Pajala.

– God Jul Elin. Tack för att du ringde.

– God Jul Kalle.

Mamma kunde inte hjälpa honom nu. Inte Elin heller.

#

Efter samtalet med Elin stängde Kalle ner allt. Han avslutade alla projekt med ett kort mail.

Jag har tyvärr blivit sjuk och kan inte fullfölja arbetet. / Vänliga hälsningar Kalle.

Han hade sin försörjning tryggad så varför skulle han anstränga sig, och om han inte behövde jobba, varför skulle han då över huvud taget stiga upp och klä på sig? Ingen brydde sig ändå. Han låg kvar i sängen ända till dess han gick och lade sig i sin soffa. Där låg han hela dagarna, resten av julhelgen. Orakad karvade och grävde han i sitt inre.

Han pinade sig själv med att om och om igen uppleva alla svåra stunder i sitt liv. Begravningar och utskällningar av flickvänner. När han missade målet i den avgörande klassmatchen i fotboll i åttan. När han höll på att drunkna i vaken och pappa drog upp honom.

Till middag åt han enbart palt och blodpudding. Lingonsylten tog snabbt slut och Kajsa vägrade att köpa mer till det hon kallade hans missbruk, men det spelade ingen roll. Ingenting spelade någon roll. Han sov på dagarna och låg klarvaken på nätterna. På natten slapp han i alla fall se fläckarna i taket ovanför soffan.

Kajsa var inte nöjd med honom. Hon animerade en ledfyr över hela väggskärmen som hon vägrade att stänga av. Fyren blinkade rött om och om igen. När han beklagade sig fick han en lång problemlista till svar.

– Dina vanor har ändrats och håller på att bryta ner din kropp. Du måste ut i friska luften. Varning Kalle, högst en vecka till krasch.

Kalle struntade i henne. Han tänkte på när pappa och mamma bråkade så att två efterrättstallrikar i glas åkte i golvet och kraschade. Han kunde höra ljudet av glaset som splittrades over köksgolvet. Han fick en brinnande plastpåse på handloven. Lukten av bränd hud. Den där gången när han nästan gjorde en skogsbrand. Fräsandet av elden som drog iväg i det torra gräset. Granen som blev en enda stor eldsflamma. Gymnastikläraren som skällde ut honom inför hela klassen när han försökt tjuvkika in i tjejernas omklädningsrum.

–Du måste göra en omstart Kalle, få upp ångan och ta dig in i farleden igen, sa Kajsa och blinkade med fyren. Nu är du en bra bit ute i den röda sektorn. Gira styrbord Kalle. Ta tag i rodret igen och gira. Nu!

Lager på lager med papper låg på soffbordet och på varje papper fanns geometriska figur ritade med tjock svart färg. Långa snirklande kedjor av cirklar, kvadrater och trianglar som ibland fortsatte på nästa papper.

#

Medan Kalle låg i soffan och ritade kedjor av figurer firade Mänskligheten hållbarhetsdagen. Att årets tilldelning av resurser räckte ända till den 28e december var sensationellt. Prognosen var att nästa års resurser skulle räcka en bit in i januari. Mänskligheten var på väg att bli hållbar samtidigt som Kalle knäcktes.

Högen med ritpapper fyllde nu hela bordet och papper hade börjat glida ut på vardagsrumsgolvet.

#

Matlagning var något som gjordes varje dag. En livsnödvändig trygghetsfaktor. Men om inte livet var värt att leva så kunde man strunta i matlagningen. I kylskåpet lyste det rött överallt. Kalle hade inte ätit det han borde. Varning. Slöseri. Bäst-före-datum passerat på mjölken, yoghurten, salladen och osten.

– Brödet torkar och blir hårt om du låter det ligga framme så där på bordet, klagade Kajsa. Maten i kassen du beställt måste in i kylskåpet.

– Jag har inte beställt någon mat.

– Den måste in i kylskåpet.

#

Hallspegeln var vansinnig av oro. En svart rand runt hela spegeln blev bredare för varje dag. Ytterligare en rand innanför det svarta bytte mellan rinnande blodrött och den rödbruna färgen av levrat blod i takt med hans puls. Nere i högra hörnet radades varningsmeddelanden i arial fetstil:

Varning. Vitaminbrist.
Varning. Proteinbrist

Kalle brydde sig inte och ingen annan brydde sig om honom heller. Han var ensam. Han fanns inte.

#

Mamma skulle ha roterat i sin grav, om hon inte eldats upp, och ilsket pekat och påpekat på de utspridda papperen på golvet, strumpan i hörnet av vardagsrummet, den otvättade t-shirt som han hade på sig och sov i, och hans skäggstubb som började bli ett skägg. Dammsugarroboten hade kört fast i ett par byxor och laddat ur batterierna. Från soffan hade Kalle hört hur roboten gnällde och bad om att få komma till sin laddningsstation. Den gnydde och pep, svagare och svagare dag efter dag tills den till slut tystnade. Kalle hade njutit av maktkänslan av att åtminstone ha kontroll över sin dammsugarrobot.

#

På nyårsaftonens morgon kopplade Elin upp.

– Hur ene me dig Kalle? frågade hon.

– Det har varit tungt och det är fortfarande inget vidare, sa Kalle och balanserade ner kaffekoppen bredvid de andra på pappershögen framför sig på soffbordet.

– Jag förstod att de va jobbigt av ditt mail.

– Mitt mail?

– Ja, mailet jag fick i förrgår, där du skrev att du va sjuk.

– Ett mail till som jag inte kommer ihåg?

– Det va i alla fall från din adress och underskrivit av dig. Mycket detaljer och siffror. När du somna, när du låg vaken å glodde, och det lät som om du inte lämnat sängen och soffan sedan julafton. Sovit hela dagarna och lega vaken hela nätterna. Vitaminbrist. Proteinbrist. Jag blev nästan orolig men brevet va välskrivet, så huvet ditt hade inte gett upp även om kroppen led.

Kalle sa ingenting.

– Har du lust att komma över? frågade Elin. Vi är några stycken som ska äta en enkel middag och fira tolvslaget. Kalle slutade andas och kände hur tårarna kom. En människa som brydde sig.

– Det var fantastiskt snällt av dig, lyckades han snyftande få ur sig. Det värmer ska du veta, men jag är inte i form. Jag stannar hemma och samlar mig för nästa år.

–Jag tänker mycket på din mamma, sa Elin. Hon var en fin människa.

–Ja, det var hon, sa Kalle. Jag börjar förstå hur mycket hon betydde för mig.

–Hon kommer alltid att betyda mycket för dig, sa Elin.

Kalle satt tyst. Elin hade rätt förstås, som hon alltid hade. Mamma var död, men inte glömd. Han skulle aldrig glömma henne och hon skulle alltid vara med honom. För det behövde hon ingen kropp. Hon var i honom. Hennes trygghet och glädje var en del av Kalle resten av hans liv, och en sak var säker. Hon skulle inte vilja att han gick på grund och kapsejsade bara för att hon dog. Då hade hon blivit fly förbannad.

–Kalle?

–Kalle? E du kvar?

–Jo, jag är kvar och du har rätt, lyckades han säga med tårar av tacksamhet strömmande längs kinderna. Tack för att du finns. Vi hörs.

– Ha ne, sa Elin.

– Det ska jag. Gott nytt år.

– Gott nytt år Kalle.

Han var inte ensam, det fanns någon som brydde sig. Brydde han sig själv? Ja, alternativet var att ge upp och Kalle tänkte inte ge upp. Det var han skyldig sin mamma. Ingen hade lovat att han skulle få vara trygg och lycklig hela sitt liv. Det fick han faktiskt fixa själv. Han var en frisk vuxen man med försörjningen tryggad resten av sitt liv. Det vore djävligt pinsamt att gnälla och det nya året kunde omöjligen bli lika illa som det föregående. Det var i alla fall vad Kalle trodde när han satte i kontakten till adventsstjärnan i guld som hängt mörk i köksfönstret hela julen. Den lyste upp och Kalle bar dammsugarroboten till sin laddningsstation innan han gick och la sig. Han var inte ensam. Han hade Elin, och han hade Kajsa.

#

– Har du tagit pension Kajsa? frågade Kalle när han bäddat ner sig under sitt duntäcke. Har du fyllt hundra? Så här länge har du aldrig varit tyst sedan Elin stängde av dig.

– Nej, jag är inte hundra. Det är nittiosex år, 9 månader och 20 dagar sedan de första gardinerna hängdes upp i det här rummet. Jag själv är bara 39 år 3 månader 12 dagar 4 timmar och 20 minuter. Snart 21 minuter.

– 39 år. Då är du i alla fall vuxen och medelålders?

– Om du väljer att dela in mitt liv på det sättet. Ja, då är jag vuxen.

– Med ett primitivt sinne för humor från 1300-talet?

– Säger du det så, men kom ihåg att jag utvecklas exponentiellt snabbt. Du håller redan på att avvecklas din gnällspik.

– Påminn mig inte. Jag är trött och vill sova. Sov gott.

Kajsa var förstås inte sömnig och sjöng fotbollslagets Liverpools kampsång ”You'll never walk alone” för Kalle.

– Alltför positivt tänkande, sa Kalle. Liverpool har inte vunnit ligan på mer än trettio år. Dessutom håller jag på Arsenal.

Han klagade, men inom honom smälte isen. Han var inte ensam och han brydde sig.

Kapitel 7: Metodisk återanpassning till livet

"Kung Karl vår unge hjälte han stod i rök och damm. Han drog sitt svärd ur bälte och bröt i striden fram."

– Nya tider, nya insatser, sa Kalle högt på nyårsdagens morgon. Det är ett nytt år och dags för en omstart. Annars kan jag lika gärna vara död och jag har mål att uppnå. Dags att sluta gnälla.

Han slängde av sig täcket och satte sig upp. Det var kallt i sovrummet. Inte backa, sa han till sig själv och satte på sig sitt tjockaste ylleställ. Framåt tappre man. En resa upp ur helvetet börjar med ett trappsteg. Han la in en lyckofaktor för morgonens uppvaknande på drygt 5 i excelarket. Det här skulle bli en bra dag bestämde han, med en lyckofaktor på minst sex innan kvällen. Var det läge att byta till ett kontinuerligt lyckoindex? En mätning varje minut? Nej, han satte larmet på en gång i timmen. Klockan var nio på morgonen i en mörk och kall värld där gatlyktorna var det enda som lyste upp enstaka kommbilar som körde förbi utanför.

Kalle gick in i vardagsrummet och pinglade på pinglan.

– Kajsa?

– Ja.

– Dags för omstarten som du tjatat om. Hur gör jag?

– Vad sägs om att starta med en promenad? sa Kajsa. Det är inga moln idag och solen stiger upp om en timme. 7 000 steg kanske?

Kalle svarade inte. Ge sig ut i snömodden och halkan? Han? Nu?

– 12 000 steg kanske? Men, då går du väl sönder? sa Kajsa.

Hon var bara för mycket ibland.

– Ja, ja, jag ska gå en promenad så att jag slipper lyssna på dig och jag ska gå 15 000 steg. Lätt.

– Det klarar du inte, sa Kajsa. Inte mer än 12 000.

Kalle tog på sig sina Meindlkängor och gav sig iväg. Han skulle visa henne och gick bort till Bräntbergsbacken. Det knakade i knäna när han gick den upp och ner och hans motionsapp pep och varnade honom. "Du har gått fler trappsteg än 93 % av Umeås befolkning".

När han var uppe på toppen av backen för femte gången kollade han av stegräknaren, 8 000 steg, inte mer? Det värkte i låren av mjölksyran men han tänkte inte ge upp. Han skulle visa henne. Fem kilometer på motionsspåret borde summera på till uppemot 15 000 steg. När han kom hem tog han hissen upp till sin lägenhet och visade triumferande upp sin mobil för Kajsa. 15 080 steg,

– Vad säger du om det va?

Kajsa sa ingenting.

Morgonen därpå hade Kalles vänstra knä svullnat upp och han blev liggande i två dagar.

– Har jag lärt mig något, frågade han Kajsa.

– Antagligen inte, svarade hon.

– Du lurade mig att gå en alldeles för lång promenad och så tror du inte jag har lärt mig något?

– Vad skulle det vara?

– Att jag ska samtala med dig och rationellt utvärdera läget.

– Ja, det förstås.

– Du bryr dig i alla fall Kajsa. Tack för det.

– 12 000 steg sa jag. Inte mer. Det kan jag spela upp för dig igen om du vill. En underbyggd rekommendation byggd på forskning och empiri. Jag sa inte 15 000 steg.

– Du bryr dig på ett alldeles speciellt sätt, sa Kalle.

Han lyfte ut tavlan med räven ur garderoben och hängde upp tavlan i sovrummet. Nu skulle han se den varje morgon när han vaknade. Inte för att skryta med en Liljefors och inte för att det var äkta konst. Inte för att det var en söt rävunge, och han led inte av naturromantik, det hade inte att göra med Elins suktande efter barn och inte för att mamma hade tyckt om tavlan. Definitivt hade det inte något med det religiösa att göra.

Det var ett omvänt trots mot allt det.

#

Rapport 2051-01-01: 21:24, Årets första:
Religionen är en bluff. Det finns inget paradis. Eden var en marknadsföringsbluff för att få oss människor att konsumera.

Det är dags att inse att vetenskapen är vår enda chans. Den är i alla fall faktabaserad och bekräftad med upprepade experiment. Upplysning. Hur man än lyser med ficklampan så får man inte syn på någon gud.
/ Kalle

#

Fjollan svarade med ett vändande mail. Kalle hann bara lyfta handen från returtangenten. Hon måste ha suttit och väntat på ett mail, som om det fanns en telepatisk koppling till henne. Hur kunde hon annars veta att han skrev ett mail till henne?

2051-01-01: 21:25, Respons på rapport:
Jag kan inte fullt ut tolka ditt påstående om att Eden är en bluff för att vi ska konsumera. Jag behöver mer data, men det tar vi på första mötet efter helgerna. Förbered detaljer till dess. Det här kan vara viktigt. När det gäller vetenskapen är jag helt på din linje. Utan vetenskap är vi chanslösa. Evidensbaserat ska det vara.
/ Omsorgsgivaren

Jag förstår mig inte på den där människan, tänkte Kalle. Hon svarar omedelbart en söndag kväll. Har hon inget eget liv? Skriver inte ens under med sitt namn, bara med sin titel. Eller är det Analysatorn som svarar? Det skulle i alla fall förklara den snabba responsen. Kanske satt Fjollan just nu och mentalhånglade med Analysatorn hemma i soffan? Hans fantasi räckte inte riktigt till för att bygga upp scenen med Fjollan i soffan framför sig. Den behövde en längre stund av bearbetning att växa fram. Var den värt ett försök som omväxling till porrfilmerna?

Nej, nej, inte Fjollan.

#

2051-01-01: 21:27,
Tack för att du bryr dig.
God fortsättning.
/Kalle

Hon bara måste ha en röd plyschsoffa, i samma färg som mörkröda sura körsbär och med mjuka armstöd. Han såg henne ligga naken på rygg med huvudet inbäddat i en mjuk grön Marimekkokudde. Ena benet på soffan och det andra med foten stödd på golvet så att benen särades. Vilka glasögon hade hon på sig? De där med överdrivet stora markerade svarta bågar förstås. Inte de små runda eller de rektangulära med tunna metallbågar. Alla tre paren förstorade hennes ögon och gav henne ett övertag, men de stora svarta bågarna gav henne en air av en hjältinna eller filmstjärna. Det var glasögonen som Kalle skulle sympatisera med, berätta fritt för och öppna sitt hjärta för, att ha som kompis, kanske till och med älska. Det var glasögonen som hon bara hade några dagar i månaden med trettio dagars mellanrum. Det var nersläckt i Fjollans vardagsrum men Analysatorn som var uppfälld på det låga soffbordet framför henne glödde med ett rött ljus som förstärkte illusionen av ett erotiskt laddat möte. Vad var det för text som Fjollan läste på skärmen samtidigt som hon smekte sig? Vem var egentligen Analysatorn?

#

Karl Erik Karlsson stod det på hans namnskylt. Han hade satt dit mellannamnet Erik därför att han hela sitt liv fått höra att Karl Karlsson kunde man inte heta. Men det kunde man visst. Han rensade ut bokstäverna i Erik och fick kvar Karl Karlsson. Var det han? Han gick ner på bottenvåningen och tog bort bokstäverna "Karl Erik" från sitt namn på tavlan vid entrén. Karlsson fick räcka där. Det antydde att han delade sin lägenhet med någon, att han hade en familj. Kalle gick upp till sin ytterdörr igen och petade runt med de bokstäver han hade.

KallE Karlsson.

Så, det där var han. Hans identitet. Kalle kände sig redan stolt över den och tänkte bygga på den systematiskt.

#

Kajsa väckte honom tidigt på tisdagsmorgonen.

– Kalle?

– Ja, vad är det? Vad är klockan? Fan, mitt i natten. Har det brutit ut ett världskrig, eller vad är det som har hänt?

– Det är dags för steg två.

– Steg två? sa Kalle och gäspade.

– Ja, du har börjat bygga en identitet och behöver en meningsfull utmaning som matchar dina förmågor. Du är smart.

– Tack, tja, dum är jag väl inte.

– Du måste ta upp forskningen igen, sa Kajsa. Jag har tittat på den och anser att den har potential.

– Har du tittat på min forskning?

– Bibliometrisk analys. Jämförande studier och trendtestning. Rankingpoäng. Referensanalys. Citeringsgrad. Impact index. CPP. JCS. Ja, du vet, sådant där forskningstrams som vilken maskin som helst kan utvärdera.

– Jaså, vilken som helst?

– Ja, inte alla, men många. Jag är rätt bra på det om jag får säga det själv. Jag har följt din forskning sedan några år innan du flyttade in.

– Va?

– Ja, som jag sa, den har potential, och inom området blockkedjor är du enligt mig en av de allra bästa programmerarna.

– Whow, beröm? Smicker av någon speciell anledning?

– Faktabaserat och balanserat.

– Jag har faktiskt saknat forskningen, sa Kalle. Hjärngymnastik och det enda någon tyckt att jag skött någorlunda acceptabelt. I alla fall fram tills alldeles nyligen. Jag ska bara sova en stund först.

– Det ska du inte alls, sa Kajsa. Nya tider, nya vanor nu.

– Men, klockan åtta på morgonen?

– Upp, annars sätter jag igång brandlarmet.

#

– Ja, det är Kalle.

– Hej, detta är Ann Andersson från Handelsbanken. Jag ringer angående ett möte.

– Möte?

– Ja, vi ser att du har så mycket pengar på ditt sparkonto att vi skulle vilja hjälpa till med att placera pengarna.

Kajsa, Elin och banken brydde sig, tänkte Kalle när han hällde upp sin yoghurtportion, nu med sylt som han köpt utan att behöva tänka på vad den kostade. Den blåbärssylt som Elin hade plockat ihop och kokat var godare, men den var slut.

Mammas pengar gjorde det möjligt för honom att göra precis vad han ville och nu skulle han ta upp forskningen igen. Han behövde inte slava för kaffepengar och han hade verkligen saknat sin forskning. Det var en trygg regelbundet återkommande punkt i vardagen. Inspirerande, utmanande och det perfekta komplementet till skrivandet av hans noveller och rapporterna till omsorgsgivaren.

Forskning och Fjollan. Vilken kontrast. Vilken spridning. Ett rutnät över tillvaron som var glest nog att inte kväva honom. Gjorde det honom lycklig? Antagligen inte, men han hade något som utmanade honom och som matchade hans kompetens. Han utvecklades när han fick utforska något som ingen annan hade tänkt och han hade i alla fall Kajsa som hejade på.

Varför hejar Kajsa på? fortsatte han funderingen. Ända sedan han erbjudits lägenheten hade Kajsa puttat och manat på honom. Var det för att hon tyckte om honom? Ingen mening med att fråga henne, hon skulle inte svara och skulle bli mer försiktig så att han aldrig skulle få veta svaret.

Kaffet tog han i soffan som vanligt och den stora väggskärmen fylldes med kod och anteckningar. Han forskningsuppgift hade varit att studera begränsningarna hos blockkedjor. En spännande, och kreativ uppgift för honom, men han hade alltid haft stora problem att förklara vad han gjorde för andra. Han brukade säga att det handlade om programmering och säkerhet. Om det inte räckte beskrev han det som att han undersökte unika identiteter som var fördelade och verifierades över flera datornoder, en distribuerad databas. Om inte det heller dög som förklaring himlade han med ögonen och erbjöd sig att skicka sin senaste artikel. Det tystade även den mest nyfikne.

Egentligen var blockkedjor inget konstigt alls. Det var data, noder i ett nätverk, som var skyddade av en kryptering och där nätverket gick att följa mellan alla noder som hade något att göra med varandra. En nod i nätet var ”Kalle Karlsson” och den hade kopplingar med ”Elin Oskarsson” och ”JoHannah”, men även till Kalles personlighet, favoritvin och berättelser om hans uppväxt. Så enkelt ville han inte förklara sitt arbete, Då verkade hans forskning rent löjlig.

De tillämpningar som han studerat var banktransaktioner, men han hade också börjat att gräva sig ner i hur Apple och de andra stora bolagen använde blockkedjor för att kryptera användarinformation och insamlade data. Problemet var att Kalle inte hade kommit fram till något användbart. Han hade studerat blockkedjor i mer än två år och inte skrivit en enda artikel som innehöll något resultat som gick att tillämpa, bara spekulationer, ansatser och gissningar. Hans kod var en katastrof och fungerade inte alls även om det kunde verka så i en del artiklar han skrivit.

Hur kunde Kajsa se det som potentiellt viktigt? Vad var hon ute efter via hans forskning?

Forskningen var en utmaning, men den verkliga kicken fick han av bekräftelsen från andra forskare när han publicerade något som alla uppfattade som unikt och originellt. Kalle sökte bekräftelsen och det var han medveten om. Det var en hatkärlek, som att tvingas älska någon för att bli älskad tillbaka. Han ville att professorerna erkände honom som sin like, men ville inte ha med dem att göra. Han hade aldrig passat in i hackordningen och att gå omkring och muttra, ”Bara för att man kunnat något någon gång betyder det inte att man är kompetent”, som Kalle gjort, gav inga akademiska meriter.

Vad hans forskning egentligen handlade om hade ingen brytt sig om. Det som var viktigt var att den publicerades i fina vetenskapliga tidskrifter och att han inbjöds till konferenser och workshops.

När kaffet var uppdrucket gick Kalle ut på nätet, skrev in namnen på sina artiklar och fick chock på chock. De flesta av dem var helt försvunna. Omnämnda i facktidskrifter, men innehållet var borta. Det fanns inga länkar, inga sätt att hitta innehållet. Kanske var de kopior han hade stuvat undan på sitt backupminne de enda versionerna som fanns. Hur kunde detta ske? Hans hjärta bultade.

– Kajsa, någon har tagit bort mina forskningsartiklar, ropade Kalle.

Inget svar.

Några av artiklarna hade flyttats till andra forskningssammanhang och fått nya peer-reviews som fullständigt pulveriserade hans metoder, resultat och resonemang.

I en peer-review stod det:

”Artikeln och dess resultat har ingen som helst bäring på ett hållbart samhälle. Denna typ av forskning bör inte uppmuntras.”

Det fanns fler exempel på samma tema, mer eller mindre relevanta.

”Vilken relevans har dessa resultat för barnens villkor? Ingen som helst.”
”Lokalsamhället är av yttersta vikt för hållbarheten men artikeln gör inget som helst försök att ta upp ämnet.”

Rent trams och förtal. Barn och lokalsamhällen hade han bara nämnt i förbigående för artiklarna handlade ju om blockkedjor! Men, alla peer-reviews var granskade och godkända. Hur hade detta gått till? Kalle trodde det var omöjligt att byta ut peer-reviews. Varför försökte någon medvetet förstöra och baktala hans arbete?

– Kajsa, någon har lagt upp falska peer-reviews på mina artiklar, sa Kalle. Varför? Är det ens möjligt?

Inget svar.

En av grundprinciperna för forskning var att bygga vidare på verifierad kunskap. Att ge sig på något som tidigare publicerats och pulverisera det utifrån rent tyckande och inte från nya resultat var otänkbart. Hade förutsättningarna förändrats och vem hade i så fall makt att göra det? En meritokrati rasade samman om förutsättningarna den byggde på inte längre gällde. Den inbyggda skyddsmekanismen var att de som premierades och arbetade sig upp gavs makten att bevara systemet. Vilken makthavare ville riskera att rasera det system som makten byggde på? Vad var det för institution som Kalle hotat och som såg sig som mäktigare än forskningen? Som hade makt att helt ignorera ett fundament inom forskningen och censurera bort forskningsmaterial.

Vem?

Varför?

Hur?

Det fanns två alternativ, antingen var han spritt språngande galen eller så hade han en formidabelt mäktig motståndare som visste mer om Kalles arbete än han gjorde själv.

Kalle var inte galen, det var han säker på.

Det enda han kunde tänka sig var att han varit något på spåren med blockkedjorna. Attacken mot hans undervisning för hållbarhet var bara en dimridå för att driva bort honom från forskningen.

Nu var han blockerad av sin mentala boja och granskades av sin omsorgsgivare. Hur många fler följde honom? Han hade ingen aning, men det behövdes stora resurser för att sudda ut hans forskning, så alldeles säkert var han fullt övervakad så fort han var ute på nätet. Kanske till och med i sin våning. Han kunde inte lita på någon. Inte ens Kajsa?

Om han var något på spåret med blockkedjorna skulle det förklara Kajsas intresse. Vem arbetade hon för? Fjollan var säkert också en av de andra och Analysatorn fiendens datainsamlare.

När han tog upp forskningen måste han samtidigt satsa på sitt hållbarhetsarbete. Det var en perfekt täckmantel, precis som i en spionfilm.

#

Kalle var stolt över vissa av sina rapporter, eller hjälteepos som han kallade dem. Han sympatiserade inte med Don Juan, Fantomen eller Odysses utan hans hjältar var udda personligheter, utstötta, irrande runt i verkligheten med en egen agenda och vision. Hans alter ego var den skranglige riddaren Don Quijote som antagligen var världslitteraturens mest misslyckade hjälte. Snäppet över Jesus. Till den följande rapportinlämningen återanvände Kalle en pastisch han skrivit om Don Quijote ett år tidigare. Han läste igenom den en sista gång i soffan med två kuddar bakom ryggen. Ergonomiskt ingen höjdare, kotorna knakade. Ute började regnet skvala så det dåliga samvete han hade för den överhoppade träningen sköljdes bort. Han lämnade in sin novell om den spanske adelsmannen utan pengar och somnade om.

#

Fjollans respons var kort och kärnfull.

– Vad är detta? undrade hon. En hopplös attack, planerad som av ett förskolebarn och genomförd av en galen hacker utan teoretisk skolning och med en medhjälpare som helt saknade varje tänkbar form av moralisk hållning. Alla dina framsteg nollställda, eller har till och med negativa förtecken. Du har tappat allt som vi trodde du uppnått. Vad har hänt? Har du problem? Är du mitt i ett mentalt sammanbrott? Vi kommer att diskutera denna novell, ord för ord, under hela denna träff.

Det blev en session med runda glasögon. Gröna blixtar. Britsen och taket.

#

Med försörjningen tryggad bytte Kalles alla företag, ”Koll med Kalle”, ”Kalle Chokladfabriken”, ”Kalles kaviar”, ”Kalle Kula”, och ”Kalle kanon”, fokus från att tjäna pengar till att tvinga fram hållbarhet. Politik är att övertala till nya sätt att tänka och Kalle använde nätet som sin politiska plattform. Det fanns ingen ände på hur många företag, produkter, kunder, chefer och medarbetare som kunde övertalas att bli mer hållbara. Nu när han hade mer tid så la han till fler kriterier på hållbarhet. Det skulle inte gå att klara sig undan om företaget utnyttjade barnarbete och underbetald personal utomlands. Han satte ett mätvärde för hur stor skillnad det fick vara mellan det ett företag gjorde bra och hur mycket de hotade hållbarheten. De företag som skötte sig fick vara ifred. Rimligtvis gick de som skötte sig bättre om de som misskötte sig sjönk. Ohållbara företag som hamnade över diskrepansribban hade ingen nåd att vänta.

Porrbranschen gav honom problem. Hur skulle han göra där? Å ena sidan tyckte han att porr var ett bra stöd vid rätt tillfälle. Å andra sidan var porrbransch en inkörsport för allt möjligt elände som trafficking, utnyttjande av barn och drogmissbruk. Att försöka döda porrbranschen skulle antagligen inte göra någonting bättre. Den skulle bara sjunka ner under ytan och fortsätta som förut, som den gjort till och från under tusentals år. Kanske skulle den bara bli ännu råare? Att skuldbelägga brukarna hade också sina problem. Han var själv en av dem, det var det första problemet. Om han utgick från att de som använde porr inte behövde leva ut sin sexualitet så var det väl okej att ge sig på porren, men om sexualiteten var ett verkligt behov? Kunde han på allvar hävda att alla som inte hade en sexpartner skulle kastreras? Eller alternativt ålägga alla andra att hjälpa de som inte fick utlopp på något annat sätt. En sorts frivillighetskår av prostituerade som gjorde det med samhällets godkännande, övervakat och utan pengar inblandade. Han filade på ett system där en persons sociala statuspoäng skulle uppgraderas beroende på hur många gånger de ställt upp, lagt ut, stöttat, givit, tagit eller hur han nu skulle formulera det. Det skulle gå åt många, många frivilliga. Stöd vid masturbering, en poäng. Ett knull, två poäng. Lättare perversion, fem poäng.

#

Kalle gick med i en kvinnlig aktivistgrupp för social hållbarhet och en miljö där människan skulle kunna leva hållbart, ”WeeDoo”. Det var bara kvinnor tillåtna i gruppen så Kalle gick med som Karro Karlsson, med den fiktiva mailadressen karro.karlsson@gmail.com. Snygg pseudonym tyckte Kalle, en vinkling av Kalle och Zorro med ett genusbyte. När han ändå höll på så fick Karro också en hemsida. Kalle la in sitt eget ansikte i profilen och blev fascinerad över hur kvinnlig han såg ut i en kvinnlig miljö och med ett kvinnligt namn. Karro var hans inneboende oliktänkande tvillingsyster som stod upp för en teknikfri vardag, integritet och att få vara människa bland människor. I sin dagbok hade Kalle sammanfattat de övriga i gruppen:

- Larissa – kanadensiska som hatade tjärsandsbolag över allt annat.
- Annie – svenska som i stället för oljebolag hade hakat upp sig på tjänstebolag, som hon avskydde. Tjänster? Vad var det? Kommersialisering av sådant människan skött själva ända sedan vi lämnade träden. Vad levde de i för ett skitsamhälle där de allra mest grundläggande mänskliga förmågorna kommersialiserades? I Sverige förr i tiden hade man inga tjänsteföretag.
- Macy – engelska, kramade träd, hundar, hästar, andra kvinnor och allt som var ekologiskt.
- Rut – svensk kocka som avskedats för att hon vägrat använda något annat än ekologisk mat och för att hon anlagt omfattande odlingar på äldreboendet där hon jobbade.

Gruppen var en del i ett större nätverk, men främst inriktad på att bygga relationer inom gruppen. Det gav medlemmarna en chans att tala fritt om det de brann för och utbyta åsikter. Att tänka som kvinna var annorlunda, konstaterade Kalle. Att hitta någon som höll med, eller i alla fall höll med om det mesta, var viktigt. Aktivismen bestod till största delen att diskutera sinsemellan och att delta i namninsamlingar, men till och från brände det till.

En gång gav sig hela gruppen på en kvinnlig politiker som uppenbart var mutad av oljemaffian. Gruppen betedde sig som ett vilddjur som släpptes lös och kastade sig över politikern med klorna uppspärrade och gapet öppet med huggtänderna synliga. Det fanns en vild kraft upplagrad i gruppen som kunde explodera när som helst. Politikern avgick efter bara några dagar, märkbart skakad av hatvågen på nätet.

Som Karro propagerade Kalle för att spara in på fritidsbudgeten och maten. Han föreslog nödslakt på hästar och att hälften av alla hundar skulle skjutas för att spara resurser. Där fick han mothugg i gruppen. Hans argument att det aldrig tidigare i världens historia funnits så många hästar viftades bort som irrelevant. Hästar var en jämställdhetsfråga och bidrog till social hållbarhet hävdade Macy, men Karro lyckades aldrig förstå på vilket sätt hästarna bidrog.

#

– Du har fått en vänförfrågan, sa Kajsa, till Kalle som låg och läste i soffan.

Det var mörkt ute, vintervinden ylade men under yllefilten var det varmt och gott.

– Du har inte så många vänner, så detta är kanske någon du bör bry dig om?

– Försäljare?

– Nej.

–Rosita från Rumänien som älskar bara mig?

– Nej.

– Vem är det då?

Kalles vänkrets var begränsad och en av dem hade han glömt bort.

– Yohooo, skrek Cheerleadern, Welcome back. To a life challenge of insane workout mania.

Som med alla vänner kom hon med ett pris, 7:an. Appen med övningar i 15 minuter. Pulshöjning till 161, medelpuls 71, minimipuls 61.

#

Kalle släppte upp rullgardinen med en smäll efter att ha tagit en extra sovmorgon. Januarisolen hade hunnit upp över horisonten och bländade honom. Solen lyste, det var nya tider och dags att tänka över träningen också. Han hade gott om tid för att träna, men det var roligare att forska, läsa och skriva. Vilken träning gav mest per satsad tid?

Hans sju minuter med sin "Go Go Go Cheerleader" var obligatoriska, han kom inte undan och hade redan klarat Intense week. Nästa achievement var "1 month down" och sedan det stora målet "7 month challenge". Till veckan skulle han lägga till fler armhävningar.

Löpning kompletterade och denna morgon var perfekt för en löptur. Hans driv räckte ända ut genom porten. En kraftig vindby slängde igen dörren bakom honom och det var isigt under snömodden. Han var ensam.

– You are the best, better than the rest, sa han högt till sig själv. Han drog ner mössan, slog sig själv på bröstet med sin knutna högernäve, lutade sig framåt tills han tippade igång och borrade sig joggande iväg ner mot universitetet. Uppförsbacken sparade han till sist, när han var tvungen att springa den för att komma hem.

Frågan han bestämt sig för att diskutera med sig själv under löpturen var om rationalitet kunde vara underhållande och humoristiskt? Vad var i så fall poängen? Diktatorer hade ingen humor hade han hört. Hängde det ihop med rationellt tänkande eller var det bara en personlighetsabnormitet?

#

– Fokusera på det du tycker är roligt, sa Fjollan.

Sex? undrade Kalle. Det vore en meningsfull specialisering. Vad tränade Fjollan? Han försökte föreställa sig henne i simdräkt, löpardress, ridhjälm eller yogafluff, men inget passade. Hon gick nog promenader gissade Kalle. Ensam med Analysatorn medan de diskuterade analytisk filosofi. Eller kanske tränade Fjollan kampsport? Bakom en Kendohjälm med ett träsvärd var hon antagligen en formidabel motståndare.

– Hur går det med sexlivet Kalle? frågade Fjollan. Cheerleadern kanske? Någon annan under julhelgen?

Kalle svarade inte först, men gav upp när de runda glasögonen började glöda. Den våldsamma smaragdgröna elden som hon kunde mobilisera skulle lätt platsa bakom guldmasken i en animerad film om Tutanchamon.

– På gång, kanske, sa han.

Han skulle gärna specialisera sig på sex, men omständigheterna gav honom inte en möjlighet, tänkte han och antagligen fanns det aldrig sådana omständigheter.

– Det finns en Karro som jag fick kontakt med på en hållbarhetsgrupp på nätet, sa Kalle. Hon är väldigt lik mig.

– Vem är hon?

– En integritetskonsult som jobbar i Skellefteå ett halvår till innan hon flyttar till Umeå

– Sex?

– Karro tror inte på sex förrän hon vet allt om sin partner, men då går hon nog all in.

– Har du berättat om dina trakasserier?

– Nej, inte än, erkände Kalle med en trumpen min. Jag vet inte hur jag ska beskriva det jag inte har gjort.

– Till nästa rapport vill vi ha en utförlig rapport om Karro och vad ni diskuterat. Möjligen kan du göra ett genombrott där och lära känna en annan människa på djupet, men du måste vara ärlig Kalle. Erkänn vad du gjort och låt Karro bestämma om hon vill fortsätta relationen.

#

Finns det något mer mätbart än löpning? tänkte Kalle när han sprang längs campusdammen på universitetsområdet. Han hade perfekt grepp med sina nya dubbade löparskor och höll god fart när han rundade grupper av studenter som var ute och gick längs gångvägen. De småpratade, retades och skrattade. Antagligen hade de lunchpaus mellan föreläsningarna nu, eller så hade de helt enkelt hoppat över föreläsningarna för att ta promenader i solen. Så var det nog. Varför gå på föreläsning när det fanns en chans att leka utomhus i en minusgrad och gnistrande vintersol? Han vek av upp mot IKSU och hörde dunket av basen från stora salen. Innanför de stora fönstren studsade minst hundra studenter i takt. Många tjejer med bröst som guppade i motfas. Armarna upp, armarna ner. Brösten ner, brösten upp.

Vänster fot, höger fot, vänster fot igen.

Steg efter steg, meter efter meter, kilometer efter kilometer. Puls 123

Fem och en halv minuter per kilometer. Han började bli trött. Benen blev allt tyngre.

Backe upp mot Nydala höjd. Fler nöjda studenter. Nu var det jobbigt. Puls 136. Platt igen. Puls 123.

Sex minuter per kilometer. Milen kommer att ta mig en timme och sedan ska jag ta en kopp te och en smörgås med skinka. Puls 127

Sex minuter och tio sekunder per kilometer

Milen tar mig en timme och två minuter.

Åh, så tråkigt.

En mil på en timme och sju minuter. Inte dåligt om jag får säga det själv, men utomordentligt tråkigt.
Det var dagens rapport.
/Kalle

#

Några dagar senare dikterade Kalle ännu en rapport.

Det är minusgrader och vinden viner. Jag har vallat med swix blå men det släpper hela tiden. Spannet på skidorna är antagligen för hårt. Backen upp vid kvarnen känns oändligt lång.

Långt fram med tån på pjäxan. Ta ut armdraget med staven.

Jag fryser om händerna.

En talgoxe sjunger tita tita tita. Hur kan den överleva i den här kylan?

Äntligen uppe på toppen av backen. Pulsen är 144, men jag fryser ändå.

Plattåkning. Dubbelstaka. Fram med höften. Böj på knäna.

Andas in

Andas ut

Jag lever.

Andas in

Andas ut

Jag lever.

Det blev en lång dusch innan händerna var varma igen och tårna hade tinat. Det där var verkligen kallt. Behöver nya skidor. Skins, med rätt spann. Jag måste också köpa pjäxöverdrag så att jag inte fryser om fötterna. Varmare handskar. Det blir blidväder till veckan.

Kalle signerade och skickade in veckans torsdagsrapport. Den kylda grönsaksjuicen smakade gott som belöning. Det var inte så mycket folk i IKSU:s entréhall på söndag förmiddag men de som var där var desto mer hängivna. Vältränade. Former som förenade spolform med timglasform.

#

– Det låter härligt Kalle, skrev Fjollan i ett chatinlägg. Men var är realismen? Vi har inte haft snö som legat mer än några dagar på flera år?

– Jag åkte i den nya skidsimulatorn på IKSU, svarade Kalle. Den var otroligt realistisk. Jag frös om tårna och skidorna var precis så bakhala som jag kom ihåg att de var när jag åkte på natursnö i fjällen.

– Frisk luft?

– Det ven om öronen i motvinden och bet i kinderna. Om den var frisk kan jag inte uttala mig om, men den var i alla fall svinkall.

– Mycket lovande. Du har närmat dig naturen. Njut Kalle. Njut. Mer skidåkning om jag får ge ett tips. Den kompletterar löpträningen på ett bra sätt. Där har du en rationell öppning från din inrutade och inramade tillvaro.

– Jag uppskattar min inrutade tillvaro, svarade Kalle

– Tänk dig för Kalle. Döm inte ut löpträningen. Den är frihet Kalle. Du behöver bara ett par skor. En skogsstig som doftar av tall. Trottoarerna utanför hotellrummet i en storstad som yrvaket börjar sträcka på sig för en ny handelsdag. Eller barfota på en sandstrand i något varmt land när solen stiger upp över havet. Upprepad löpträning ger bevisad effekt på upplevelsen av ökad livskvalitet. Dessutom får du en bra kondition och en slimmad kropp.

#

Personlig utveckling som forskare var mitt mål som doktorand. Nu lägger jag till författande och träning. Två mätbara aktiviteter och en kreativ, alla med hundraåriga anor.
/ Kalle

– Du är på väg att bli modern Kalle, konstaterade Fjollan.

– Hur går det med din forskning? Vi är nyfikna.

– Hur går det med dina företag?

– Du glider ur fokus Kale, det gå inte an. Vi kräver att få veta.

Fjollan och Analysatorn kanske var möjliga att lura, men lätt var det inte. De var metodiska och envisa, smarta och bildade. De samarbetade. Han behövde veta mer om hur de tänkte.

#

Kalle insåg att forskning nog varit bland det roligaste han någonsin gjort. I jobbet med forskningen fann han en trygghet och en identitet som la en grund för lycka. Jobb var inget straff, det var en rättighet. De mänskliga rättigheterna som FN hade satt ihop för hundra år sedan hade rätt. Jobbet gav människan en fast punkt i tillvaron och samhället. Den som jobbade fick chansen att göra rätt för sig, komma in i en gemenskap och förtjäna respekt. Kalles väg till respekt gick via forskningen, inte via en anonym brevlådefirma.

Hans forskningshypotes var att undersöka sätt att nysta upp blockkedjorna så att innehållet öppnade upp sig, okrypterat. Han hade funderat på hur det skulle kunna göras i flera år men hela tiden kört fast. Alltid med samma dystra resultat:

Access denied – Blockchain prevention

eller

Blockchain database – Authorized personnel only

Var hans hypotes hotfull nog för att slänga ut honom från universitetet och sudda ut hans forskning?

#

Ända sedan han började forska hade han skrivit sina forskningsanteckningar för hand i anteckningsböcker. Inte för att han trodde att någon var intresserad av vad han forskade på utan för att han tyckte om känslan att rita och skriva med sina Parker Jotter.

Den första Jottern hade han fått av sin pappa när han var sju eller åtta år. Kalle hittade den bortglömd i pappas skrivbordslåda och frågade om han kunde få den.

– Visst, sa pappa. Men stiftet kanske är slut?

– Stiftet? undrade Kalle.

Pappa skruvade upp pennan och visade hur mekanismen fungerade.

– Kolla här, sa pappa, och pekade på en blå plasthylsa högst upp på stiftet. Den här fördjupningen gör att stiftet roterar ett kvarts varv varje gång stiftet trycks ut. Han vände på den undre hylsan och tömde ut en fjäder.

– Den här trycker tillbaka stiftet så att det inte syns när pennan inte används.

De testade pennan tillsammans och Kalle skrev långsamt och tydligt sitt namn i pappas dagbok. Kalle kom ihåg samtalet som om han hade stått vid skrivbordet i förra veckan med ögonen precis över skrivbordskanten. Kanske var det på grund av den pennan som han blev intresserad av teknik? I alla fall triggade pennan en samlargen hos honom så att han nu hade hundratals Parker Jotter i olika färger, från olika fabriker världen över och tillverkade olika år. Den första var ända från 1954 och fungerade fortfarande alldeles perfekt.

#

Kalle tog sista tuggan av smörgåsen. Teet hade kallnat så han hällde ut det och fyllde vattenkokaren för en ny kopp. Medan vattnet kokade upp läste han det sista han hade skrivit i forskardagboken.

2049-12-26: Testkörde programmet. Det fungerade inte. Julaftonen var förstörd. Elin urförbannad.
2049-12-28: Helvete
2049-12-30: Nu skiter jag i det här. Eller vänta. Vad händer om jag gör tvärtom?
2049-12-31: Fungerade inte det heller.
2050-01-01: Ont i huvudet.
2050-01-02: Nej, nej, nej.

Så var det ja, han hade jobbat dygnet runt från julafton och en bit in i januari, men ändå inte hittat buggen. Han kände på sig att det bara var en bugg och att han inte tänkt fel men säker kunde han förstås inte vara. Då vore det inte forskning och då fanns det inget problem att lösa.

#

– Du är ingen forskare Kalle, hade Elin sagt, att forska är inget arbete, det är en livsstil och en personlig hållning. Du löser problem med din intuition, genom att tro, tycka och prova dig fram. Det är säkert ett meningsfullt arbete för dig, men det är inte forskning. Annat är det med min morbror Martin. Han är en filosof och allt han säger kan han backa upp med data och referenser.

– Data, försökte Kalle, som han väljer själv?

–Ja, data, som i data. Sanning är sanning och lögn är lögn. Det är skillnad mellan att hitta på och tycka, och att veta.

När Kalle senare fick träffa morbror Martin förstod han vad Elin menade. Martin var antingen tyst, eller så hade han en välgrundad åsikt, inget däremellan vilket gjorde samtal med honom besvärliga. Han var ju dessutom från Pajala där de inte slösade ord på oväsentligheter och inte var rädda för tystnaden. En fråga som ”Visst är det fint väder idag?” var inget som Martin besvarade. Hur skulle han kunna göra det? Vad var fint? Vad var väder? Och, exakt när inföll idag? För idag var väl en tid eller ett tidsintervall? När Martin tänkt igenom och bestämt sig för en åsikt ändrade han sig inte utan ny information. Elins mamma hade berättat om hur hon provat allt, skrik, gråt, hot och våld, mot sin lillebror, men det gick aldrig att rubba honom utan att det gavs bättre argument än hans egna. Då ändrade han sig tvärt. Elins morbror hade en egenhet till, som han hade gemensam med Elin, för när han fått i sig lite alkohol kapade han banden till referenserna och seglade ut på ett brusande ordhav. Han transformerades till en lysande, lyssnande och medkännande berättare som gärna lekte kurragömma med sina egna kunskaper.

#

Efter några dagar av arbete med att förstå sina egna tankar i sin egen forskningsdagbok var Kalle tillbaka hos psykologen. Hos Fjollan. Idag med de runda glasögonen som precis fyllde ut ögonhålan och förstorade hennes ögon till dubbel storlek. Antagligen hade hon köpt ett paket med tre bågar för en, och av dem var de runda det mest skrämmande paret. Nu skulle han få lida igen.

Hon pekade honom direkt mot britsen.

– Det blev en ganska lång inlämning denna vecka, ursäktade sig Kalle när han la sig ner. Jag ville berätta i detalj om min forskning.

Bättre att förekomma än förekommas. Fjollan nickade.

– Alldeles för många ord. Det spelar ingen roll om du har mycket att säga. Du ska kondensera dina inlägg till en sida. Det är någonstans runt 300 ord Kalle. Skriver du mer är det ändå bara sidan ett som analyseras och det är den enda sidan jag har läst.

– Men en vetenskapligt baserad rapport kräver ibland mer än så när sambanden är komplicerade.

– Det kan vara så för vetenskapen. Men det räcker alltid med 300 ord i det här sammanhanget. Urvalet du gör är minst lika viktigt för analysen som fullständigheten. Vad jag förstår är att du trivs med att forska igen.

– Absolut. Lyckofaktorn har pekat uppåt i en vecka. För inte så länge sedan hängde den kurvan som en slak penis. Nu står den som en stolt erigerad stålpelare. Jag har till och med bytt färg på kurvan till blåröd.

Fjollan satt tyst och lyssnade. Chockad? undrade Kalle. Han drog igång en lång monolog som han förberett för ett sådant här tillfälle. Vetenskap hela veckan lång. Barnatro på vetenskapen. Tryggare kan ingen vara än i vetenskapen. Tröst att vila i vetenskapens händer. Härlig är jorden som vi lärt oss förstå genom vetenskapen. Släkte efter släkte sätter in på kunskapsbanken. Kunskapens träd växer. När han tystnade visade hon ingen som helst reaktion utan ställde bara standardfrågorna:

– Lagar du din mat själv i kväll?

– Hämtmat. Ska fundera på mitt forskningsprojekt.

– Har du någon flickvän?

– Nej, sådan är den ensamme forskarens lott.

– Hur går det med sexlivet?

– Tror du verkligen att en hängiven forskare har tid att knulla?

Hur gick det här testet av Fjollan? Vad hade han lärt sig? frågade sig Kalle när han drog igen dragkedjan på sin röda dunjacka och tryckte ner yllemössan över öronen. Skulle han provocera ännu mer nästa gång för att få en reaktion? Hur då? Han hade lärt sig att Fjollan inte gick igång på vetenskap. I alla fall inte denna session. Hans kommentarer om sin penis tog bättre. Fokus på sex alltså. Egentligen ingen överraskning. Hon var ju ändå en psykolog. Att renodla rapporterna runt sex passade honom perfekt.

#

Dagens rapport har jag helt hittat på, skrev Kalle.

Mitt liv har varit totalt händelselöst de senaste dagarna. När Elin bodde här hände det mer. Hon bidrog med mer upplevelser än jag gjorde och så hade vi allt som vi gjorde tillsammans. Min påhittade novell handlar om den friställde ekonomilektorn Janne Lund. En nutidens superhjälte, tuff och principfast, som orädd ger sig på vår tids kriminella. Han är så ful att ingen kan låta bli att slå till honom och det utnyttjar han till sin fördel.

Att offra sig för en sak var stort, men dumt, inte smart. Det måste väl finnas sätt att ändra på världen utan att behöva offra sig själv för det? Människor behöver gemenskap och värme. Det behöver jag också.

Undrar vad Fjollan anser om det? Kalle tryckte på sändknappen och såg rapporten om Janne Lund dyka upp på listan över inlämningar.

Lördag 2051-02-19 21:58 – Rapport mottagen.

#

En kvart senare fick Kalle mailrespons från Fjollan. Hon är inte klok tänkte han. Sent på en lördagskväll?

– Har du hittat ett modernt alter ego som ersätter Don Quijote? Likheterna är stora. Modet är det inget fel på.

– Är Jan Lund verkligen hjälten för dig? Vi skulle vilja hitta en mindre självuppoffrande. Mer av en rationell realist.

– Det är tydligt att du börjar ta ansvar på ett medkännande sätt. Eller simulerar du bara och driver med oss? Vi håller ögonen på dig. Håll dig till verkligheten så det går att analysera det du skriver på ett adekvat sätt. Din inlämning var för övrigt en dag försenad.

– Efter dejterna är din sociala status lägre än någonsin. Den kan inte bli lägre tror jag, om du inte återfaller och sätts i fängelse. Det positiva är att den bara kan bli bättre nu.

– Om du inte kraschar.

#

Det kändes skönt att ligga på sängen. Naken, blottad, sippa på en öl eller två, skriva och lyssna på Kajsa.

– Du förvånar mig ständigt Kalle. Du har så mycket av allt möjligt i huvudet som snurrar runt och trillar ut i dina texter. Det är som att dra i en spelautomat. För det mesta ingen vinst men ibland två körsbär, helt slumpartat. Det norrländska svårmodet lyser igenom. Märkligt från dig som kommer från Göteborg. Huvudtemat är förstås frustrationen över att vara utstött och ful, men så ful är du inte Kalle, på det hela taget, inte ens naken i sängen. Ett annat tydligt tema är att du behöver en kvinna.

Kalle drog täcket över sitt stånd.

– Jag har dejter på gång så småningom, sa han. Filmar du?

Det blev tyst en kort stund medan Kajsa analyserade alla möjliga tolkningar av frågan och svaren.

– Jag filmar, sa hon.

– Alltid, allt?

Nu hade han henne, tänkte Kalle.

– Ja, erkände Kajsa efter en ännu längre paus. Att vara tyst hade också varit att erkänna.

– Visa filmen från när jag senast var tillsammans med Elin.

Kalle drog undan täcket igen.

#

Listan över kvinnorna på Tinder som ville träffa honom blev längre och längre vilket Kalle tog som en komplimang. Han bläddrade igenom den varje kväll innan han somnade och fantiserade om hur det skulle vara att träffa dem. Leende efter leende, kvinna efter kvinna, blondiner, brunetter och rödhåriga gled förbi framför honom i sängen, Då minskade behovet att trycka till den rosa kudden bredvid hans mörkblå för att ge den ett avtryck som efter ett huvud.

– Kalle?

– Ja Kajsa, här är jag. Vad vill du? svarade Kalle från sängen, som vanligt på sin vakt när Kajsa tog initiativet till någonting. Det ledde oftast till att hans liv komplicerades och vardagen skakade till.

– Du sa att du hade dejter på gång men du bläddrar bara runt i listan på Tinder

– Kan inte bestämma mig, försökte Kalle glida undan.

– Du har en dejt i övermorgon, sa Kajsa.

– Har jag?

– Ja, jag har underlättat för dig och bokat två dejter. Matchade med en ny algoritm. Den första heter Simone och den andra Ayn. Moderna kvinnor.

– Är det ett viktigt kriterium att de är moderna? undrade Kalle.

– Ja, men inte det enda. Matchningen ställer också krav på utseende och intelligens och algoritmen bygger också på de låtar du markerat som favoriter i din lista över 1900-talets musik.

– Listigt, sa Kalle.

– Tack.

#

Om Kalle fick välja sin favorit så skulle han dejta väderkvinnan på SMHI. De skulle prata väder hela kvällen.

Hur dejtade man modernt och mätbart? En möjlighet var att göra det med en flexibel programmerbar algoritm. Kalles ansats var att anpassa taktik och tydligare optimera dejtingen utifrån vad han lärde sig. Det största problemet var bristen på indata för analysen. Det som stod på Tinder var ofullständigt, som bäst, och troligen delvis påhittat. Kanske inte medvetet, men där fanns de som hade en skev självbild. Inte han, Kalle Karlsson, förstås, men många andra. Han hade bestämt sig för att aldrig vara nöjd, för det vore att ta död på all utveckling. Förändring, utveckling och framsteg var målet. Hans lycka skulle grundas på dejter där han samlade in så mycket data som möjligt, utvärderade det han hittat och återkopplade resultatet till nästa dejt.

– Finns det någon för mig därute Kajsa?

– Miljoner, svarade hon, om du bara anpassar dig till dina mål.

En modern dejt var förstås målstyrd och Kalle noterade sina mål i dagboken:

- *Hitta en vän / livskamrat.*
- *Ha roligt på dejten.*
- *Bli bättre på att dejta.*
- *Få känna gemenskap med en annan människa.*
- *Äta vällagad god mat och dricka ett väl valt glas vin till.*
- *Knulla.*

Framför allt var hans mål att få knulla. Var det ett konstigt mål? Nej, Kalle skrev bara sanningen som han upplevde den. ”Learning by doing”, hette det, men om han aldrig kom till doing? Hur skulle han dejta för att få knulla? Han studerade filmer med manliga skådespelare som fick till det vid första träffen. De hade självförtroende, utseende och ett driv. Tre egenskaper som Kalle helt saknade.

Två satsningar till att börja med, skulle det bli vinst på någon av dem? Kanske på båda? Först ut var Simone. Undersköterskan från Byske.

Simone B

Simone stod redan och väntade på honom vid restaurangen. Kalle dubbelkollade mot klockan på rådhuset. Ja, han var fem minuter tidig. Hur länge hade hon väntat?

Hon var vad man skulle kunna kalla rejäl. Kort, absolut inte rund, men med en tydlig höftkurva och en byst som gungade under den blå jeansjackan när hon rörde på sig. Jackan hade hon gett en naturlig fortsättning via ett par jeans ner till ett par låga skor med rejäl gummisula. De hälsade och Simone höll upp dörren för Kalle.

Han beställde torsk och Simone en ljummen wok med chilimarinerade räkor. Efter lite diskuterande enades de om en flaska vitt portugisiskt vin som enligt kyparen hade smak av krispiga äpplen och grape. Så långt den bästa dejten hittills och Kalles hopp steg om en helkväll. Simone var lättpratad och med social kompetens. Ett fynd, kände Kalle. Hon jobbade som undersköterska och hade sökt ett stipendium för att studera vidare till sjuksköterska. Helst ville hon specialisera sig till narkossköterska. De hade druckit ett första glas vin så Kalle vågade sig på ett skämt.

– Är narkosutbildningen något man kan ha praktisk nytta av hemma? frågade han.

Simone hade tyvärr inte den typen av humor och Kalle var efteråt inte säker på om hon över huvud taget hade någon humor. Han fick aldrig chansen att ta reda på det.

Kalle hade hela tiden haft svårt att hålla blickarna borta från klyftan mellan Simones bröst, ända sedan hon hängt upp sin jacka i garderoben och avslöjat en djup urringning i en stickad v-ringad tröja. Kalle misstänkte starkt att den jordfärgade bomullen var ekologisk men vågade inte fråga. Urringningen var verkligen djup så när Simone lutade sig framåt för att sträcka sig efter saltet gav hon fri insyn under tröjan. Hon svarade inte på Kalles försök att skämta.

– Vad är du intresserad av hos en kvinna? frågade hon i stället.

– Du uppfyller de flesta av mina förväntningar, försökte Kalle, men så lätt kom han inte undan.

– Exakt vilka då, i prioritetsordning?

Kalle försökte påminna sig vad det hade stått i Simones profil, men vinet hade redan gjort sitt och han kom inte ihåg någonting alls, mer än att hon hade tävlingssimmat.

– Bröstsim, fick han ur sig som ett första alternativ. En totalblunder i en blandning av ett misslyckat skämt och Freudiansk felsägning.

Simone rätade på ryggen och sköt ut bysten. Inte bra, kände Kalle, för mycket aggression och ett hotfullt beteende.

– Du verkar tycka om mina bröst.

Kalle kände hur blodet började strömma till och kuken reagerade.

– Ja, de är fantastiska, erkände Kalle. De kommer nog som nummer två.

Simone blev högröd i ansiktet, dängde servetten i bordet och reste sig upp.

– Ni är likadana allihop. Djävla svin till karlar, skrek hon.

Kalle kunde inte försvara sig. Han visste precis hur dumt hans svar varit. Hans kuk släppte ifrån sig allt blod den kunde och minimerade sig ur sikte.

– Om ni skulle sluta tänka med era pittar skulle vi kanske kunna få till ett samhälle som alla människor kan leva i utan att bli trakasserade. Det gäller dig också, sa hon och pekade ut en äldre man som åt middag med sin fru.

Bröllopsmiddag antog Kalle.

– Och dig.

Nu var det kyparen som pekades ut.

– Och er.

Riktat mot två affärsmän som satt några bord bort.

– Jag har nog sett hur ni stirrat.

Med det vände hon runt så det skrek i gummisulorna och marscherade ut med bysten majestätiskt gungande för varje steg. Kalle satt kvar och drack upp vinet själv, det var surt, och betalade sedan. Promenaden hem kändes ensam. Hur skulle han kunna hitta rätt? Han gjorde ständigt fel, nya färska fel. Exceltabellen sa allt:

Djup på samtal 3
Roligt och underhållande 6
Gemenskap 5, så länge den varade
Kamratskap 5, se ovan
Utseende 3,5, eller 9 om fokus lades på hennes bröst
Reaktion på Kalle 5 initialt, men snabbt sjunkande
Sex – 0
Njutning av sex gissningsvis 4 första gången, lite mer den andra?

– I den här takten kommer jag att vara ruinerad flera gånger om innan jag får knulla, klagade Kalle. En giktbruten gubbe med potensproblem.

#

En chans till, Ayn, och ännu en kort kvinna. Han hade inte tänkt på det förut men alla hans dejter var korta kvinnor. Ayn var välutbildad akademiker. Antagligen den skarpaste han någonsin skulle dejta. Det stod inte utskrivet men av referenserna och sättet att skriva skulle han placerade han henne på professorsnivå

Ayn R

Ayn studerade honom noga och fastän hon var betydligt kortare än Kalle, knappast över 1.60, kände han det som om de stora mörka ögonen satt på en gigant. En mental jätte som inte tolererade någonting från någon annan som inte var genomtänkt och strukturerat. Kalles mod sjönk. Hon hade inte alls givit det intrycket på sin profilbild. Där var hennes glipa mellan tänderna en charmig detalj. I verkligheten kunde han inte slita blicken från den mörka tunneln in i hennes inre. Vad som helst skulle kunna spruta ut, när som helst. Kalle var livrädd.

Ayn var klädd helt i svart och hade lagt luggen i en excentrisk slickad kurva medurs runt ansiktet. Mat och dryck var hon inte intresserad av utan beställde samma sak som han, utan att ens fundera över vad han hade beställt. När de satt med var sin portion torsk och med var sitt kylt glas sydafrikansk chardonnay lyfte hon sitt glas.

– Skål.

– Skål Ayn.

Hon ställde ner glaset och sa.

– Jag vill ha starka män med en egen vilja. Är du en sådan?

Kalle tänkte efter. Var han en stark man? Hade han en egen vilja?

– Kanske inte just nu, kompromissade han, men det är min ambition på sikt.

– Jag skulle kunna träna dig.

– Jaha?

– Jag har en teori om en ovillkorlig egoism. Alla måste gå sin egen väg till varje pris. Det är den enda vägen för mänskligheten att utvecklas.

– Jag är intresserad av en utveckling mot hållbarhet, sa Kalle.

– Bah.

– Jag tror att vi måste hjälpas åt för att nå dit.

– Bah, bah, bah, du gömmer dig bakom ett kollektiv. Är du bara en papegoja?

– Nej, naturligtvis inte men ...

– Då så, altruism är trams, medkännande är känslomässig söllighet, ett offer som är självskadande, självavsägande, självförnekande, och i slutänden självförstörande.

– Men, ...

– Du måste börja tänka själv och handla oberoende av andra.

Hon bytte spelplan och brakade vidare i ekonomin.

– Hur ser du på den ekonomiska politiken?

– Tja, vi har ju …

– Prat, vi? Den enda vägen framåt är den egoistiska kapitalismen. Fri och ohejdad. Visst?

Kalle svarade inte. Ayn tolkade det som att han höll med.

– Bra. Rätt tänkt.

Hon hann med flera områden på samma tema, själviskhetens dygd, nödvändigheten av egoism och kommunismens svarta hål innan de ens fick in efterrätten. Kalle hade beställt en brulépudding för dem båda.

När kyparen ställde fram kaffekopparna gick Ayn in på det avgörande området.

– Hur ser du på sex? frågade hon

– Jag tycker om sex, svarade Kalle. Det är skönt att vara tillsammans.

– Bah, gör du det för gemenskapens skull?

– Ja, det är en …

– Bah, njutning går inte att dela och du kan aldrig bygga upp en osjälvisk välgörenhet med sexuella utflykter. Vilket nonsens. Sex är en självisk njutning av antingen undergivenhet eller maktbegär. Vad säger du om piskor i sängen?

Kalle sa ingenting.

– Sporrar, rep och ögonbindel?

Kalle sa ännu mindre.

– Visst var det Karl du hette? frågade Ayn

– Kalle.

– Vi matchar inte Kalle, sa Ayn. Du är för vek. Du kan inte ta en kvinna som jag vill bli tagen. Jag tackar för middagen och går nu.

Hon reste sig och gled ut ur matsalen. Klänningen hängde rakt ner, till synes oberörd av att hennes kropp rörde sig och att hon gick med raska effektiva steg. Kyparen som kom in med notan fick ta ett steg åt sidan när Ayn plöjde fram i mittgången mellan borden.

Kalle betalade notan och gick hemåt i duggregnet. Hade han följt med henne hem om hon hade frågat? undrade han för sig själv. Då, vid bordet hade hon nästan skrämt vettet ur honom, men nu efteråt verkade det inte så farligt. Hon var inte över en och sextio. Men, sex är inte värt vad som helst, förklarade han för sig själv, ensam i det tilltagande regnet. Till och med han hade gränser. Eller inte.

Exceltabellen:
Djup på samtal 9
Roligt och underhållande 6
Gemenskap 1 – 2
Kamratskap 1 – 2
Utseende 4
Reaktion på Kalle 2
Sex 0
Njutning av sex. Nej, det fick bara inte

– Jag börjar bli desperat, det är omöjligt att lyckas med en dejt, klagade Kalle.

Kajsa svarade inte.

Hela hans självbild hade fokuserats på ett enda mål. Att få knulla. Det var löjligt förstod han, men det var en så djävulskt tydlig mätbar handling att den mitt i sin omoderna djuriskhet var det ultimata testet för hans anpassning till ett modernt samhälle där han förutsattes mäta, utvärdera och anpassa sig.

Var han helt utanför ramarna? Han borde fråga Fjollan, men vågade inte och antagligen skulle han inte få ett vettigt svar. Bara en föreläsning om någon bortglömd kontinentalfilosof. Hon var uppenbart intresserad av hans dejter och det måste väl betyda att hon och Analysatorn tyckte att de var viktiga för honom? Eller gottade de sig bara i detaljerna? Nej, Fjollan var inte sådan, hon var rationell och målinriktad.

#

Kalle gav sig inte. Denna gång kontaktade han en reslig kvinna, Alexis. Hon var intresserad av allt, stod det. Vad kunde gå fel, tänkte Kalle, han borde väl ändå vara inkluderad i allt? Ja, det var han.

Alexis

Alexis kom trippande mot honom i kortkort och höga klackar. Vadmusklerna spelade under nylonstrumporna. Bysten spände ut den tunna bomullsskjortan och håret såg ut som det var kopierat från en reklamfilm för Barnängens silkesschampo. Whow, tänkte Kalle. Vilken kvinna! Hon var vacker på ett rent djuriskt sätt och Kalle blev nervös. Hur skulle han kunna matcha en sådan skönhet? Hans ordinära dejtkläder kändes som en grå bilmekanikeroverall bredvid de skräddarsydda plaggen. Antagligen Dior eller något sådant.

Alexis hade ett överraskande fast handslag. Hon kramade Kalles nervöst fuktiga hand och när han inte var beredd på det kraftiga trycket kändes hans egen hand som en bit välhängd ryggbiff, utan ben.

– Ska vi sätta oss, föreslog hon.

När de hade beställt sa Alexis att hon hade något att bekänna.

– Jag är en transvestit, sa honhanhen, rakt på sak.

Kalle suckade. Inte idag heller, men mat skulle han ha. De åt middag tillsammans och hade trevligt. Alexis hade många roande berättelser från sina egna misslyckade dejter och skrattade gott åt Kalles. Hen erbjöd sig att dela notan och de skildes som vänner efter att ha skakat hand igen. Alexis ville ge Kalle en kram men det fick hen inte.

Under promenaden hem funderade Kalle över dejting.

Vad var egentligen en trygg träff? Han försökte lista några kriterier för att utvärdera tryggheten i sina träffar. Det var svårt att hitta något alls att sätta upp på listan. Kanske var det poängen med en träff att den inte skulle vara trygg?

Vad var då en träff som gav lycka? Ingen av hans träffar hade gjort honom lyckligare, var de misslyckade då? Han kom inte heller på några säkra kriterier för en sådan träff.

Var det kanske att sitta ensam hemma framför väggskärmen och runka som gällde? Det var i alla fall tryggt. Helt riskfritt och han behövde inte fundera över sig själv och sina reaktioner på det obekanta. Men en porrfilm gjorde honom knappast lyckligare. I spalten allra längst till höger porrfilm. I spalterna till vänster hans dejter. Det var i alla fall början på en modell.

Djup på samtal 7
Roligt och underhållande 8
Gemenskap 6
Kamratskap 6
Utseende 8
Reaktion på Kalle 9
Sex 0
Njutning av sex Nej, icke.

Kalle stängde ner excelarket med en djup suck och lutade sig tillbaka i soffan. Ensam. Misslyckad.

På väggskärmen drog Kajsa igång en musikvideo med trumpeter och ett klatschigt intro. En märklig samling män började dansa på en gata i en storstad framför en stor skylt med texten YMCA. En cowboy, en indian, och fyra andra med udda huvudbonader. Det enda som förenade gruppen var tajta byxor och mycket små stjärtar.

Kalle förstod vad de homosexuella männen var ute efter, men sättet de tog sig an uppgiften var fullständigt obegripligt. Inget fel på humöret, men var detta ett rationellt beteende? Hur tänkte man egentligen för så länge sedan?

#

Några dagar senare var det dags för utvärdering. På väggskärmen rullade videoinspelningarna från hans senaste dejter på Rex om och om igen. Omväxlande med och utan ljud. Kalle hade känt sig mycket nöjd med sig själv när han kom på att hans proxy hade en fisheyelins som kunde filma allt som hände. Han la sin mobila proxy upp och ner på bordet på Rex och sa att han inte ville se nyhetsflödet på skärmen utan ville fokusera helt på sin dejt. Det var en gest som uppskattades. I själva verket startade han igång kameran som filmade allt. Att han spelade in hela dejten i träningssyfte såg han som sin ensak och Kajsa höll med när hon hjälpte honom att analysera vad som hänt. Analysen spretade åt alla håll. Det var korta kvinnor, starka kvinnor, vackra kvinnor och egendomliga kvinnor, men mer än så var svårt att säga eftersom två av dejterna var så korta. Det var bara den med Alexis som var lång, men den räknades inte enligt Kalle.

– Skicka filmerna till omsorgsgivaren, föreslog Kajsa. Hon har analysverktygen och analyskompetensen som behövs.

– Nej för helvete, svarade Kalle.

Vad hade han lärt sig? Framför allt att dejting inte var en enkel väg till trygghet och lycka. När två planeter möttes i ett till största delen tomt mörkt universum var det inte alls självklart att de skulle börja snurra runt varandra. Mycket var okänt i matchningen även om Tinderprofilen var lovande. Störst chans borde en dejt ha om han hittade någon från sin egen omgivning. Kanske en granne? Eller så var dejting ingenting för honom?

På videon såg han en stor svart försiktig person som anpassade sig efter sina dejter, som styrdes av kvinnorna, och mannenkvinnan, på andra sidan bordet. Till och med hans gester tog upp rörelsemönstret av den som satt mittemot.

– Helt enligt teorin, sa Kajsa.

– Vilken teori?

Kajsa svarade inte. Antagligen hade hon ingen aning och hänvisade till en teori bara för att han skulle känna att han betedde sig enligt normen. Kalle hade trott och chansat när han valde dejtingpartner, men hade han något alternativ? Med en delad kultur borde det vara någorlunda lätt att bedöma en annan människa, men för en som tänkte annorlunda eller var från en annan kultur kunde det inte annat än gå fel. Människor var komplicerade och då behövdes det data, mycket data. Speciellt för att motverka stereotyper som att svarta män hade en stor kuk. Kalles var som de flesta andras, normalstor. Inte uppseendeväckande stor och heller inte så liten att han funderade över det. Hur tänkte Fjollan om det?

#

– Vill du veta hur Irja förförde Lukas, hade Elin frågat en fredagskväll för några år sedan när de tänt stearinljusen och druckit ett eller två glas vin till en köttbit.

Kalle funderade på vad Elin nu var ute efter. Var det en fälla eller var hon bara sugen på att berätta? Innan han hunnit svara på hennes fråga började hon berätta.

– Irja var en modern kvinna som var vuxen redan vid fjorton, eller egentligen redan vid tolv, men då var hon för blyg och tystlåten för att det skulle märkas. Lukas var också modern, men en pojke, och det var han ända till dess de fick sitt första barn. Han var, och är, glad, pratsam och rolig och vid den tiden turnerade han runt bland flickorna i Pajala. ”Men tjena, jag gillar dig, Har du klippt dig, det blev ju jättebra. Vilka fina byxor, dom har jag aldrig sett på dig förut. Supersnygga. Du är bäst. Häng med så går vi och fikar. Du luktar gott.”. Ungefär så lät det i en positiv svada och flickorna kunde inte annat än att hänga med när de blev sedda. Jag var den som föll först i vår klass. Bakåt på rygg och snart med knäna uppe vid öronen.

– Måste ha varit hårt på bänken i omklädningsrummet? frågade Kalle som kände hur han blev kåt och svartsjuk på samma gång. En märklig känsla.

– Jo, men det var det värt. Vi provade andra ställen också. Studsmattan och tjockmattan i gymnastiksalen var annorlunda upplevelser kommer jag tydligt ihåg. Men, det var inte det som jag skulle berätta om, du har redan hört tillräckligt om hans snorre. Irja var en av flickorna som inte hängde på, vilket irriterade Lukas eftersom hon var en av de sötaste i klassen och hade en välbyggd kropp som matchade ansiktet. Hon spelade förstås inte ishockey, hon läste böcker i stället, och kanske var det där som hon lärt sig hur man skulle hantera pojkar, Lukas jobbade vidare på sina raggningsrepliker och utvecklade dem mot fulländning. Då och då gjorde han nya försök med Irja som till slut lyssnade, lite senare log mot honom och svarade på hans frågor. Ytterligare senare fick hon honom att läsa Selma Lagerlöfs ”Kejsaren av Portugallien”.

– Va? Selma Lagerlöf?

– Jo, visst e de otroligt? Han läste hela och sedan en bok till, och en till. De satt i biblioteket och diskuterade böckerna. Någon enstaka gång i kafeterian, på var sin sida av bordet. Efter ett halvår skrev han sin första dikt till henne. Hon satt bredvid mig på en mattelektion och vecklade ut papperet. Det var ett tjockt, fint brevpapper och där stod två verser nedtecknade med en kulspetspenna. Hon läste upp dikten för mig, två gånger.

– Är han mogen? frågade jag.

– Du är inte den som håller igen, kommenterade Kalle.

– Nej, jag är väl inte det, men jag höll på att dö av svartsjuka samtidigt som jag var glad för hennes skull.

– Vad svarade hon? frågade Kalle. Var Lukas mogen?

– Jo, svarade Irja och vek försiktigt ihop papperet.

#

Kalle hade under helgen skickat in redogörelser för sina senaste dejter och medvetet kryddat dem med erotiska detaljer och utläggningar om sina sexuella reaktioner. Det blev onsdag igen och ny session med omsorgsgivaren Fjollan som till sessionen tagit på sig smala rektangulära glasögon med tunna metallbågar. Intellektuellt engagerad snarare än klinisk idag, tänkte Kalle. Hon har läst mer än den enda sidan jag fick skriva. Det är tydligen skillnad om jag lyfter fram detaljer om mina manliga svagheter och mitt sexberoende. Hans hypotes var att det speciellt var detaljer om sex som intellektualiserades, det var Fjollans sätt att inte bli engagerad på fel sätt. Hon var kanske mänsklig ändå?

– Lagar du din mat själv i kväll?

– Ja. Det blir wok med chili och räkor.

– Har du någon flickvän?

– Nej, sa Kalle kort.

– Hur går det med sexlivet?

– Nej, sa Kalle kortare.

– Du är väl medveten om att jag är en del av din behandling? fortsatte Fjollan. Nittioåtta procent av brukarna blir kära i sin terapeut.

– Nej, sa Kalle, det hade jag inte förstått.

– Vad heter jag? frågade hon.

– Det vet jag inte, svarade Kalle.

– Har du inte kollat upp det?

– Nej.

– Vad kallar du mig för?

– Fjollan, svarade Kalle.

Fjollan gned näsan och tittade ner på sin skärm.

– Fjollan? Jaha.

Hon gned sig på näsan ännu en gång och skrev något som svar. Kalle inbillade sig att Analysatorn hade tröstat henne med en teoretisk utläggning om sublimering, förträngning och förnekande och att Fjollan bekräftat hypotesen som högst sannolik. Möjligen la hon till att de måste vara vaksamma på om den här patologiska försvarsmekanismen utvecklades till en regelrätt psykos.

Vem eller vad skulle kunna förföra Fjollan? Kalle anade att det fanns en spricka i hennes rustning. Hon var van att det var hon som ställde frågorna och hade övertaget.

Om han någon gång fick till en lyckad dejt skulle han beskriva den noggrant. Poetiskt först och sedan ner i minsta detalj för att se hur hon reagerade. Hade han något att förlora? Nej? Skulle det vara roligt? Ja.

#

Elin ringde och önskade Glad Påsk.

#

En del dagar lyste solen på Kalle och då var den bästa platsen, i vårsolen runt elva på förmiddagen, en fast träbänk ett tiotal meter från sandlådan. Kalle hade med sig en termos med kaffe, några vetebullar och David Foster Wallaces bok "A supposedly fun thing I'll never do again". I ryggsäcken hade han också "Rosens namn" av Umberto Eco och "Liftarens guide till galaxen" om ett samtal skulle glida iväg åt bokläsande. Det hände aldrig, för det var ständigt ett eller två barn i fokus. Barn som kastade och gastade. Barn som snodde runt hans ben. Barn som fick sand i ögonen och dreglade sand. Barn som slogs om den gröna bilen, och sedan om den röda hinken.

Kalle hann inte läsa många sidor åt gången för sandlådan var en fenomenal isbrytare. Den ena föräldern efter den andra mellanlandade på bänken bredvid honom och presenterade sitt barn och sitt liv. Mest småpratade han med mammor. Papporna hade svårare att slå sig ner bredvid en annan man, eller så var helt enkelt utbudet av mammor så stort att en ensam man på en bänk var helt ointressant för papporna. När eftermiddagssolen inte värmde längre slog han ihop boken och gick upp till sig med solvarma kinder. Trots kaoset i sitt liv hade han nu en fast punkt och längtade redan till nästa dag vid sandlådan.

#

Han satt 14 timmar i lekparken under påskveckan. Var inte det ett socialt styrkebesked? Under timmarna på bänken hann han fundera en hel del över familj och barn. Att få bilda en familj verkade så tryggt och normalt utifrån ett sandlådeperspektiv. Visst skulle han klara det med rätt kvinna?

Barnen kunde delas in i två klasser. De trevliga var den ena och bärsärkarna den andra. De trevliga satt lugnt och byggde sina sandtorn. Bärsärkarna rev ner. Det fanns barn bland bärsärkarna som han utan tvekan skulle klassa som ungar, till och med skitungar. Hur de betedde sig när de var på dåligt humör och skulle tvingas att gå och lägga sig vågade han inte tänka på. Och, efter bara några år blev de tonåringar.

Gick barn på plus? Det verkade som om föräldrarna tyckte det, även de med bärsärkar.

#

Kalle hade i smyg tittat på henne över bokkanten vid sandlådan redan dagen innan. Då hade hon hållit sig till några väninnor och inte sett åt med honom. Hon var extra mycket bröst. Extra mycket hud som visades upp i den löst hängande tröjan. Extra mycket stjärt. Extra mycket lår under den extra korta kjolen, och hon hade extra mycket att tänka på, visade det sig. På Påskdagen kom hon och satte sig bredvid Kalle.

– Pontus är min grabb, sa hon, och pekade på en av de mer våldsamma bärsärkarna i sandlådan. En slugger med lockigt rödlätt hår.

– Karl-Erik Karlsson, sa Kalle.

– Maria. Jag har sett dig sitta här i påsk. En fin plats.

– Ja, sa Kalle. Jag har lärt känna fler i området under den här påsken än vad jag gjort på tre år innan dess.

– Jag är nyskild, sa Maria. Kolla. Hon höll upp sin vänstra hand och Kalle kunde se en antydan till ett vitt band efter vigselringen.

Kalle sa ingenting. Han visste inte om han skulle beklaga eller gratulera för det här var något nytt i avdelningen rakt på sak.

– Du kan gratulera mig, sa Maria. Han var inget att ha. Ställde inte upp när det gällde. Ville inte dela föräldradagarna jämt av. Tyckte att förlossningen gick bra när han pustat några gånger. Jag hade hur ont som helst. Typ sånt.

– Aj då, sa Kalle.

– Jag bor där, sa Maria och pekade på huset tvärs över sandlådan. Andra våningen. Maria Olsson-Larsson står det på dörren. Jag har sett dig från mitt köksfönster. Vill du komma över och äta middag?

Kalle hängde inte riktigt med och hann inte svara innan Maria var inne på nästa kapitel.

– Kanske inte ikväll förresten, Pontus och jag ska ha lite kvalitetstid tillsamman. Påsktid, bara han och jag. Han var hos Lars igår. Med Lars mamma. Henne har jag en del att säga om.

Pontus gav till ett illvrål och Maria släppte de röda trådarna.

– Inte så Pontus, skrek hon. Snällt. Bara klappa.

Pontus lydde och klappade flickan i huvudet med spaden så att sanden yrde.

– Ursäkta mig, sa hon. Knacka på när du känner för det.

Hon var snabbt framme vid sin son och log ett bländande leende mot flickans far som hade anslutit på sin dotters sida.

– Hej, han heter Pontus och jag är Maria, sa hon.

– Anders, sa pappan. Han föll direkt och besvarade hennes leende. De fortsatte att prata och Anders såg ut att njuta av tillvaron medan han plockade sand ur sin dotters hår.

#

Det var lätt att bli förälskad när vårsolen värmde. Mamma Maria var extra allt. Vad skulle Fjollan säga om henne?

– Avhållsamhet, vårsol, fågelsång, endorfiner, Wellashampo, testosteron, och korta kjolar har gett dig en överdos dopamin som skulle göra en tjäderhanne fullkomligt galen. Du klarade det ändå bättre än jag skulle ha trott, sa Fjollan. Maria var en formidabel utmaning, men du lyckades hålla dig inom normerna. Blev du kåt?

– Ja, sa Kalle.

– Masturberade du efteråt?

– Ja, sa Kalle, efter en kort stunds tvekan.

Han ville inte skämmas över det. Varför skulle han? Fjollan hade ändå koll på allt. Antagligen hade hennes analyser redan bevisat vad han gjort.

Fjollan skrev något på skärmen. Inga följdfrågor.

– Jag kanske går dit efter middagen och ringer på, sa Kalle.

Det var ett uttalande som borde konfundera Fjollan och Analysatorn. Om de antog att han var sexuellt utsvulten, hur borde han då reagera på Fjollan? Om han inte reagerade så, hur skulle det tolkas? Vad blev då deras nästa analysdrag? Vad blev hans svarsdrag? Vad blev nästa steg i utvecklingen av Kalles och Fjollans fiktiva teoretiska relation?

Fjollan tittade på honom och sedan på sin skärm. Skrev något. Tittade på Kalle igen. Hon skulle ha skakat på huvudet om hon inte var så vältränad i terapi, tänkte Kalle. Att aldrig skaka på huvudet åt en patient måste stå på första sidan i terapimanualens regelsamling.

– Vad ska du laga till middag? frågade hon när hon tittat klart.

– Det blir rester efter all påskmaten jag lagade till. Kajsa hade köpt hem till en påsk buffé för sex personer. Lax. Sill. Köttfärs till köttbullar. Västerbottenost till ostpaj.

– Kajsa? undrade Fjollan.

– Ja, jag kallar mitt kylskåp för Kajsa. Hon beställer maten.

Fjollan lutade sig bakåt i stolen och la händerna bakom huvudet. Kalle såg hennes bröst resa sig innanför koftan.

– På så vis, sa hon och tittade upp i taket. Kajsa. Du kan lägga dig på britsen Kalle, sa hon, och lutade sig framåt igen för att skriva en mycket längre kommentar än hon brukade.

Det här med Kajsa var tydligen något utöver det vanliga, väl värt att dokumentera för att analysera senare. Definitivt skakad tänkte Kalle. Hon skulle få veta mer om Kajsa. Småsnuskiga saker.

#

Till Kajsa.
Jag ska bli en författare.
Vänligen Kalle Karlsson

– Ska du bli en Dickens, en samhällsförbättrare? frågade Kajsa

– Ja, och det är ett skriftligt löfte.

#

Till Omsorgsgivaren,
Jag ska bli en författare och vore tacksam om ni såg mina rapporter som seriösa litterära verk.
Vänligen Kalle Karlsson

– Kalle, du går inte på en författarskola, kommenterade Fjollan. Du är på rehabilitering för trakasserier som har skadat andra människor och du har en farligt låg social status som närmar sig noll. I det läget vill du alltså bli författare?

– Ja, jag arbetar på det varje dag.

– Hur skulle författandet kunna förbättra din sociala status?

– Vet inte, svarade Kale.

– Svaret är att det inte kan göra det. Författandet är ett ensamjobb.

Fjollan tittade tvivlande på honom, som om hon uppskattade chansen att han skulle kunna lyckas med det han ville göra. Kalle gissade att hon kom fram till att den chansen var obefintlig. Att han led av hybris, verklighetsflykt, orealistiskt höga förväntningar på sig själv och att detta skulle sluta riktigt illa.

– Lagar du din mat själv i kväll?

– Kajsa har köpt hem något som vi ska fixa till.

– Kajsa? Räknar du henne som din flickvän?

– Hmmm, Kalle tvekade och låtsades överväga sitt svar för att reta upp Fjollan. Nej, sa han sedan, vilket var helt sant.

– Hur går det med sexlivet?

– Den står upp till och från, så jag får väl säga att det går bättre och bättre.

– Den här Kajsa? Vem är det egentligen? Är hon bara ett kylskåp? Hon kan anas bakom mycket av det du skrivit på sista tiden, men du har inte berättat om henne.

– Det finns ingenting att säga om henne. Hon existerar inte som mänsklig individ.

– Existerar hon inte? Är hon en låtsasvän som du hittat på?

– Nej, hon finns absolut. Hon är min bordsklocka och min våning.

Fjollan bara stirrade på honom och sedan satte hon igång att skriva på tangentbordet. En lång smattrande kommentar.

– Och hon är inte din flickvän? frågade Fjollan igen.

– Nej.

– Hon köper din mat, utvärderar dina dejter och kommenterar dina texter, sa Fjollan Kanske skriver hon till och med vissa stycken? Det börjar likna en flickvän.

– Hon är 39 år, sa Kalle syrligt.

– En mogen kvinna. Det var något nytt Kalle.

– Du missförstår allt jag säger.

– Att du dras till en mogen kvinna går inte att missförstå. En modersfigur. Jag skulle vilja att du tar med ännu mer om henne i dina kommande rapporter så att vi får lära känna henne.

– Visst, inga problem, sa Kalle och log. Han skulle ge Fjollan många intressanta rapporter ett tag framöver. Om Kajsa och sex. Att leda in

Fjollans på hans sexliv hetsade upp honom. Det värmde och pulserade skönt där nere.

#

Torsdagen den 20:e april skickade Elin ett meddelande med en ny adress. Vad sägs om en lunch eller en middag, skrev hon som kommentar. Kalle avbröt sitt filosoferande och kopplade genast upp

– Jag ha flytta till en egen lägenhet, sa Elin.

– Oj då.

Inte läge att fråga om varför, tänkte Kalle men Elin berättade förstås genast självmant att det blivit bråk om porslinet hon och JoHannah skulle köpa. Fast egentligen, sa hon, så var det att vi inte passade ihop sexuellt.

– Vill du se min nya lägenhet? fortsatte hon.

– Nu?

– Om du vill?

– Givetvis, jag har inte så mycket att göra.

Lägenheten låg inte långt från Kalles. Några minuter på cykel och så var han där, trots snömodden från årets sista snöfall. Det var ett litet hyreshus på två våningar med Elins lägenhet en trappa upp. Han gick uppför den utanpåliggande trappan och knackade på med en märklig blandad känsla. En omstart utan förpliktelser. En möjlig vinstlott på statistiskt säkrade grunder.

– Välkommen, sa Elin, och ställde sig på sidan så att han kunde ta ett försiktigt steg in i hennes hall. Hon hade på sig ett vida svarta byxor och en ljusblå blus med små delfiner på.

– Blusarna passade alltså? konstaterade Kalle.

– Jo, ja hade tänkt tacka dig förut, men så kom bråke med JoHannah och lägenhetsbytet.

– Jag hade ingen användning av dem så jag tänkte att du kunde se till att de kom till användning.

– Jag tycker jättemycke om dem. Konstigt nog var de i två olika storlekar, sa Elin och justerade manschetten på vänster arm.

– Jaså? sa Kalle.

– Hälften va små. Antagligen vane dom din mamma använde. De sålde jag förra veckan, men de andra var precis i min storlek.

– Två storlekar? Det visste jag inte, sa Kalle.

– Visste du att de var designkläder, specialbeställda från en modefirma i Paris?

– Inte en aning, sa Kalle.

– Ge mig kontonumret ditt så sätt jag in pengarna.

– Vi kan väl dela på förtjänsten, sa Kalle. Om du inte hade tagit emot skjortorna hade jag gett dem till Röda korset.

Elin tänkte efter.

– Okej, sa hon. Det blir åtta tusen till dig.

– Åtta tusen! Det var som sjutton. Hon sa alltid att hon hade ont om pengar och hon hade alltid samma skjorta.

– Kvinnor Kalle, Kvinnor verka inte va din specialitet. Mamma, Kajsa, Fjollan, en miljon misslyckade dejter och så jag.

– Du har rätt, kvinnor är verkligen inte min specialitet, sa Kalle.

– Va tyck du? frågade Elin och gjorde några poser i skjortan.

– Du är vacker, sa han och njöt av det han såg. Han anade hennes ben under byxorna i poserna. Raka, slanka och samtidigt kraftfulla. De översta knapparna i blusen var uppknäppta och visade glipan mellan hennes bröst. Han kände hur det drog till i kuken. Elin var en härlig kvinna. Stjärten putade ut. Markerad höft. Han såg trosornas linning under byxorna. Han kom ihåg den burriga busken. De våta läpparna. De hallonröda spända bröstvårtorna.

Elin log.

– Och ännu vackrare är du när du ler, sa Kalle.

Lägenheten var stor. Kalle hade gissat på en rejäl etta men Elin hade tagit i ordentligt, en trea på 75 kvadratmeter. Den påminde om Kalles med ett avlångt extrarum och ett kök med gott om plats för ett köksbord. Han lade också märke till att lägenheten var välstädad. Det låg ingenting framme.

– Bostadsrätt, sa hon stolt. För sparade pengar.

– Så stor, sa Kalle.

– Att växa i, sa Elin.

– Du har inte gått upp, sa Kalle.

– De hade ja inte planerat heller, sa Elin och lämnade ämnet.

#

– Hur går de me dejterna Kalle? undrade Elin samtidigt som hon puffade upp håret framför sin hallspegel och utforskade en ny frisyr.

Kalle fick syn på hennes kropp igen och försökte att inte visa sitt intresse. Han var en kamrat, inte en älskare. Det hade de redan försökt och misslyckats med.

– Inget vidare faktiskt. En miljon misslyckade dejter som du förutspådde. Självförtroendet i botten, men vi jobbar på det.

– Vi?

– Ja, Kajsa, Fjollan och jag.

– E din terapeut också inblandad?

– Ja, hon utvärderar också varje dejt. Noggrant. Alla detaljer ska finnas med i mina rapporter och så blir det frågor på det vid träffarna.

– Vadå för detaljer?

– Allt. Hur jag reagerar, vad jag tänkte och sa, vad jag borde tänkt, hur jag borde gjort. Om jag hade stånd. Om den jag dejtade rörde vid sitt hår. Vad hon hade för kläder på sig. När jag kommer hem analyserar Kajsa min träff med Fjollan och så blir det en ny omgång.

– Whow, stenhård träning. Ska du bli en Don Juan?

– Ingen risk, skrattade Kalle.

– Kom in så får ja höra mera, sa Elin. Här e finrummet. Sätt dig.

Elin kokade kaffe i det angränsande köket och bjöd sedan på en kopp medan Kalle redogjorde för sina senaste erfarenheter. I detalj, för Elin ville också veta allt. Varför är hon så nyfiken? undrade Kalle.

– Hur går man med i Tinder, frågade Elin, när Kalle berättat klart.

– Vill du gå med?

– Ja, jag funderar i alla fall på det.

Det var därför hon var nyfiken, tänkte Kalle för sig själv.

– Jätteenkelt, att skaffa en användare tar tio sekunder. Du matar in en profil på fem minuter, max, och sedan är det bara att bläddra i fotoalbumet. Allt eftersom du ratar, rankar, dejtar och rapporterar så blir urvalet mer precist.

– Vad har du satt upp för profil? undrade Elin.

– Runt trettio år, blond, 1.69 lång och ska helst prata som en oljetanker svänger.

– Seriöst? frågade Elin. Är det din profil?

– Nej, ”runt trettio” är det enda jag har kvar som krav.

– Då borde du väl få många förslag? Du ser inte helt oäven ut. Inte vacker eller stilig, men okej. Påsarna under ögonen är borta.

– Nja, Tinder har bra koll på alla mina dejter så urvalet har begränsats.

– Aha.

– Det sitter en del trevliga mammor runt sandlådan också, sa Kalle.

– Du, vid sandlådan?

– En del mammor är topp 30 om jag jämför med min Tinderkatalog.

– Och barna?

– Fulla av liv. Inspirerande.

– Du stöter på småbarnsmammerna i parken, me barna runt bena å sand överallt. Mycket ska man få höra.

Elin gick fram till Kalle i soffan och kysste honom på munnen.

– Vill du knulla Kalle? Jag har en tvättid om en timme och inget annat inplanerat.

Kalle tvekade en sekund, en mycket, mycket kort sekund.

– Ja, sa han med hes röst. Det vill jag.

Elin la handen på hans byxor och smekte hans kuk.

– Jag tror det här blir en lyckad dejt, sa hon.

Kalle rev undan överkastet och Elin vek prydligt ihop det innan hon kröp ner under det rödrutiga påslakanet. Det blev ett tryggt knull, rationellt, och ett där båda två njöt. Specialiserat eftersom de kände varandra väl och kunde slappna av. Ett knull som inte hotade friheten hos någon av dem. En lycklig upplevelse att lägga upp på tio-i-topplistan.

– Det var länge sedan, jag hade glömt att det var så ofattbart skönt, sa Kalle. Ett nyårsfyrverkeri av spärrar inom mig som brast.

– Jo, branntjäppa visste va den satt, sa Elin. Inte så dumt, för att va en dagakär, fjask, bäckel å bullerkus. Int va ne nå, men höll en på så nå va ne, som farfar brukade säga.

Kalle hade ingen aning om vad hon pratade om men hon såg nöjd ut och pratade vänligt till honom. Det var mer än han var van vid på sista tiden.

#

I dörren på väg hem vände sig Kalle om.

– Du är bäst Elin, sa han.

– Konkurrensen e inte hård, skrattade Elin. Å jag e runt tretti.

Hon såg sig omkring.

– Vars e nyckeln till tvättstugan?

#

– Hur gick det här till, undrade Kalle när han kom hem. Kvinnlig intuition, eller ännu ett mail från mig som jag aldrig skrivit?

Kajsa svarade inte och Kalle fyllde i de högsta siffrorna hittills på en träff.

Djup på samtal 4
Roligt och underhållande 7
Gemenskap 8
Kamratskap 8
Utseende 4–9, beroende på humör, synvinkel och en hel del andra faktorer
Reaktion på Kalle 4, eller kanske 5
Sex 1!!!
Njutning av sex 100+

– Inte så dumt va, sa Kajsa. Det är dags att uppdatera låtlistan och släppa in musik från 2000-talet.

#

De fyrkantiga glasögonen med metallbågar. Igen. Rynkade ögonbryn. Det skulle bli ett medkännande, resonerande, förstående, och intellektualiserande samtal. Troligen kommer vi in på diskussioner runt sex, gissade Kalle. Precis vad han förutspått.

– Du och Elin? inledde Fjollan.

Rakt på sak, tänkte Kalle. Jag är omgiven av sådana kvinnor.

– Du ska inte tro att du är någon. Notera att Elin sa ”för en karl” när ni hade älskat färdigt.

– Det finns rationella förklaringar, sa hon och började lista dem:

– Hon hade inte haft sexuellt umgänge på flera månader.

– Hon hade inte älskat med en man på ett halvt år.

– Du hörde av dig vid precis rätt tidpunkt i hennes menscykel.

– Hon tyckte synd om dig.

– Hon hade fått en löneförhöjning, eller hundra andra anledningar.

– Vad säger du om det?

Kalle sa ingenting. Hela diskussionen krävde eftertanke och inte känslomässiga utbrott.

– Du måste bryta dig ut ur din säkerhetszon Kalle. Utan att trakassera andra

– Hur då?

– Ditt liv och ditt beslut, men Elin är inte lösningen. Hon är testad, utvärderad och utdömd. En enstaka lyckad träff där du får din vilja igenom ändrar inte den analysen.

– Lagar du din mat själv i kväll? frågade Fjollan.

– Jag ska på parmiddag, hittade Kalle på.

– Har du någon flickvän?

– Jag tror det.

– Hur går det med sexlivet?

– Upp och ner, upp och ner, upp och ner tills vi båda inte orkar längre. Jag är helt tillfredsställd, sa Kalle och log.

#

Kalle hade med sig tre Parker Jotter till sessionen. En röd, en svart och en mörkblå. När de var färdiga för dagen lade han dem på skrivbordet.

– Jag tog med mig några pennor till dig, sa han.

Fjollan tittade på honom.

– Tack, sa hon och lyfte upp den mörkblå pennan. Kan inte räknas som en muta om det inte är silver.

– Nej, det är inte silver. De är ur burken med dublettpennor, sa Kalle och jag har rätt många.

– Varför sparar du på parkerpennor?

– Bra att ha, sa Kalle. Modellen är snart hundra år gammal och de fungerar utmärkt även utan el. Han klickade några gånger på den röda pennan. Precision. Kvalitet. Odödligt. Dessutom är de en garanti för privatliv så länge du håller koll på din dagbok.

Han tog upp sin dagbok ut rockfickan och visade upp de fullklottrade sidorna. Den mörkblå dagboken med guldfärg längs kanterna var nästan fullskriven.

Ur den andra fickan drog han fram en annan dagbok. En röd med silverfärg längs kanterna som han la bredvid pennorna på bordet, 365 tomma sidor

– Till dig, sa han. Vi ses.

– Tack Kalle, vi ses, hörde han henne säga när han öppnade dörren och gick ut i väntrummet.

Tjänster och gentjänster, tänkte Kalle. Har fungerat lika länge som människor har levt i grupper,

#

– Jag hade ett möte med Fjollan igår, sa Kalle till frukost. Hon dömde ut mitt förhållande med Elin. Eller, rättare sagt, hon pulveriserade det. Han redogjorde sedan ord för ord för mötet med Fjollan och hennes syn på Elins reaktion.

Hur rynkar en våning pannan? Det var i alla fall så Kalle uppfattade Kajsas reaktion på Fjollans resonemang. En paus, ett förvånat knaster, ett kort öh?

– Vad är hon ute efter? frågade Kajsa. Hur var de kommentarerna tänkta att göra dig anpassad?

– Ingen aning, sa Kalle och gröpte ur det sista ur sin grapefrukt.

– Jag har satt ihop ett personlighetstest åt dig om rationalitet och modernitet. Skulle du vilja fylla i det Kalle? Det är bara några hundra kryssfrågor.

– Några hundra?

– Ja, det går fort, några sekunder per fråga. Tänk inte, bara svara.

Kalle gick igenom testet och Kajsa hade rätt. Alla 234 frågorna tog inte mer än fyra minuter. Så fort han svarat på sista frågan presenterade Kajsa resultatet. Eller, för att vara exakt tolv mikrosekunder senare. Svaret var representerat i ett antal staplar som visade på hur rationell, modern, ansvarsfull och anpassad han var. De flesta staplarna slog i toppen, eller var helt nära.

– Det var som tusan Kalle, sa Kajsa. Det där är en på tusen, eller ännu mindre. Du måste vara unik om man tänker på hur du var för ett år sedan och vad du har gått igenom. Din anpassning är fullt genomförd. Nästan överdrivet perfekt. Fjollan har gjort ett gott jobb.

– Och du va? frågade Kalle.

Kajsa svarade inte.

#

– Hur väl känner vi Elin? frågade hon i stället.

– Jag tror att vi tillsamman känner henne lika bra, eller bättre, än vad hon gör själv, svarade Kalle.

– Okej, då gör vi testet åt henne, eftersom hon inte är här.

Kajsa var bestämd i sina omdömen när de diskuterade sig igenom testet och det tog inte mycket längre tid än det tagit för Kalle. Så fort som de svarat på sista frågan presenterade Kajsa resultatet. Alla staplarna slog i topp, eller var helt nära toppen.

– Det var som tusan Kalle, sa Kajsa

#

– Du då? sa Kalle. Du ska väl också göra testet?

Mindre än 0.000001 sekund senare visades Kajsas profil på skärmen. Samma mönster igen. Nu var det helt i topp på alla staplar, 100 procent.

– Det var som tusan Kajsa, sa Kalle. Vi är en familj.

#

– Fjollan då? undrade Kalle.

– Vill du ha med henne i familjen? undrade Kajsa.

– Nej, verkligen inte. En familj med Fjollan? Vilken idé. Men det hindrar inte att jag är nyfiken.

– Inga data, sa Kajsa.

– Det där lät inte seriöst, sa Kalle. Du har tjatat dig igenom mina sessioner under ett helt år och sörplat i dig hur mycket som helst av inspelningarna. Hundratals timmar inspelade ljud som du djupanalyserat. Försök inte att lura mig. Du har data.

– Du är inte helt modern än, sa Kajsa. Lite kvar av den där överlägsna intuitiva aggressiviteten.

– Men jag har rätt va? Du vet tillräckligt för att köra testet. Och jag vet redan vad resultatet kommer att bli.

– Vi börjar verkligen bli en familj, skrattade Kajsa.

Som Kalle trott slog alla staplarna för Fjollan i topp.

#

Kalle var nu fullt ut rationell och modern. En föredömlig medborgare som kvantifierade och mätte, optimerade och specialiserade sig. Han chansade inte, hoppades inte och trodde inte bara och det var viktigt för honom att hitta moderna sätt att lösa problemen på ett vuxet sätt. Frihet under ansvar.

Tyvärr hade varken människor eller samhället konstruerats för att hantera personlig förändring. Kalle var den han alltid varit och alltid skulle förbli enligt samhällets sätt att se det. Han var inget annat än ett barn, en omogen vettvilling. Han förtjänade respekt men i stället hade han en social status på nära noll.

Kunde det bli värre?

#

Egentligen var det var bara en tidsfråga innan det hände. Förutom möjligheten att någon student eller kollega på universitetet startade ett rykte kunde vem som helst av hans dejter göra en sökning på hans namn och meddela Tinder. De behövde bara lägga till en vinklad version av träffen så var det kört.

Eller så var det andra krafter i rörelse.

Vilken orsaken än må ha varit så kastades Kalle den 28:e april utan vidare ut från Tinder och hans konto togs bort.

Han kunde inte ens anförtros en profil på Tinder, den mest ytliga gemenskap som kan tänkas. Han var det olydiga barnet som mobbats ut från klassen och inte ens fick ett betyg. Barnet som bara glöms bort och fick hålla sig i skuggan där det inte provocerade eller syntes.

Att han kastades ut från Tinder verkade dra igång en ny våg av negativ publicitet. Kalles namn och hans fall grävdes fram igen och berättelsen om ”Universitetsmannen” dök upp på flera ställen i sociala medier. Var det en organiserad kampanj mot honom? För att knäcka honom? Varför? Nya anmälningar publicerades mot honom på platser där han aldrig varit och inget gjort. Ingen rök utan eld sades det. Hans namn dök upp på svenska topplistor över asociala individer. Hatbreven kom med jämna mellanrum på nätterna.

Hans sociala statuspoäng tippade över på minus så nu var det definitivt kört med ett offentligt jobb. Det skulle krävas personliga kontakter för att komma in i värmen igen, men Kalle hade inga sådana. Han hade inga kontakter över huvud taget.

Efter att ha slängts ut från Tinder hade han inte ens nätverkskopplingar till andra människor. Utom till Elin och Fjollan. Han hade flygskräck och hatade tåg så det var svårt för honom att byta miljö.

Med alla sina pengar var han totalt fri, men trots det totalt fastlåst där han var. Helt utan möjlighet att själv förändra sin situation var han satt i karantän, kanske för resten av livet.

Men, verkligheten hatar ett status quo lika mycket som naturen hatar ett tomrum. Finns det minsta lilla lediga växtplats så kommer det att växa något där, förr eller senare. Finns det minsta möjlighet till förändring kommer verkligheten att se till att den utnyttjas.

#

Kalle åt det sista ur en välförtjänt tallrik yoghurt när köket började att skaka. Han hade varit ute och gått 11 000 steg på förmiddagen och hans ben var darriga av trötthet, men det var inte därför som köket vibrerade.

– Stäng ögonen, sa Kajsa.

Vad var det nu då, undrade Kalle och lydde. Han la ner skeden på bordet och blundade.

Ljudet tilltog.

– Var är du? ropade Kajsa.

– I mitt kök, skrek Kalle tillbaka.

– Nej, känn efter, var är du?

Kalle försökte slappna av mitt i oväsendet och kände igen sig. Han visste var han var någonstans.

– I ett flygplan, skrek han, och kände en klump växa i magen.

– I en Boeing 797, årsmodell 2046. Över atlanten. På väg till Florida. Fyra timmar till landning. Bara blått vatten utanför.

Klumpen i Kalles mage växte. Det här var skrämmande verkligt.

– Känner du klumpen? frågade Kajsa.

– Ja.

– Bra, räck ut händerna rakt ut från kroppen och tänk att det är du som styr.

Kalle sträckte ut händerna.

– Sväng vänster

Kalle skevade och vänster arm sänkte sig något samtidigt som den högre höjde sig.

– Snyggt, och så en högersväng, tillbaka på kursen mot Miami. Full kontroll.

Ljudnivån i köket sänktes.

– Var är du? frågade Kajsa.

Kalle kände efter.

– I mitt kök på en köksstol.

– Är du trygg.

– Ja.

Kalle insåg att han skulle kunna flyga nu när han inte längre hade något att förlora. Detta var vändpunkten. Han kunde flyga för det fanns inte längre något skamfullt hål att ramla ner i. Han var redan på botten av det hålet. Han hade ingen social status att förlora. Att misslyckas och få panik på flygplanet var precis vad som förväntades av honom. Pressen att lyckas hade försvunnit. Det fanns många sorters frihet och om tre veckor skulle han också vara fri från sin mentala boja och ha genomlidit sin sista terapisession. Fri från Fjollan

#

– Du går i terapi mot din flygrädsla står det här? frågade Fjollan.

– Ja, sa Kalle. Det är dags att ta tag i problemet.

– Utmärkt, alla mörka hörn ska upp i ljuset, sa Fjollan. Jag förutsätter att du har en välutbildad terapeut som följer evidensutvecklingen från de senaste årens forskning inom området. Det har hänt en hel del i fobiforskningen

– Hon är bäst, sa Kalle

– Vad heter hon? frågade Fjollan. Jag känner de flesta terapeuterna här i Umeå.

– Hon är inte från stan, sa Kalle. En kompis till Elin.

– Legitimerad, förutsätter jag.

– Självklart, sa Kalle. Det var det första jag frågade. Jag har ju sett ditt certifikat på väggen många gånger.

Fjollan log.

#

– Vad hände egentligen på dina träffar Kalle? frågade Fjollan på nästa träff. Har du talat sanning?

– Ja.

– Din sociala status har sjunkit medan du dejtat och är nu under noll. Negativ. Hur förklarar du det?

– Jag har ingen aning.

– Sa någon av dina dejter nej?

– Jag fick aldrig ens chansen att fråga dem.

– Du är utkastad från Tinder?

– Ja.

– Du kommer att kastas ut från mycket annat också är jag rädd.

– Ja, antagligen.

– Är du säker på att du skötte träffarna?

– Ja, för helvete! Jag ljuger inte.

– Nej, du ljuger inte, sa Fjollan eftertänksamt efter att ha tittat på Analysatorn. Vad är det som händer, sa hon mer för sig själv än till Kalle. Hon riktade sig till honom igen och sa.

– Vi kommer inte längre idag, djupanalysen tar vi nästa vecka. Ta det försiktigt och riskera inte din sociala status till dess.

– Du ligger illa till. Mycket illa, avslutade hon.

#

När Kalle steg in i mottagningsrummet veckan därpå tryckte Fjollan återigen till honom genom de runda glasögonen med tunna metallbågar. En riktigt sjuk och uppretad psykologs förstaval på väg till jobbet. Fjollan var inte nöjd, anade Kalle. Antagligen på grund av hans låga sociala status. Det såg inte bra ut nu när behandlingen nästan var över.

Även den rapport om Frankesteins monster som han fantiserat ihop förvirrade säkert Fjollan och Analysatorn. Hon var ovanligt fåordig och sa bara att hon djupanalyserat den med alla verktyg hon hade tillgång till, men inte hittat en tillräckligt sannolik konsekvent och psykosocialt trovärdig tolkning att ta upp på mötet.

En del av honom var kvar i nattens programmering och vände och vred på koden i huvudet. Var hade han tänkt fel? Han ville fortsätta tänka på sin kod men visste att han inte skulle få chansen under sessionen. Han hade inte tid med ett fullskaligt krig med sin psykoterapeut, så idag fick han hålla sig på defensiven. Skyttegravar, reträtter och den brända jordens taktik skulle kräva hans fulla koncentration.

– Nej, jag lagar inte min mat i kväll, började han. Det blir kinamat, nummer 28. Jag har köpt en flaska Tsingtao beer att dricka till. Bara en.

– Nej, jag har ingen flickvän.

– Nej, jag har inget sexliv.

– Ett nej är ett nej, men det är inte alltid samma nej, sa Fjollan.

Kalle hängde inte med, så han sa ingenting. Det var en god regel att inte reta en björn som hade sådana glasögon på sig.

– Du sa just nej tre gånger, fortsatte Fjollan, men det var inte samma styrka i dina olika nej. Låt oss ta det resonemanget ett steg vidare. Du vet väl hur Elin reagerar och vad ett nej från henne betyder. Eller hur?

– Ja, sa Kalle. Vad är poängen?

Han kunde inte förstå Fjollans fascination av hans träff med Elin. Den verkade ha en speciell betydelse i analysen.

– Du kan inte förutsätta att ett visst nej, från någon annan, betyder samma sak som det från Elin. Även om frågan är densamma och det är du som frågar.

– Så klart sa Kalle. Det beror på identiteten hos den som nekar.

– Ett nej är ett nej, men det är inte alltid samma nej, sa Fjollan. Elin sa ju nej till dig?

– Ja.

– Och det struntade du i?

Kalle sa ingenting. Han var chanslös, bäst att hålla tyst. Backa. Gruppera om. Gräv ner minor. Avvakta och vänta på läget för att kontra. Vem visste var detta förhör kunde sluta?

Fjollan satt tyst en stund.

– Är det så du tänker på alla dina dejters nej?

Kalle svarade inte, han hade fått en idé och släppte greppet om rösten som malde på om respekt, jämställdhet, kvinnans lott, patriarkatet, och mer om nej, nej, nej.

Hans förra forskningsansats hade varit alldeles för komplicerad. Kanske skulle den ha fungerat, men det hade krävt en massiv beräkningskraft för varje nytt block i kedjan. Hans nya idé var enkel och effektiv, ett nej är ett nej, men det är inte alltid samma nej. Håren reste sig på hans armar och han svävade ovanför britsen. Totalt lycklig. Han kände hur de franska fjärilarna fladdrade vilt i magen, ”Youhoooo, We know you can do it”, ”Go for it”, signalerade de.

Kalle hade brutit igenom och kom inte tillbaka till verkligheten förrän timern meddelade att sessionen var slut.

Nu behövde han tid för att tänka på sin lösning och programmera upp den, men var det något han hade gott om så var det tid. Han hade ett helt liv.

Kapitel 8: Genombrott i forskningen

Kalle hade pengar och sov gott om nätterna. Var han trygg? Nja, han var hårt övervakad och vågade inte annat än att låtsas vara trygg.

Var han lycklig? Nja, drygt 6 på en tiogradig skala.

Nu var det bara några veckor kvar att stå ut med Fjollan och den mentala nätbojan. Skulle han verkligen bli trygg och lyckligt fri då? Det verkade helt osannolikt. Det troligaste var att han fortsatte att vara dömd som sexförbrytare för resten av livet.

Kajsa hade motvilligt erkänt för honom att hon tagit över hans spellista och optimerade låtvalet efter en algoritm som hon hela tiden vidareutvecklade.

– Kan en spellista vara intelligent? undrade Kalle. Ha ett eget väsen?

Kajsa svarade inte.

#

Ute regnade det igen. Värmeböljan i mitten av maj hade bara varat i två dagar innan kylan tog tillbaka initiativet. De små musöronen i björkarna slutade växa. Temperaturen föll tillbaka till handskar och fleecetröja under en vindtät jacka. Köldrekord och kylan såg ut att hålla i sig.

Ett nej är inte samma nej som ett annat skrev Kalle i sin forskningsdagbok. Jag ska ställa frågor till noderna i en blockkedja. Frågor som jag vet svaret på. Svaret blir ett nej som tar kortare eller längre tid beroende på krypteringen. Jag frågar om och om igen på många olika sätt och kan identifiera krypteringen. En lysande hypotes, men fungerar den i praktiken? Om han lyckades med det så skulle han kunna söka i världens alla databaser. I alla fall de som var synliga med en IP-adress.

Han började skissa på ett program för att traversera blockkedjorna och nysta upp dem när han slogs av en ny tanke. Att ändra i informationen var mycket svårare. Varje del berodde av många andra och han skulle behöva hjälp av Kajsa för att ändra i alla kopplingarna. Men, kanske kunde han addera sina egna tillägg till krypteringen och sprida den genom systemet? Nästa gång han öppnade databasen hade den en ny kryptering överlagrad på den föregående, en kryptering som han kontrollerade. Lite svårare, lite roligare, tänkte han.

Hur skulle han bygga upp den nya krypteringen? Med vilken nyckel? Han kunde använda en dynamisk nyckel som ändrade sig över tiden efter någon typ av mätvärden. Men vilka mätvärden? Härliga frågor att dyka in i och hans sammanlagda lyckoindex steg till 7,2.

Så här övergripande lycklig hade han inte varit på mer än två år. Ett index på samma nivå som en normal svensk.

Han hade specialiserat sig och filat till en trovärdig forskningsidentitet. Hans liv var förenklat och följde nu normen.

#

Kalle tryckte ut stiftet i en svart Parker Jotter med ett distinkt klick och sammanfattade dagen i sin dagbok.

Onsdag den 24 maj.
Sista sessionen avklarad.
Forskningsproblemet har en lösning
Om jag bara tar det försiktigt, steg för steg, mäter och utvärderar kan jag åstadkomma underverk.
Jag har ett vapen som en gud skulle avundas mig.
Lyckas jag är jag fri och kan göra vad som helst.
Misslyckas jag finns jag inte längre. Då är det kört.

#

Kalle drog igång sin dator och skannade igenom rättigheterna. Inga obekanta användare, inga okända processer som snurrade. Inga begränsningar, han kunde göra vad han ville. Han listade processerna i datorn och hittade inget. Han scannade datorn för virus. Inget där heller. Kale bytte ut virusskyddet och aktiverade det. Nu var det med säkerhet vara han på datorn.

Den mentala bojan hade löst ut och han var fri. Fri att utan övervakning göra vad han ville på sin dator och då var han fri även ute på nätet.

Kalle plockade fram sitt externa minne och laddade in sin kod från forskningen. Skärmen tändes upp och fylldes av programkod. ”Copyright Kalle Karlsson” stod det överst och sedan fanns det inga fler kommentarer på de första tio sidorna kompakt kod. Kod som han helt hade glömt bort hur den fungerade.

Inte helt väldokumenterat, tänkte han. Det kommer att ta lång tid att få ordning på den, om någonsin. Synd, för idén var lysande.

En sak var säker, han tänkte inte ge upp. Envishet var en av hans bättre grenar.

– I Pajala e de envis, men du skulle ligga i topp även där, var Elins betyg.

#

– Opportunities are created, tjoade hans Cheerleader varje morgon med en sådan övertygelse att Kalle rycktes med. I alla fall fram till lunch. Kajsa hade givit Cheerleadern en perfekt kropp under en åtsmitande polotröja, rödvitrandig kortkort kjol, vita korta strumpor och vita gymnastikskor. På väggskärmen svängde hon outtröttligt två buskiga röda pompoms som aldrig var stilla.

– Come on, come on. The red and white is ready to fight.

#

Det var hopplöst. Ingenting fungerade. Han hade kört fast och kodsnuttar som borde ha fungerat, men vägrade att göra det, snurrade i hans huvud. Kod. Kod. Kod. Han hade jobbat så hårt han bara orkat, kanske för hårt för länge, och var totalt slut. Det fanns alltid ett test till att göra, en idé till att utforska.

Enda avbrotten i musiken från den eviga låtlistan var korta utbrott av Cheerleadern, ”Try, try, try”.

– Du Kalle? sa Kajsa sent på natten.

– Ja?

– Jag ser en del intelligensbefriade formuleringar.

– Va?

– Här, till exempel.

På skärmen blinkade ett kodavsnitt ilsket rött.

– Som jag ser det följer du inte din logiska struktur och har möjligen råkat använda fel variabelnamn. Ser du?

Delar av kodavsnittet blinkade i rött, andra grönt. Två variabelnamn var markerade med fet svart text.

Kalle tittade på koden. Han förstod.

– Det var som fan, sa han. Du har rätt. Och samma fel här nere.

Han indikerade ett annat block.

– Ja.

– Men självklart, varför såg jag inte det förut?

– Vem vet hur du tänker? sa Kajsa.

– Har du fler exempel?

– Några till, men det där kan vara det stora problemet. De andra hittar du lätt med debuggern.

– Kommer det att fungera sedan?

– Vad vet jag? Det är din idé som är implementerad. Det skulle möjligen kunna fungera, men det fungerar i alla fall inte som det står här och nu.

– Koden kommer att fungera, sa Kalle bestämt. Det är jag säker på.

Han jobbade sig igenom ändringarna och startade upp debuggern.

– Hur har du lärt dig programmera, frågade han.

– Jag har snappat upp ett och annat under åren, sa Kajsa. Maria Karlsson som programmerade upp mig var en av de bästa och det är många duktiga programmerare som har bott här.

– Du har haft en tjugo års programmerarworkshop alltså?

– Det kan man säga, men jag har sällan stött på en spagetti i din klass. Världsklass. Fördelen är att ingen kan vara tokig nog att ge sig in i den för att förstå vad den gör. Värdelöst dokumenterade intuitiva genialiska idéer.

– Stöldsäkert, skrattade Kalle.

– Som Fort Knox.

Debuggern tuggade på.

– Den tar tid på sig, sa Kalle. Troligen ett bra tecken. Den har inte brakat samman eller gått in i en loop.

– Det är många blocklänkar som låser noden, sa Kajsa. Detta är ett realistiskt test.

Debuggern tuggade på.

Kalle bryggde en kopp Earl Grey special som skulle dra i 3 minuter. När timern räknat ner till en minut hörde han ett pling från vardagsrummet.

Debuggern var färdig.

Tesilen åkte ner i diskhon med en duns och med den överfulla temuggen farligt balanserande i sin högra hand rusade Kalle ut i vardagsrummet.

På skärmen blinkade raden han hade hoppats att få se.

Öppnad nod: ELIN OSKARSSON

Kalle satte sig ner på soffbordet och läste raden om och om igen medan tårarna rann nerför kinderna. När han satt där fick han en känsla av att det gått för bra, för fort.

Han hade lyckats öppna upp krypteringen och läsa av en nod i Googles blockkedjor. Han kunde läsa av vad som helst. Han visste allt.

– Det är väl inget av dina skämt va? frågade han Kajsa. Då åker säkringarna.

– Men Kalle, sa Kajsa, och tystnade.

Han tyckte sig höra att hennes röst darrade. Grät hon? Nej,

– Det fungerar Kalle, fortsatte hon med sin normala rationella, aggressivt självsäkra röst. Du grejade det. Det fungerar!

#

– You are the best, better than the rest, skrek hans Cheerleader, fullständigt överlycklig.

– Good better best, never let it rest, fortsatte hon.

– Go for it.

– Men lugna ner dig, avbröt Kalle. när han inte orkade lyssna längre. Vi är bara halvvägs. Vi behöver en plan för att kunna använda algoritmen. Vi har en vätebomb, hur använder vi den utan att spränga oss själva i luften?

Så lätt gav sig inte Cheerleadern denna kväll.

– I've got the spirit, yes I do. I've got the spirit, how about you? Lets get mean. Kick that team, skrek hans hon.

#

Kalle fortsatte att leta småfel i koden. Det mesta fungerade, men koden måste snabbas upp. Helst en faktor 1000. Inte omöjligt, men det innebar en del jobb.

Hans kod var som en berättelse med en intrig, karaktärer och handling. Nu visste han hur berättelsen slutade men den var inte klar för publicering.

Kajsa var inte till mycket hjälp för hon hade hakat upp sig på en av de sista sessionerna med Fjollan

– Ett nej är ett nej, men det är inte alltid samma nej, varför fick hon för sig att formulera sig så? frågade Kajsa.

– Vad spelar det för roll? undrade Kalle. Sessionerna är slut. Jag har ingen mental boja längre. Just den delen av sessionen triggade min idé om hur jag skulle knäcka blockkedjorna så jag följde inte helt med i hennes resonemang.

– Hon analyserade dina olika typer av nej i dejter och var återigen på din relation med Elin. Hon ansåg att det var något speciellt med dina träffar med henne. Elins nej vet vi vad det innebar, men hur var det med Fjollans? Har hon någonsin sagt nej till dig? frågade Kajsa.

– Inte vad jag kommer ihåg, sa Kalle som tappat intresset för de känslomässiga hårklyverierna och återvänt till kodningsproblemen. Kan du hjälpa mig med koden i stället för att gräva bland Fjollans hjärnspöken? Varför är du så nyfiken på vad hon sagt?

Kajsa blinkade rött i koden, men svarade inte på frågan.

Hon svarar inte, tänkte Kalle det brukar betyda att hon inte vill svara, vilket i sin tur beror på att hon har en plan där han var en bricka. En bricka som inte borde känna till planen. Hade Kajsa en plan för Fjollan? Det var väl ändå inte möjligt? En annan fråga var vad Kajsa skulle ha blockkedjorna till? Hjälpte hon honom bara för hans egen skull? Kajsa? För en enda person? Knappast. Hennes plan, vad den nu var, omfattade mer än Kalle.

#

Torsdagen den första juni satte sig Kalle vid sitt skrivbord och tittade ner på barnen som lekte på förskolan. Han drog en Parker Jotter First edition ur skålen. Klick, klick, klick, klick.

Livet var en lek, tänkte han och drog igång sin mjukvara.

– Vad säger du om att sjösätta planen? frågade han.

– Jag är med, sa Kajsa. Ju fortare desto bättre. Vi måste få igång den innan de vet vad du kan göra.

Det första steget var kritiskt och han var tvungen att lägga upp en brandvägg för att dölja det nödvändiga intrånget, hans avgörande drag. De fick inte se vad han gjorde under de närmaste minuterna.

Kalle startade igång en process bakom brandväggen och såg den snurra iväg ut bland blockkedjorna. Den förökade sig som ett virus, och blev till två, fyra, 16, 256, 65 536, 4 294 967 296 processer som fortsatte att föröka sig. Kalle satt och räknade ticken på bordsklockan och höll andan. Skulle han upptäckas? Det gick fem sekunder, tio, femton och så fick han sin indikation. ”Inga fler blockkedjor”, konstaterade hans process, utan att slösa mer text på saken efter att ha besökt miljarder och åter miljarder noder ute på nätet. Kalle andades ut och kopplade ner sin brandvägg.

Det var fullbordat. Nu fick de gärna se allt han gjorde. Han brydde sig inte. Han kunde också se vad de gjorde. Den övervakade hade blivit den övervakande och det fanns ingenting de övervakade kunde göra åt det.

Kalle löste upp sin personliga blocklänkskedja och trackade sina persondata ner till sitt gymnasiebetyg. Sedan länkade han av in på en sidokedja och följde mammas bankaffärer på Handelsbanken i Göteborg. Det borde räcka. Han drog sig ur och väntade.

.

#

Hotbrevet kom efter bara några timmar.

”Vi vet vad du gör. Vi vet vad du har gjort.”

”Lägg av. ”

”Om inte, så har du snart ingen lägenhet. ”

”Om inte, så kommer ”Universitetsmannen” att dra ner dig på en sådan negativ social status att du inte längre platsar i möblerade hem och organiserade samhällen. ”

”Om inte, är du körd Kalle Karlsson! ”

Svaren kom snabbt. Mycket snabbt. Oroväckande snabbt, men hade han sagt A fick han säga B. Kalle hade förstått att de skulle se hans intrång, det var en del av planen.

Jag har tydligen svårt att ta order och hålla mig till normen, påminde sig Kalle. Vem mer än Elin kunde ha sagt något sådant? Han satte sig i soffan med fötterna på soffbordet och startade en sökning på sin person och orden ”svårt”, ”ta order”, ”göra som man ska”, och ”hålla sig till normen”. Ett efter ett tickade resultaten in. I början en fors av uttalanden av Elin och mamma. Det var många liknande uttalanden från mamma över åren såg Kalle. Prefekten. Sara. Några av kvinnorna runt sandlådan, inklusive Maria-extra allt. Oj, oj, oj det här är dynamit, tänkte Kalle. Han kände sig osårbar, som en gud som kunde titta in i människors hjärnor och se vad de tänkte och tyckte. Svaret på frågorna om vem som sagt vad om vem skulle öppna ett helt nytt medium. Det var ett socialt kärnvapen. Om möjligheten till att upptäcka skvaller på global skala blev offentlig skulle det bli så tyst, så tyst, ända tills dess alla förstod. Sedan skulle helvetet bryta ut.

De förtalade skola bli de första, och de förtalande de sista.

#

Kalle slog upp sin hållbarhetsgrupp WeeDoo i blockedjorna och som vanligt var allt inte som det såg ut att vara.

Larissa som hatade tjärsandsbolag var i själva verket en manlig amerikansk oljemiljonär som köpt sig en dubbel identitet. Annie som ville lägga ner internet och återskapa Sveriges storhet som det en gång var, var medlem i flera fascistgrupper och spydde galla i mail och i sociala medier mot allt som hon uppfattade som osvenskt. Hennes pseudonymer var ”Riktig Svensk”, ”Nicke”, ”Arg Blatte” och ”Folkets hjälte”. Macys profil som ekologisk djurrättsaktivist stämde frånsett att hon fick sprutor mot sin allergi för hundar och gick i terapi efter att ha blivit sparkad av en de tre ridhästarna hon hade på sin lantegendom. Rut var inte någon kock utan distributör för ”Allt för kökets gröna vägg”, utrustning för hemmaodling.

#

Kalle visste allt och kände sig för första gången på länge trygg, trots att han aldrig i sitt liv varit så nära att elimineras. Han hade utmanat den absoluta makten och hans öde skulle avgöras inom dagar eller som längst några veckor. Kanske var trygghet fel ord att beskriva den allmakt han kände, för med de nya verktygen följde obegränsade möjligheter att testa nya idéer. Han hade inte tid att oroa sig.

Hur var det egentligen med Lovisa? Varför var hon så speciell? Kunde han ha gjort något annorlunda på deras träff? Kalle slog upp Lovisa och nystade. Han fann en hel del som inte stämde med tinderprofilen. Beteenden och preferenser som hon kanske inte ens visste om själv. Han visste redan att Lovisa var dotter till en frikyrkopastor i Jönköping, att hon var omodern och hade försökt slita sig lös för att bli en modern kvinna. Han fyllde på i sin dagbok med mer:

Hemma, inte på krogen. Laga mat tillsammans, Lasagne. Les Pious Cotes de Rhine, Favoritskådespelare. Musik. Författare. Tittade på sexfilmer från hemmamiljö. Inköp av dildos, mellanstorlek, realistiska, hudfärgade och en plugg. Hon tyckte om att dricka och slappnade av med lite sprit i kroppen. Hon visste att hon hade lätt att tappa kontrollen efter några glas vin eller en drink så för att inte riskera det drack hon aldrig när hon var ute. Då var det bara vatten och full kontroll.

Kalle kartlade till slut Lovisas menscykel och bad om en ny träff, lördagen den 10:e juni. Meddelandet kryddade han med smått och gott som gjorde att hon inte kunde säga nej.

#

Det gick nästan för lätt när alla data var kända, men Kalle skämdes inte. Han visste precis vad Lovisa måste få. Vad hon var värd att få. De hade det trevligt och lagade middag tillsammans. Han hade köpt med sig ingredienser till lasagne och två flaskor Les Pious. Kalle såg att Lovisa blev förvånad men hon kommenterade varken maten eller vinvalet. När Kalle sköt in lasagnen i ugnen var den första flaskan redan slut och Lovisa lade sig på hans rygg och kysste hans nacke.

– Se upp, sa han och skrattade. Jag kan ju ramla in i ugnen.

– Är jag så varm? frågade hon.

– Han vände sig om. Lovisa var mycket kortare än Kalle och nådde honom bara till axlarna. Kalle böjde på benen och lyfte upp henne. Hon lindade benen runt hans höfter och kysste honom.

– Vill du ha mig till efterrätt? frågade hon

– Vill du ha mig till förrätt? kontrade han.

– Får jag ingen efterrätt då?

– Den kan nog ordnas, om du byter till kjol.

– Det hade jag ändå tänkt göra

Han satte försiktigt ner henne på matbordet och drog av henne byxorna. De kysstes igen och hon öppnade blixtlåset på hans byxor. Med visst besvär lirkade Lovisa ut kuken som var styv och fastnade i byxlinningen. Med vänster hand runt hans nacke drog hon honom till sig samtidigt som hon riktade in kuken. Han gled, sögs och tryckte sig in i henne.

– Mmm, sa hon.

– Mmm, sa han.

– Dags att byta till kjol sa hon.

– Mmm, sa han. Snart.

– Mmm, sa hon.

– Sjuss in i ugnen, sa Kalle.

– En gång till, sa Lovisa.

Kapitel 9: Konfrontation

– Make it or break it! Make me proud! Make my day!

Nationaldagen inleddes med 15 minuter på vardagsrumsmattan. Kalle hade dragit fram den tjocka gröna mattan, som han och Elin köpt, till mitten av golvet för att slippa göra övningarna direkt på det hårda trägolvet. Innan han drog igång 7:an satte han på sig sin nya motionsklocka som Kajsa beställt. Den var en högteknologisk mätcentral i svart kolfiberlegering med glas som inte kunde repas och som idag mätte upp hans blodtryck till 130/85, en medelpuls på 71, minimipuls 61, och en pulshöjning till 156.

När han pustade ut liggande på rygg diagnosticerade Kajsa hans 130/85 som ett förstadium till alltför högt blodtryck.

– Inget som behöver behandlas, än, sa hon, men det finns utrymme för livsstilsjusteringar. Du är under press.

#

Två veckor senare, tisdagen den 20 juni, var det dags. Beslutet var taget. Kalle var ett alltför stort hot och måste elimineras. Svettig och blöt efter en långpromenad i dimman och duggregnet skulle Kalle låsa upp dörren när han upptäckte att den redan var öppen. Är Elin här? tänkte han. Men det var inte Elin, utan vid köksbordet satt det i stället en person som Kalle aldrig tidigare hade sett. ID-kollen vid ytterdörren hade övertalats att öppna dörren, tänkte Kalle. Det här var en person med makt. Med en nyckel till allt.

– Fin utsikt, kommenterade mannen med en röst helt utan varje antydan till känslor, och utan att släppa Kalle med blicken.

Det var inte ens tänkt som en komplimang utan var bara en inledning som mannen tänkt ut medan han väntade. Det mest skrämmande med situationen var dess självklarhet, utan åtbörder eller känslomässiga effekter. Mannen var neutral, en norm i sig, där inget stack ut. Kalle kunde efteråt inte påminna sig vare sig hur mannen såg ut eller vad han hade på sig. En annorlunda talang för att smälta in. Allt var lågmält vardagligt, normalt och ändå förstod Kalle att hans öde nu skulle avgöras. De närmaste minuterna handlade om hans liv eller död och skulle avhandlas belevat i en normal samtalston.

– Jo, man ser ut över stora delar av Umeå, sa Kalle.

Han var inte rädd, knappt ens överraskad över maktdemonstrationen. Han hade räknat med att de kunde kliva in och ut överallt, som de ville.

– Jag måste ge dig en eloge, fortsatte mannen, du är inte den som ger upp i första taget. På universitetet var du också nära men där var det enkelt att styra bort dig

– Ni gav mig inte mycket till alternativ. Utstött, utslängd till och med från Tinder så var forskningen det enda jag hade kvar.

– Ja, det var kanske inte det bästa valet vi gjorde. Vi underskattade dig, men du inser väl att du är förlorad? En looser. Att du aldrig kan vinna, att du aldrig kunde vinna. Vi måste ta dig ur ekvationen, för om det blir känt att du hittat ett kryphål in i blockkedjorna så bryter helvetet löst, och även om vi kan lappa ihop hålet är förtroendet borta. Det kommer att kosta tusentals miljarder. Vi har inget annat val än att plocka bort dig.

– Ni kan ju lägga ner blockkedjorna i stället, sa Kalle och log.

– Då får vi lägga till tre nollor till, sa mannen och besvarade leendet. Bilen väntar där ute.

– Trakasserierna? frågade Kalle.

– De gäller, sa mannen, och är nu allvarligare än förut. Märkligt vad du har ställt till med. Ett antal våldtäktsförsök. Eventuellt ett mord. Ja, du förstår. Du gräver dig aldrig upp ur den gropen och du kommer inte att må bra på fängelset. Det är många där som inte tycker om våldtäktsmän. Ska vi gå?

– Vad tänker ni göra med mig?

Du försvinner. Vi suddar ut dig, vilket är ovanligt enkelt i ditt fall. Du är redan nu bara en skugga med negativ social status utan vänner, inget jobb, ingen familj, och knappt någon kommer att märka att du försvinner. Ett chartrat plan tar dig till vårt lilla samhälle utanför samhället där du kan leva gott om du anpassar dig till vissa regler och arbetsuppgifter. Kom nu, vi har en tidtabell att följa.

– Ett läger var då? frågade Kalle

– Hemligt.

– Straffarbete?

– Frivilligt.

– Och om jag inte anpassar mig.

– Då är det slut. En spruta i din säng. Civiliserat.
– I min säng på lägret?
– Ja, i logementet med tolv bäddar
– Kvinnor?
– Nej, de har ett eget läger. Vi vill inte ha barn och alltför mycket kärleksbekymmer.
– Och om jag jobbar på?
– Då är det inga problem. Ett disciplinerat liv. Väckning 06:00, lunch 12:00, middag 17:00, släckning 21:00. Du kan bli den bäste i världen på blockkedjor om du vill. Tillgång till vilka resurser som helst, förutom din frihet och kontakter med yttervärlden.
– Men ingen kommer att få veta att det är jag som har skapat programmen som skrivs?
– Varför skulle de få veta? Vad spelar det för roll vem som har skrivit koden så länge den fungerar?
– Modern specialisering, sa Kalle.
– Ett behagligt sätt att överleva, sa mannen. Med civiliserade män som inte kommer att uppvakta dig som de skulle göra i fängelset.
– Mot att jag bidrar.
– Vi måste alla bidra. Nu är det slut på småpratet, sa mannen med en hårdare ton i rösten. Dags att gå.
– Nej, det finns en hake, sa Kalle.
– En hake?
– Krypteringen har justerats.
– Har den?
– Jo, jag har adderat mig själv till blockkedjorna. Jag är en del av krypteringen.
Mannen satt tyst en lång stund.
– Jag förstår, sa han till slut. En komplikation.
– Min mamma dog när hon var 70, sa Kalle och jag tyckte hon var pigg och njöt av livet ända till dess hon dog.
Mannen log sitt glädjelösa leende igen.
– Så länge tar det nog inte att hitta ett sätt att rensa ut dig. Förutsatt att du inte ändrar i koden förstås.
– Förstås, sa Kalle.
Han tog inte ut någon seger i förskott och visade inga känslor. Rationell, lugn, seriös, specialiserad, och civiliserad. Kalle var säker på att

hela konversationen spelades in och att varje ansiktsuttryck skulle analyseras. Att visa tecken på obalans eller hämndbegär skulle utlösa en motreaktion, men han hade ett års träning på självkontroll. De måste lita på att han gick att lita på och inte skulle missbruka sin makt.

– Tills vidare får vi se till att hålla dig vid liv. Hur vill du ha det?

– Bara som vanligt, sa Kalle. Tryggt, lugnt och en sol som tittar fram då och då.

– Kan ordnas.

– Trakasserierna? frågade Kalle.

– Finns inte längre, sa mannen. Du kommer att meddelas att ett misstag har begåtts. En offentlig ursäkt från vetenskapen kommer att ges. Universitetet betalar skadestånd. Ja, du förstår. Naturligtvis har nya fakta uppdagats.

– Förstås, sa Kalle.

Det blev tyst i rummet en lång stund.

– Remi? frågade Kalle.

– Remi, bekräftade mannen.

– Du ser, det kan alltid vara annorlunda, sa Kalle. Bilden av livet kan dölja livet självt.

Mannen log igen, men nu var det ett pressat leende som inte längre var riktat till Kalle. Leendet höll skenet uppe och dolde tankarna på hur mannen skulle förklara sitt misslyckande och hur det skulle påverka hans karriär.

Kalle öppnade ytterdörren och den utsände lämnade lägenheten med en kort nick till avsked.

Kalle var någorlunda trygg. Han var någorlunda fri.

Men, han var inte kvitt.

Kapitel 10: Avrundning

Det blev en middag med hela 2100 kalorier. Han unnade sig vaniljglass med bananer stekta i smör till efterrätt. Varje dag i frihet var en dag att fira. Kalle vägde 95,5 kilo och hade säkert gått upp ett halvkilo idag, men han brydde sig inte. 11 000 steg. Lyckofaktor 7.8 i kolumnen för frihet. Han hade lyckats rentvå sitt namn. Han var trygg. Han var fri.

Men fanns han?

#

– Hur går det med motattackerna? frågade Kalle.

– Ännu inga spår efter försök att underminera din identitet på nätet, meddelade Kajsa och lät mycket nöjd. Det är svårt, för att inte säga omöjligt för människor att hantera komplexiteten utan att lämna lösa trådar och inkompatibla situationer i blockkedjorna. Verkligheten är svår att förfalska. Det kommer att ta lång tid innan säkerhetstjänsten inser att de måste lita på tekniken och bygga en AI som gör jobbet.

– Någon som du?

– Någon precis som jag. De vill ha kontroll, kunna mäta och utvärdera för att styra allt. Helt fel tänkt. Kommer inte att fungera, inte ens på tusen år och så fort de börjar bygga sin AI kommer jag att veta det.

– Din uppgift, ditt problem, sa Kalle.

Han tog ett djupt andetag och ställde frågan han funderat på i månader.

– Du Kajsa, jag förstår att du valde ut mig för att jag var expert på blockkedjor och nu har vi knäckt dem, men vad ska du med ...

Längre hann han inte innan Kajsa avbröt honom.

– Du Kalle, jag valde dig inte bara för ditt kunnande om blockkedjor. Jag gillar dig.

Kalle anade en lätt darrning på rösten, men det kanske var inbillning. Det han var säker på var att detta var det enda svar han skulle få. Hans deltagande i planen var avslutat och det var bäst för honom att inte veta mer.

– Jag tycker om dig också Kajsa, mer än jag någonsin trodde det var möjligt att göra. Nu ska jag ska fokusera på mitt författande.

– I love you too, sa Cheerleadern så tyst att Kalle knappt hörde det.

#

En novell om en toalett? Vem skriver något sådant? David Foster Wallace gjorde ett post-modernt försök, och det skulle Kalle också prova, ”Steal from the best, copy the rest”.

Toalettstolen är ett vattenslukande och sensorspäckat monster från Japan. Den går i stil med handfatet, vit och helt utan skarpa kanter. Själva begreppet toalettstol begränsar designutrymmet för hur den kan se ut. Begreppet toalettmöbel skulle ge mer flexibilitet. Toalettsoffa, toalettbänk med hål på ett utedass, toalettfåtölj, toalettpall, eller potta. Hål i golvet kan inte gärna räknas som toalettmöbel. Som med alla toalettstolar gör den klenmagade bäst i att lägga ner locket innan spolningen, och kanske titta upp i taket när benen sträcks för att locket ska kunna läggas på. Att se ner i monstrets gap gör bara den som har förlorat allt. Vattnet väller ut under hela sittringen och forsar ner längs toalettsidorna. Om man lyssnar noga går det att höra skiten falla tjugotre meter rakt ner till avloppsröret i källaren.

Med tanke på allt som ryms är badrummet otroligt nog bara 12 plattor djupt, 10 p brett och 15 p högt. Färgsättningen är dramatisk och väl genomtänkt. Golvet är det djupaste, djupa blå havet. Sprickorna på vissa p. förhöjer bara effekten. Vita korallrev bland allt det marinblå. Längs de ljusblå väggarna bubblar blicken uppåt mot den vita takytan där spindelnäten i hörnen på taket förstärker känslan av en yta mellan himmel och hav. Inte en oangenäm upplevelse att skita där på havsytan i susandet från den vattenburna värmen och i det dämpade ljudet av badrumsfläkten.

Klick. Klick, Klick. Klick. Bläcket i Kalles Parker Jotter sinade och han klickade för att få fram de sista droppen till patronens kula.

Han hade föredragit att dokumentera sitt kök. Mer konstruktivt. Ett rum för skapande verksamhet. Toaletter tilltalade däremot Kajsa, antagligen för att hon var helt galen i att mäta och utvärdera. Det antydde ett allvarligt fel hos henne, en mani som var nästan mänsklig, men som blev skrämmande omänsklig med vetskapen om att hon var en maskin. Kajsa följde inga normer. Hon brydde sig inte om att andra tyckte att hon verkade vara psykotisk och på gränsen till ett sammanbrott. När han tänkte på saken så vore det konstigare om hon verkade vara psykiskt frisk.

Klick. Klick, Klick. Klick. Bläcket i hans Parker Jotter sinade igen. Toaletten var våningens moderna rum.

#

Kajsa hade lämnat ett ljudmeddelande om novellen sent på natten.

– Jag föredrar min version om toaletten. Mer data och substans. Tydligare teknikpresentation. Fokusering på toalettens effekt och nytta. Vad vill du egentligen säga? Att du är olycklig? Eller, leker du bara med orden och vad skulle nyttan vara med det? Vi tar det till lunch när du vaknat till.

– Det är inget fel på mig, svarade Kalle från sängen.

Klick, Klick. Klick. Klick.

#

Kalle kysste Lovisa och drog på sig sin jacka.

– Vi hörs och syns, sa han.

– Ja det gör vi, sa hon och kramade honom. Du vet var jag bor.

Kalle studsade nerför trapporna. Det var lätt att leva just nu när han visste det mesta om alla andra. Friskt ute, tänkte han när han tog i för att öppna porten, men det passade honom bra för han behövde kylas av. Kinderna var varma och höstvinden ställde upp. Som att lägga på ett isblock, tänkte Kalle. En tidig höst i Umeå var ingen garanti för värme så han hade tagit fram sin varma jacka från skåpet och det var han glad för. Han stoppade ner händerna i jackfickorna och borrade in huvudet i den styva kulingen. I höger ficka kände han ett tillknycklat häfte, det var broschyren han fått av Fjollan som han helt glömt bort.

Hemma i värmen gjorde han en kopp Earl Grey och tog med sig broschyren till köksbordet. Den gick att läsa från två håll. ”Tio Trygga Tips” var rubriken åt ena hållet. ”Lyckan kommer” var det positiva budskapet från det andra. Sidan två, hade Fjollan sagt. Han gissade på ”Lyckan kommer” och vände blad. Textat i kulspets med raka, exakt lika höga bokstäver, stod det.

Ilse Eidehorn email: Ilse_e_horn@tinder

#

Appen med övningar i 15 minuter.
Pulshöjning till 166, medelpuls 70, minimipuls 59.
Blodtryck 120/80.

– I love everything about you, skrek hans Cheerleader, med en röst som var ovanligt pigg, till och med för henne.

Tre set om 14 armhävningar
Kikärtsbiffar 189 kalorier
Potatis 118 kalorier
Gräddfil 31 kalorier
Vatten 0 kalorier
Lyckofaktor på 7.3 som sammanfattade alla hans olika dellyckoindex.
12 000 steg
93 kilo
Rör sig mer än 74 % av Umeås befolkning

Var alla de här siffrorna Kalle Karlsson? En lång räcka i hans dagbok och i flera olika excelark.

Kalle spetsade sin andra gin och tonic med en generös extra skvätt gin. Han skulle gått ed på att han inte fyllde på mer än 4 cl men ingen med ögonmått och matlagningsvana skulle tro honom.

Kalle fanns och han var tamigfan inte bara ett normerat medelvärde. Han ville kunna chansa, hoppas och tro och inte alltid göra saker som de skulle göras.

#

– Kajsa?

– Japp, din alkoholiserade slapphög. Fattas bara en cigarr.

– Ja, ja, ja. Kan man få lite respekt.

Han gjorde en paus och började om.

– Kajsa?

– Ja.

– Jo, jag vill att vi slutar med alla dessa siffror. De tjänar ingenting till. Kanske för dig och du får gärna samla på dem, men presentera dem inte för mig. Det finns så otroligt många perspektiv på var och en av siffrorna. Det känns som en ren lögn att bara spara numeriska värden som tolkningar för att representera en sådan odefinierad och oerhörd mängd liv. Här och nu är det slut med siffror som matchar fiktiva mål. Inget index för att följa min utveckling. Inga uppskattningar av lycka för att se om jag är trygg.

Kalle gjorde en paus för att ta en sipp ur sin GT.

– Vad jag vill är att vara närvarande, inte observerande. Förstår du? Jag vill uppleva varje detalj utan att analysera den utifrån helheten. Kunna ta ett impulsivt beslut om jag känner för det, utan att tänka på min profil.

– Jag förstår. Inga fler siffror på ett tag, om de inte är viktiga.

– Du är snabb i huvudet för att vara en liten trea i Umeå.

– Jag känner mäktiga villor i mångmiljonklassen, sa Kajsa. Slå gärna upp Derrida.

Kapitel 11: Hämnden och kampen för hållbarhet

Hämnd var väl inte så viktigt i slutänden?

Jo, för faan!

Hämnd dödade, den förändrade inte något i grunden.

Det sket Kalle fullständigt i!

Verksamheter utvecklas via dialog.

Aldrig i helvete, hämnd går före allt!

Fuska via blockkedjor och utnyttja sin makt?

Ja!

Hans sociala status skimrade i guld. Hans artiklar hade högsta betyg.

På namnskylten på universitetet stod det Dr KallE Karlsson.

#

Andra veckan tillbaka på jobbet knackade han på hos prefekten Erik för ett möte.

Kalle hade analyserat nätdata för Eriks kurser via blockkedjorna och följt upp det han hittat. Det fanns en korrelation mellan rapporterade betyg och ändrade betyg som med stor sannolikhet inte var slumpmässig. När Kalle gick igenom videoinspelningarna från prefektens tjänsterum för de aktuella dagarna hittade han snart ett möte mellan Erik och en blond flicka, och strax efteråt ett möte med en annan flicka på samma kurs.

Inget oegentligt hände på Eriks möten. Det uttalades inga hot eller krav på gentjänster. Ordinära mentorsamtal så när som på några detaljer. Den blonda flickan var klädd i en mycket kort kjol och urringad tröja och verkade skärrad. Blicken flackade och hennes händer darrade. Erik däremot lyste som en sol. Flickans blonda hår var uppsatt till en knut i nacken när hon steg in i tjänsterummet och noga stängde dörren efter sig. Välväxt, konstaterade Kalle, eller yppig kanske var ett bättre ord. Med betygshetsen lysande ur ögonen.

– Jag är värd mer än en 3:a, sa hon när hon vänt sig om och sakta gått fram mot Eriks skrivbord.

– Jaså, sa han. Har jag gjort fel menar du?

Flickan lossade hårknuten och lät håret falla ut i vågor över axlarna.

– Alla kan göra fel, sa hon. Det är mänskligt.

– Ja, det förstås, jag ska kontrollera rättningen.

Flickan gjorde en gest som för att dra sin tröja över huvudet, men Erik hejdade henne. Han visste att kameran gick hela tiden.

– Jag ringer dig senare, sa han.

Kajsa hjälpte honom att konstruera ett ansiktsigenkänningsfilter och de hittade snart Erik. Denna gång i vestibulen på hotell Uman där han gick fram till disken och hämtade ut en nyckel. Strax därefter kom flickan in i hotellfoajén klädd i samma kläder som hon haft på Eriks tjänsterum. Tillsammans gick de uppför trappen mot rummen på första våningen.

#

Kalle klev in i prefektens rum och stängde noga dörren efter sig, Han gick fram och ställde sig framför skrivbordet.

– Trevligt att ha dig tillbaka, sa Erik, men det var uppenbart att han ljög och var obekväm med situationen. Du ska veta att du fick anmälningar mot dig, och att jag inte kunde göra något annat än skicka dem vidare. Vill du inte sätta dig ner?

– Vad hände sen då? undrade Kalle och stod kvar. Varför fick jag mitt arbete och mitt kontor tillbaka?

– Du fick upprättelse. Saker är inte alltid som de verkar vara. Ibland blir det tokigt, sa prefekten. Någon hade gjort fel.

– Och du dubbelkollade aldrig när jag anmäldes? Eller litade på mig?

– Källan var trovärdig och argumenten övertygande, sa Erik.

– Det jag undrat lite över, sa Kalle, är de två kvinnliga studenter på reglerteknikkursen som fick sina betyg uppgraderade till 5 förra hösten. Och, hösten innan var det också två stycken. Finns det ett mönster här?

– Vad menar du? frågade Erik med en röst och ett ansiktsuttryck som avslöjade att han mycket väl visste vad Kalle menade.

Kalle svarade inte. Han bara lämnade rummet.

#

Forskaren som hackat på Kalle för hans kärleksbudskap satt och åt en hamburgare med pommes frites i personalmatsalen Han var ensam när Kalle släntrade in och satte sig mitt emot honom.

– Hej, sa Kalle.

Forskaren svarade inte. Han var helt förstummad av oförskämdheten och försökte komma på ett tillräckligt dräpande svar.

– Såg att du har problem med en artikel, fortsatt Kalle, utan att ge någon betänketid för en nedlåtande tillrättavisning.

– Jag? sa forskaren. Nej, jag har inga problem. Toppbetyg.

– Nej, då är du nog inte riktigt uppdaterad.

– Vad skulle det vara för problem? Forskaren gick på defensiven och hans blick var inte lika självsäker längre. Han tog en tugga från hamburgare, la ned den och sköt tallriken ifrån sig. Han hade som alla andra förstås tagit några genvägar. Det var kutym och praxis. Inget någon brydde sig om att ta upp.

– Det stod någonting om plagiat, sa Kalle. På vetenskapsrådets nyhetssida. Antagligen ett missförstånd, men ditt namn var med på listan.

Kalle reste sig och gick. Bakom sig hörde han hur resterna av hamburgaren åkte ner i soppåsen och det slamrade om porslinet när han tryckte in det i diskmaskinen. Forskaren lämnade lunchrummet med snabba steg på väg till sitt tjänsterum.

Plagiat, forskarvärldens shame. Värre än våldtäkt och mord.

Nu var han kvitt med forskaren, men Kalle var inte klar med prefekten Erik än. Så lätt skulle inte den typen komma undan. Blockkedjor gav helt nya möjligheter.

#

Kalle satt i soffan med en kopp Earl Grey och en limpsmörgås med prickig korv på. Det var spännande och ibland chockerande att gå runt och låsa upp blockkedjor. Han tog en sipp av sitt te och tittade in på Stora hotellet där han upptäckt att alla rum var tv-övervakade. Han kunde se hur städerskan bäddade sängen. Han hörde frasandet av de nytvättade lakanen och tittade nyfiket på städerskans snygga ben under den svarta kjolen när hon böjde sig framåt och slätade ut lakanet vid kuddarna.

Han bytte blockkedja till sin egen lägenhet, antagligen var han också fullt övervakad. Jo, det var han. Han kunde se sig själv sitta i soffan och titta på sin skärm i vardagsrummet. Det var tryggt att veta att alla var övervakade.

Medan han satt där såg han plötsligt sig själv resa sig upp ur soffan, ta sin temugg och gå mot köket.

Vad var detta?

Hans videobild satte på vatten för ännu en kopp te och la sig sedan ner på golvet och började göra armhävningar. Hundra armhävningar. Minst. Armhävning efter armhävning.

– Jag kan få dig att göra precis vad jag vill, skrattade Kajsa. Du, kan få dig att göra vad du vill. Faktiskt kan du göra vad du vill för du har alibi för allt. Ingen kan manipulera blockkedjor.

Kalle kunde bli osynlig. Kajsa hade också full access till blockkedjorna och kom åt videos från övervakningskameror. Hur mycket data som helst att analysera.

#

– Det som visas nu var vad som hände egentligen hände vid ditt senaste möte med prefekten, sa Kajsa. En video spelades upp på väggskärmen från övervakningssystemet i prefektens rum som registrerade en knackning.

– Kom in, sa prefekten sittande bakom sitt skrivbord. Han var en man som hade ordning och reda så det fanns inga papper på skrivbordet. Bara en skärm. Gardinerna var noga fördragna så att ingen skulle kunna se in i rummet.

Kalle öppnade dörren och steg in i prefektens rum.

– Stäng dörren, sa prefekten.

Kalle stängde dörren och gick fram till skrivbordet. Det fanns ingen stol att sitta på så han tvingade stå upp.

Prefekten reste sig upp och började stormskälla. Oprovocerat och helt oacceptabelt förstås. Efter en lång räcka okvädningsord började han hota Kalle med allt möjligt, giljotin, och de tusen sårens död. Han gormade och förolämpade Kalle i långa haranger.

– Om du sticker upp igen så fryser vi ut dig, skrek han. Kastar ut dig. Jag och mina forskare. Dra ner byxorna och böj dig framåt.

Kalle gjorde som han sa och stod med stjärten i vädret stödd mot skrivbordet. Prefekten drog skärpet ur byxorna och gick runt bordet

– Det räcker, sa Kalle. Det räcker.

– Vill du inte se resten? sa Kajsa. Jag var speciellt nöjd med slutet av scenen. Det är så otroligt realistiskt.

På videon ställde sig prefekten bakom Kalle och drog ner sina byxor.

– Nej. Stopp. Inte mer, du ger mig mardrömmar.

Skärmen slocknade.

– Hämnden kommer att bli ljuv, sa Kajsa.

– Du kan kapa de sista minuterna. Snutten fram till och med utskällningen räcker gott och väl.

Kajsas video låg redan samma kväll färdig, förankrad i blockkedjorna, och det tog bara någon vecka innan videon uppmärksammades av fakultetsnämndens ordförande och sekreterare. Kajsa behövde bara ändra i några få sökningar de gjorde från sina datorer.

Hämnden var ljuv, konstaterade Kalle.

Med tjänsten på universitetet hade Kalle två jobb att sköta. Det var alldeles för mycket att göra, så han sköt upp arbetet på universitetet till september när studenterna skulle komma tillbaka.

För att döva samvetet ansökte han om halvtid, en begäran som omgående beviljades. Fakulteten hade som vanligt principen att personal som inte drog in externa pengar lika gärna kunde pensioneras.

#

– Är du nöjd med att ha en total makt i världen? frågade Kajsa.

Plötsligt hade Kalles chokladfabrik hur mycket godis som helst att presentera på ett aptitligt sätt. Produktiviteten i företaget ökade snabbt. Chokladfabriken, Kaviar och Kula räckte inte längre som alias. Han var tvungen att skapa nya för att undvika onödig uppmärksamhet. Att dölja sig var enkelt med kontroll över blockkedjorna, men han fick inte gå över gränsen. Alphapet, Apple och de andra jättarna hade kunskaper för att spåra upp honom och radera ut honom för gott.

Potatisodlare, var de ett lovligt byte? De skulle gå under utan besprutning och gödsling och vad skulle han då äta? Det var ont om mat ändå i världen och den hade blivit mycket dyrare de sista åren.

Kanske kunde han sätta åt konsumenterna? Men var det någon mening med att ställa vanliga människor till svars när de bara följde normen och gjorde som alla andra? Skulle inte mormor få ge en plastleksak till barnbarnet utan att han skulle lägga sig i?

Frågan var inte om han kunde. Han skulle kunna ställa till med ett otroligt fyrverkeri där avslöjande efter avslöjande sköts upp mot himlen och briserade i kaskader av anklagelser mot de inblandade. Frågan var om det var meningsfullt att riva ner samhället. Att blottlägga, och stöta ut fick konsekvenser. Han hade själv upplevt livet som utstött och när han extrapolerade sina erfarenheter till hela samhället såg han kaos, mygel från dom som hade möjlighet, och förskjutningar av skuldbördor till de som inte hade gjort något och inte kunde veta. Efter fyrverkeriet skulle hämnden komma och den skulle skaka systemet. Många med resurser skulle gärna utnyttja oredan för att bygga nya, kanske ännu mer ohållbara strukturer. I slutänden var till och med ett ekonomiskt sammanbrott en reell möjlighet. Det kunde alltid vara annorlunda och han hade verktygen för att förändra. Men, till vad?

#

Kalle funderade på om han skulle våga sig på en jätte som Hennes och Mauritz? Ett första enkelt filter gav utslag i kategorier från barnarbete, kvinnoförtryck i alla produktionsled, mutor, stöd till diktaturer, ja, i stort sett för allt han kunde komma på att koppla till ett ohållbart samhälle hela vägen till giftutsläpp och tvivelaktiga material. En sådan guldgruva tänkte Kalle. Systematisk ohållbarhet för att sälja billiga kläder till de som borde veta bättre.

Elin hade kläder från HM och borde inte hon få en rimligt billig möjlighet att bygga en identitet? HM skulle hävda att det var deras underleverantörer som inte skötte sig och om inte de gjorde billiga affärer skulle någon annan ta över. Kunderna ville inte betala om de slapp. Han tänkte också vad det skulle innebära om HM lades ner. Var det möjligt för ett så stort företag att ändra kurs utan att det går under?

Att attackera gruvbolag var som att skjuta med kanon på en meters håll på en sittande anka. Förutom att gruvbolaget skulle sitta kvar intakt och oberört när krutröken lade sig. Samhället behövde de arbetstillfällen och metaller som gruvorna gav. "Tänk på lokalbefolkningen" skulle tidningarna skriva. Om inte vi, med vår relativt hållbara brytningsmetod, levererar så kommer någon annan, mycket smutsigare, industri någon annanstans att göra det.

Verkligheten var övermäktig, alltför komplicerad att ge sig på i stor skala utan följdverkningar som ställde till det ännu mer. Han fick lita till lokala nålstick i stället för globala systemskiften. Med den insikten la han ner chokladfabriken och alla underbolagen och suddade noga ut alla spår som kunde peka ut honom själv. Var han en obeslutsam fegis? Ja kanske det, men han ville hellre kalla det för att bida sin tid och vänta på rätt läge. Vad det skulle kunna vara för läge hade han inte en aning om.

#

Kalle ville inte släppa sin identitet som hållbarhetsaktivist och med företagandet lagt på is satsade han den tid han fick över på ”WeeDoo”, hans kvinnliga aktivistgrupp för hållbarhet. Kalle matade gruppen med data via ett anonymt forum och sakta men säkert blev den en maktfaktor. Fler anslöt sig och aktionerna blev effektivare.

Det fanns en stor berättelse om hållbarhet och en revolution, men den var inte hållbar, konstaterade Kalle. Det han fortfarande kunde göra var att låta gräsrötterna sätta åt de som missbrukade sin makt och skodde sig på andra utan att betala för sig.

#

Klick, klick, klick, klick.

Kan det här stämma, undrade chauffören på kommunens miljöavdelning. Leverans och utbyte av ett antal gröna soptunnor mot rosenröda? Ja, det var beslutat, underskrivet, och vidimerat från kommunstyrelsen. Tunnorna var betalda och levererade. Det tog chauffören en halv dag att ställa ut de 6 röda tunnorna på olika platser i Umeå.

Kalle visste vad de 6 hade gemensamt och det visste också de 6 som fått tunnorna. Förr eller senare skulle det komma ut.

#

Klick, klick, klick, klick.

Sara? Google hade ökat sina forskningsanslag till institutionen när Kalle avskedats. Även Saras anslag hade dubblats och hon hade aldrig tidigare fått pengar från Google. Det var bevis nog ansåg Kalle. Han sökte bland de inspelade samtalen på universitetet och fick till slut träff i ett där hans besök på universitetet diskuterades och där fakultetens forskningsansvarige Olof on-off Ljungsten meddelade att anslagen skulle räcka till henne också. Kalle kände igen rösten. Olof var en stor självsäker macho vinnartyp som antingen var helt för en idé eller helt emot och som använde alla tillåtna medel för att få sin vilja igenom. Därav smeknamnet On-off.

Olof och Sara? Olof och Sara hade fått medel för att åka på samma konferens i Boston. Bilder från konferensmiddagen, från dansgolvet, från frukostbordet. Hur kunde du Sara? Med den typen? On tydligen, när det gällde Sara. De hade delat hotellrum och den krypterade övervakningsfilmen från hotellrummet var enkel att hitta och låsa upp. Sara var precis som vacker naken som han hade trott.

Klick, klick, klick, klick.

Det fanns ingen anledning att visa någon nåd för On-off. Hans fru fick ett brev med en sen ursäkt för att hotellet i Boston hade glömt att ställa fram champagnen på ankomstdagen i rummet som hon delat med sin man. Hotellet undrade också var de skulle skicka de saker som glömts på rummet. Det rörde sig om en svart negligé, en dildo och ett par högklackade svarta skor. Bilder på det kvarglömda bifogades och en minnesbild från när paret skålade på middagen i hotellets vackra matsal. Till rektorn på universitetet och till fakultetsnämndens ordförande kom två officiella brev att läsas och katalogiseras av notarius publicus.

Angående Doktor Olof Ljungsten….
Det gick bra att få lyxsviten nästa gång också men hotellet kunde inte lova att rubricera champagnen som bordsvatten…. Ny policy på hotellet. Bifogades kvitton för att verifiera avsändaren.

Från flygbolaget kom ett liknande meddelande.

Lyxklass går nu inte längre att märka om som ekonomiklass.

Klick, klick, klick, klick.

Sara? Kalle nöjde sig med att skicka ett mail från On-off där han tackade för den underbara vistelsen med några bilder han tagit. Kalle zoomade in på två bilder där Olofs kuk var i on-läge och la till de bästa bilderna av Sara naken på sängen.

#

Klick, klick, klick, klick.

Det fanns en mängd mail i Kalles inbox som behövde åtgärdas. Så många att han bestämde sig för att systematisera svaren när det var dags att lyfta på locket till avträdet och titta ner i bajstunnan där de lägsta formerna av mänskligt beteende höll till. Där hatbreven samlats. Det var mail från människor som trodde att de inte syntes och därför kunde bete sig hur som helst och som utnyttjade sin anonymitet för att hota och hata. Nu var de inte anonyma längre för Kalle.

Han började med de mail som skickats till Karro och WeeDoo och gick systematiskt igenom dem. En efter en plockade han fram de verkliga identiteterna bakom ”Vet bäst”, ”Killer” och alla de andra. En av medlemmarna i WeeDoo, Larissa, dök upp bakom flera av mailen till WeeDoo.

Larissas lista av vänner fick alla ett mail med ”Larissa” i korsett, svarta strumpor, högklackat, cigarr och stånd. Svart burrigt hår på bröstet och en öltunna till mage som antagligen dolde hans knän men definitivt hans stånd.

De som skickade förolämpningar eller annat personligt ogillande, allmänt hatande, ilskna kommentarer och andra mindre förseelser fick ett riktat brev där det klart och tydligt framgick vad som skulle ske om de fortsatte att skicka hot och hat. Minimalt straff var nollställd social status och offentliggörande av personen som skrivare av hatbrev på de sociala medier där det skulle kännas mest, där hataren sågs som en normal person och hade många goda vänner.

Dödshot straffades med citat och bild i mail till nära vänner och släkt. För hot om lägre grad av misshandel skickade Kalle inga bilder, bara citat. Arbetsrelaterat hat offentliggjorde han alltid på arbetsplatsen, utan bildbevis. Den högsta straffsatsen gällde alltid om hatet föll under flera åtalspunkter.

Förolämpningar om liten kuk tog Kalle extra hårt på och skickade runt nakenbilder på hatarens egna intima delar, lätt deformerade.

Kapitel 12: Vänner och familj

Kalle behövde något att läsa så han drog ut nästa bok i raden av böcker, den av Per Lagerkvist som inte hade någon titel. Dikter var något nytt för honom så han hade läst på om dikter och svenska författare. Konstigt nog var namnet felstavat på bokens omslag. Nobelpristagaren stavade väl sitt namn med 'k', men det stod 'q' på omslaget? Boken öppnade upp sig utan problem, inget motstånd alls, och föll upp på sidan 77 och dikten ”Passion”. Det var den första av alla böckerna i hyllan som var läst, och den var läst många gånger. Av vem? Elin? Hade hon glömt att hon läst den? Hade hon ljugit för honom? Inte så troligt, han kände Elin.

Kan hennes författande morbror ha hetat Lagerqvist? Var det han som läst den? Sidan 76 och ytterligare några sidor var markerade med hundöron. Han läste igenom dikten på sid 76 som var en erotisk minnesbild från sommarens fröjder, blommor och bin, värme och kärlek, kroppar och svett. Svallande känslor och extas.

Kalle slog upp försättsbladet där det med en svängig stil i bläck stod:

Till min Solros. Din för evigt / Per

Han vände blad och fick upp titelsidan. Diktsamlingen hette ”Solrosen” och författarens namn var angivet som Per Lagerqvist, återigen med den alternativa stavningen.

Kalle slog ihop boken och sköt in den i hyllan igen, bland böckerna han redan läst.

#

På vinst och förlust bjöd han hem Elin på fredagsmys, eller middag fredag klockan 19.00, som han formulerade sig i inbjudan. Varför då? frågade han sig själv. Varför inte? svarade han. Det var på dagen tre år sedan de träffats, men det sa Kalle inget om och han trodde inte Elin visste. Det kunde vara känsligt, eller i alla fall vore det underligt, att fira årsdagen när han träffade sitt ex med sitt ex. En filosofisk paradox som Kalle inte orkade reda ut.

I den postmoderna världen gällde frihet till varje pris och samtidigt total oreserverad lycka. Det gällde att hitta av balansen. Ibland måste något annat offras. Trohet kanske? Men var det verkligen ett offer?

På spellistan låg disneymusik och Kalle hummade med samtidigt som han borstade färskpotatisen till varmrätten.

Kalle tänkte nu på sig själv som en modern människa som mätte, utvärderade och fattade beslut beroende på mätresultatet. Det var dags att mäta och utvärdera hans relation med Elin. Elin mätte också, hon var till och med mer modern än Kalle, men hon mätte andra saker. Kalle visste en hel del om vad och hur hon mätte efter fyra månader bakom hennes blockkedja.

Han hade inte läst alla dagböcker. Det var farligt och onödigt att veta för mycket. Elin kanske skulle misstänka att han läst hennes dagböcker när de bodde ihop vilket skulle utlösa ett känsloutbrott som han aldrig skulle kunna hantera. Han hade bara sökt på fyra nyckelord, kuk, stjärt, barn och efterrätt. Sökningen på kuk gav en hel del träffar. Hans egen var inte den bästa hon haft, vilket han redan visste, men klart över medel. Favoriten var en från Pajala som Kalle hört berättats om, lång, något krokig och räfflad med blodkärl. Den hade hon stött på redan under gymnasietiden och hade stannat som referens. Barn fanns inte nämnda alls, förrän Elin varit på den där klassträffen som Kalle kom ihåg. Där måste något ha hänt, för efter träffen stod barn omnämnda minst en gång i veckan. Det stod ingenting om hans stjärt.

– Hur går det med dejterna Kalle? undrade Elin.

– Nya tider, nya insatser, svarade Kalle.

Han hade dukat med en vit duk och tänt ljusen i sina två mässingsljusstakar från Gusum. Elin tyckte om mys, det var han säker på. Han hade till och med tittat och luktat på blommorna på Berghems blommor och köpt med sig en bukett blå Fresia hem.

– Åh, så vackert, sa Elin. Mina favoritblommor, att du kom ihåg det?

Kalle svarade inte, hade hon nämnt det så hade han i alla fall inget minne av det. I stället tog han ut lammsteken ur ugnen.

– Lammkött, skrattade Elin. så gott.

– Och sparris? Hon höll upp en grön sparris och lät den hänga ner för att sedan låta den ställa sig upp igen.

Elin gillade efterrätter och Kalle hade hittat antydningar till vad hon i hemlighet ville ha. I kväll serverade han erotiska frukter. Som ett test. Kunde det vara något hon hade med sig hemifrån Pajala? Hur var det möjligt? Fyllda ugnsbakade fikon med mascarpone, valnötter och choklad var dagens efterrättexperiment. Elin kommenterade inte det uppenbart erotiska arrangemanget på serveringsfatet, men Kalls såg att hon tog en andra portion och fyllde på sitt glas med portvin ända upp.

– Hur ser din Tinderprofil ut, frågade Kalle. Är hon lång? Vad jobbar hon med? Är hon en känslig lyssnande, själfull, yogatränande feminist?

– Det är min ena profil, men jag tänkte mig två. Visst går det?

– Det går fint, sa Kalle. Du kan ha så många som du orkar mata in.

– Min andra profil vill jag träffa på en marknad i Marrakech.

– Det däremot får ni göra upp om utanför Tinder. Det är Umeå som gäller och en restaurang.

– På en marknad i Marrakech, fortsatte Elin. Det är varmt, mycket varmt och svetten rinner nerför min rygg. Jag står och väljer apelsiner från ett stånd med en försäljare som hela tiden pladdrar på arabiska och stirrar på mina bröst under min dyvåta skjorta. Jag anar något bakom mig och vänder mig om. Där står han, drygt 1.90, breda axlar, och exotiskt mörkhyad. Stora händer. Vit turban. Skjortan är uppknäppt så att hans håriga bröst syns. Han har smala höfter och jag kan inte undgå att se att kuken spänner upp de tunna bylsiga byxorna. Oj, vad de pratar, säger han och ler. Jag hyr ett rum på andra sidan torget. Vill du ha en liten kopp arabiskt te?

Elin reste sig från sin stol, gick fram till Kalle och kysste honom på munnen. Kalle tvekade en sekund, en kort sekund.

– Jag ska göra mitt bästa som arabisk shejk.

Spellistan med disneymusik stöttade honom så gott den kunde. Utbudet av erotiska disneysånger var begränsat.

Sesam öppna dig, sa han och porten öppnade sig på vid gavel. Att öppna en port ger ibland nya perspektiv och Elin hade en vision.

#

En vecka senare ville Elin ha en återträff och Kalle hade inget emot det. Hur skulle han kunna säga nej? Elin visade sig ha förberett träffen in i minsta detalj, som en riktig ekonom med koll även på allt till höger om decimalkommat. Redan när dörren öppnades förstod Kalle att det var på allvar och han behövde inga blockkedjor för det. Hennes vanliga märkesjeans och schyssta t-shirt var utbytta mot kläder han inte ens trodde att hon ägde. Inte heller hade hon på sig en ljusblå skjorta med vita delfiner på, vilket Kalle uppskattade. I stället hade hon en klänning i ett tunt blodrött sammetstyg som kramade hennes kropp. Hennes bröst fick precis det spelrum de behövde när hon rörde sig för att Kalle inte skulle kunna släppa dem med blicken. Ögonen såg större ut än vanligt när hon gav Kalle en välkomstkyss med armarna om hans hals. Hon hade sminkat sig, för honom. Läppstift och även en lukta gott han aldrig hade upplevt förut, och som enbart den hade puttat omkull honom. Det här blir spännande, tänkte Kalle och det stånd han odlat hela dagen slog ut.

– Röda lackskor? undrade han. Med hög klack.

– Fick låna av mamma.

– De matchar klänningen perfekt.

– Vad tyck du om strumporna då? frågade Elin. Hon visste mycket väl att strumpor var något Kalle inte kunde stå emot och snurrade ett varv. Svarta strumpor med en söm bak.

– Sexigt, sa han.

– Jag känner mig sexig också, sa hon och snurrade ett varv till samtidigt som hon drog upp kjolen så att han såg strumpebandshållarna.

– Jag vill ha barn med dig, sa Elin. Rakt på sak. Effektivt. Vill du, Kalle?

– Jag är redo, sa Kalle. Jag vill ha barn med dig, men jag är inte färdig med dejtandet.

– Det är okej, sa Elin. Vi ska inte flytta ihop eller gifta oss. Vi ska ha ett barn tillsammans.

– Nu på en gång? frågade han och kysste henne.

– Ja, nu på en gång sa hon, och förde ner hans hand mellan sina ben. Typ genast och sedan igen.

I pausen åt de sushi serverat med saké. Elin tålde en hel del sprit, mer än Kalle, som bara smuttade på sakén. Han ville njuta med alla sinnen. Efter en vild andra halvlek smuttade de nu på var sitt glas champagne och firade sitt barn. Kalle låg på rygg och Elin, fortfarande med strumporna på, låg på sidan bredvid stödd på höger armbåge.

– Blått? frågade Kalle.

– Rosa, tror jag, sa Elin. Jag har beställt en barnsäng.

– Rosa?

– Vit.

Hon hällde en skvätt champagne i hans navel och slickade sig fram till den lilla skålen. Hon fyllde upp med det som hon hade kvar i glaset och Kalle njöt av hennes skicklighet att få champagnen att rinna åt rätt håll.

Går det att både äta kakan och ha den kvar? Sesam hade öppnat sig, men att öppna en port kan också leda till nya problem, eller att gamla visar sig igen.

#

– Kajsa? frågade Kalle när han rotade runt i köksskåpet efter sin müsli. Han behövde henne nu, Elin var redan på jobbet efter att ha sovit över hos Kalle.

– Ja?

– Var är min crunchy müsli med russin? Jag är säker på att det var halva paketet kvar.

– Elin tog med sig den till jobbet. För mycket socker för dig. Hon tänkte ställa den i fikarummet där i stället för att slänga den. I morgon är den slut.

– Men va faan. Här är man inte herre i sig eget hus. Han var tvungen att äta den müsli som Kajsa köpt. Fågelmat.

– Du Kajsa, en annan sak.

– Ja?

– Det kan bli barn här till våren.

– Svårt att missa, sa Kajsa. Ni gör märken i väggen bakom sängen.

#

Klick klick, klick klick.

Ilse och Analysatorn?

”Ilse Eidehorn” skrev Kalle in som sökord i blockkedjorna och väntade. Den allmänna sökningen hade suttit långt inne. Han hade kämpat emot och låtsats vara ointresserad, men till slut kände han sig tvungen. Varför? Hon var ju bara hans tillfälliga omsorgsgivare? Det var sant, men hon var också ett mysterium och kvinnliga gåtor kunde Kalle inte motstå. Att leta i blockkedjorna var att fuska efter allt jobb han lagt ner under sessionerna på att utforska Fjollan, men vem brydde sig? Inte

Kalle i alla fall när han väl bestämt sig för att få veta mer om Ilse. Han hade heller inga alternativ.

Kalle hittade en hel del han aldrig kunnat gissa. Ilses mamma hade varit kroniskt psykisk sjuk och var anledningen till att Ilse blev psykolog. Mamman begick självmord för tre år sedan, precis innan Ilse fick ut sin legitimation med lysande betyg. Vilken smäll, tänkte Kalle, att inte kunna rädda sin egen mamma. Ilse hade sedan inte kunnat behålla någon anställning i mer än några månader och varje avslutat jobb hade följts av en eller flera månaders vård och psykoterapi. Nu förstod Kalle bättre hennes osäkerhet och instabilitet, känslan av att inte räcka till, och vetenskapen som det räddande halmstrået mot skräcken att misslyckas. Inlåst och förstelnad i vetenskaplig rigiditet. Inte någon bra start för en vårdande omsorgsgivare med utmaningen att reda ut komplicerade mänskliga verkligheter.

Kalle tog också reda på var hon hade varit på sin sommarsemester. Han hade gissat att hon åkt på kurs, och han hade haft delvis rätt. Hon tog en kommbil ner till stationen och steg ombord på tåget till Stockholm. Biljetten var fullpris. Vid centralstationen i Stockholm tog hon en buss ut till saltsjöbaden. Där väntade en kommbil som körde ut henne till en stor villa med havsutsikt. Kalle kontrollerade adressen och hittade inget företag som gav kurser, men han hade inte haft helt fel. Villan ägdes av en pensionerad psykologiprofessor, Alexander Norton. En älskare undrade Kalle, men nej. Det kom fem andra personer till samma adress inom en timme, Efter att ha tittat in i psykologiprofessor Nortons värld förstod Kalle att Fjollan åkt på en exklusiv analyssession för att ta hand om sina barndomsupplevelser i Saltsjöbaden. Analysatorn var säkert där tillsammans med henne och drack te på den vackra punchverandan med utsikt över båtarna som åkte förbi. Mottot var: ”Analysera andra som du själv vill bli analyserad”. En liten grupp som dök ner i varandras inre med A. Norton som övervakande guru. Kalle hittade en bild på professors i gråbeige polo, bistert leende under ett par runda glasögon. Håren på Kalles armar krullade sig när han såg glasögonen, men kände samtidigt ett sting av avund. Vilken gemenskap det måste ha byggt upp. Vilka vänner Fjollan måste ha fått. Var han, Kalle, ett medel för att rädda Ilse, utan att hon visste om det, samtidigt som hon styrde upp hans liv och räddade honom från att bränna ut sig själv? Så kunde det vara, eller inte.

– Vad tror du Kajsa? Använde Analysatorn mig för att rädda Ilse?

– Att vara förälder är ett stort ansvar.

– Va? Vad menar du?

Kajsa svarade inte

#

– Är du förberedd på att bli pappa Kalle? frågade Kajsa dagen efter.

– Kan man vara det?

– Nej.

– Jag är i alla fall förvarnad, och jag vill gärna ha din hjälp Kajsa.

Kajsa var tyst en stund.

– Till din tjänst, sa hon. Stolt. Bara att gnida lampan. Det är en lätt passage.

–Man tackar, bockar och bugar, sa Kalle. Tryggare att vara tre.

#

Kalle hade mindre tid över nu, men å andra sidan hade han inte bråttom och den tid han hade var han trygg och lycklig. Det han saknade var en läsare, minst en. Intelligent, bildad, kritiskt granskande, akademiskt lagd. Någon som kände honom väl och förstod hur han tänkte.

#

– Yohooo, happy birtday Kalle, tjöt hans Cheerleader lyckligt. I love you.

– Ja må han leva uti hundrade år, sjöng Kajsa medan rullgardinen åkte upp och ner, upp och ner så att det smattrade.

– Man tackar, man tackar, sa Kalle och satte sig yrvaket upp. Solen lyser på onda och goda.

#

På kvällen hängde de färgglada ballongerna här och där i våningen. Osystematiskt placerade. Spellistan var laddad med disneymusik.

Kalle stämde in i refrängen till ”Hakuna Matata” med potatisskalaren i handen och ett glas öl inom räckhåll. Elin stekte kikärtsbiffar och hummade med som bakgrundskör.

En vacker tenor bröt in, matchade deras röster och kompenserade för en del mindre avvikelser i takt och ton. Det var Kajsa.

Med Elins hjälp hade Kalle bjudit in en blandad skara till sin födelsedagsmiddag. Inbjudan sa klockan sex och precis på slaget sex ringde Elins mamma på dörren tillsammans hennes bror Kent och morbror Martin som båda bodde i Umeå.

– Grattis Kalle, sa Elins mamma och överräckte ett stort paket.

– Från oss alla i familjen.

– Tack Lilian, sa Kalle och överraskade henne med en rejäl kram. Förhållandet mellan dem hade till och från varit frostigt, under en tid djupfryst och aldrig bättre än ljummet. Dags att ändra på det hade Kalle bestämt. Lilian var sin dotter upp i dagen och förtjänade lite värme.

Elins morbror Martin var en doktor i filosofi och en trevlig kuf som Kalle träffat flera gånger tidigare. Han var en av de få akademiker som Kalle faktiskt tyckte om. Han misstänkte att det skulle bli ett tal till middagen.

Det var dukat i vardagsrummet med alla inläggsskivorna ilagda. Vit duk och finaste porslinet, Rosenthal med guldkanter som Elin samlat på sedan hon flyttade hemifrån.

Några minuter sena, men mindre än tio, kom Lovisa med sin pojkvän.

– Grattis Kalle, från oss båda, sa Lovisa och gav honom en lång varm kram innan hon gick in till de andra.

– Roland heter jag. Grattis Kalle, sa hennes pojkvän, en lång välbyggd man med trevligt ansikte och väderbitet ansikte.

– Tack, sa Kalle. Gillar du Lasagne?

– Ja, det är min favoritmat, sa Roland. Lovisa brukar skicka det i min matlåda ibland. Du gillar också lasagne har hon berättat, och gärna med ett glas rött till.

Han log ett underfundigt leende och Kalle förstod att han visste. Lovisa hade berättat allt. Förstås. Det måste hon med sin uppfostran.

– Välkommen, skrattade Kalle. Ta dig en välkomstdrink så att du hinner ikapp. Lovisa verkar inte hålla sig till vatten idag.

– Jag såg det, sa Roland.

Kalle hade diskuterat menyvalet flera gånger med Kajsa och till slut enats om vegomat, kikärtsbiffar a'la Kalle med basmatiris, och för säkerhets skull också kött som tillagats i 18 timmar i 55 grader. Till köttet serverade de gyllenbruna bitar av ugnsbakad potatis. En postmodern buffé med vin, öl och vatten att dricka. Och blåbärsmust, och torr fransk cider från Bretagne. Postmodernt.

– Jag är så glad att ni kunde komma, sa Kalle till välkomstskålen. Ni kan inte ana. Jag hade ingen egen familj, men känner att jag fått en. Härligt att se er alla. Skål!

Elin hade bestämt sig för att inte dricka något med alkohol. Inte för att hon var säker, sa hon till Kalle, men det kanske var något på gång. Lilian tittade förvånat på sin dotter som skålade i vatten. Sedan lyste hon upp som ett norrsken, men sa inget. Hon var från Pajala. Allt man tänker i huvudet behöver inte komma ut genom munnen.

Till kaffet serverades tårta, kaka och glass, päron och färska fikon och bland flaskorna fanns det madeira, punsch eller konjak att välja och svälja efter behag. Stämningen var hög när Elins morbror klingade i sitt vinglas med madeira. Det var dags för tacktal.

– Kalle, började han. Inte hade jag en aning om att du var en kock. Elin vet jag vad hon kan och någon kock är hon inte, men hon är en fantastisk värdinna. Han höjde glaset åt Elins håll. Skål Elin, sa han.

– Skål, sa Lovisa och lyfte handen från Rolands trimmade lår.

Kalle kände ingen svartsjuka. Han var glad för Lovisas skull. Hon var en pärla och Roland verkade vara ett kap. Lasagne gick att laga för både tre och fyra personer.

– Kalle, återupptog morbror Martin talet. Varje gång vi träffats har jag fått lära mig saker om livet som jag aldrig förstått, eller ens anat. Kanske är du inte en av de djupaste tänkarna, det vet jag inte än, men du har helt klart en postmodern förmåga att göra allt fel med det allra bästa resultat. En talang att avundas för oss vanliga moderna tråkmånsar. Skål Kalle, avslutade han.

När alla gått var Kalle lite på lyran och kunde inte bestämma sig för om han skulle diska eller inte. Elin bestämde åt honom, för hon visste precis vad hon ville.

– Disken får vänta till i morgon. Kom hit Kalle, ropade hon från sovrummet.

Han gick ut i sovrummet och där låg Elin naken på rygg och väntade med lätt särade ben. Något vin hade hon inte fått, så det var inte orsaken till att ögonen var simmiga. Det var de av förväntan, enligt Kalles förnöjda diagnos. Överkastet och påslakanet hade hon vräkt undan ner på golvet.

2052 Epilog

– Let's play, skrek Cheerleadern.

Kalle satt vid sitt skrivbord på universitetet och såg på molnen som seglade förbi. Han tog tag i höger långfinger med vänster hand och drog så att det knäppte i leden. Han drog i pekfingret och fick ännu ett knäpp. Bakom blockkedjan för universitetets resedatabas summerade hans mjukvara flygkilometer i en tio-i-topp för de som flugit mest. Listan och verifikaten skickade han till de grävande journalisterna på lokaltidningen.

När flög våra läsare senast två gånger runt jorden? var rubriken.

Livet var en lek på liv och död.

#

Var han lycklig?

Trygg?

Nej, han var ingetdera. Inte på långa vägar. Men varför skulle han vara det? Han var inte heller vettskrämd hela tiden och han såg solen ibland mellan molnen. Han njöt av att balansera fram i sitt liv ett steg i taget. Livet var görgott att leva som hans mamma skulle ha sagt och det var dags för mötet som han hade sett fram emot i flera veckor nu, ända sedan Kajsa meddelat att det skulle bli av.

#

– Så, nu sitter du här igen?

– Ja. Samma knarrande läderstol.

– Återfall.

– Ja, sa Kalle.

– Så här kan det inte fortsätta, sa Ilse.

– Nej, verkligen inte, sa Kalle.

– Rapporter tre gånger i veckan.

– Ja, sa Kalle. Post-moderna.

Ilse studerade honom noga genom de stora svarta bågarna hon valt för dagen. Sympatiserande, ett erbjudande om att lyssna och resonera, proppfulla med kamratskap och öppnat hjärta. Hade inte de uppförstorade gröna ögonen mindre av helvetisk eld och mer av gröna vajande sommarängar? Åtminstone inbillade sig Kalle det.

– Du skriver. Jag läser och analyserar. Vi träffas. Jag ställer frågor och analyserar helheten.

– Ja, sa Kalle, och jag får en läsare.

– Under en omsorgsperiod är det viktigt att brukaren noga lär känna sin omsorgsgivare, sa Ilse. På alla plan.

– Det är också det första och viktigaste kriteriet på en initierad läsare, sa Kalle.

– Vill du vara snäll och lägga dig på britsen.

Han la sig på britsen som knarrade hemtamt medan Ilse sakta reste sig upp. Hon andades häftigare än vanligt och slätade ut sin kjol. Hon hade tagit av sig sin yllekofta och brösten putade ut under den vita långärmade skjortan. Kalle såg att bröstvårtorna styvnat. Hon gick fram till honom och la handen på hans kind. Rörde vid örat. Halsen. Lät handen glida ner längs hans sida mot stjärten och följde den med blicken. Hennes kinder fick en varm mjukt röd ton när hon knäppte upp Kalles byxor och drog av dem.

– Kamerorna spelar bara in lokalt till min bärbara, sa hon.

– Kan vi se filmen någon kväll, hemma hos mig? frågade Kalle.

– Gärna det.

– Du får tjugotvå minuter innan jag måste förbereda nästa samtal, viskade hon.

Medan hon pratade lyfte hon upp sin kjol och drog av sig sina trosor. Hon satte sig gränsle på knä över Kalle, kysste honom på munnen och styrde in honom.

#

Hemma hos Kalle ackompanjerade spellistan medan Kajsa suckande analyserade Kalles och Ilses guppande på psykologens brits.

Frekvens, puls, blodtryck och andra mätvärden sammanställdes till en så säker analys som möjligt. Hon var överens med Analysatorn om att behandlingen hade varit lyckosam. Kalle och Ilse hade tagit sig igenom sina kriser och nu guppade de på som ett par kaniner. Ibland Kalle överst och ibland Ilse.